Euphorie

Elin Cullhed

Euphorie

Un roman sur Sylvia Plath

traduit du suédois par Anna Gibson

Éditions de L'Observatoire

ISBN : 979-10-329-2379-5
Dépôt légal : 2022, août

170 *bis*, boulevard du Montparnasse, 75014 Paris

À ma mère

Euphorie est un texte littéraire sur Sylvia Plath et ne doit pas être lu comme un exercice biographique. Événements et personnages ayant une ressemblance avec la réalité sont, dans le contexte du roman, fiction et fantaisie littéraire. Sylvia Plath devient donc, dans ce livre, un être fictif.

7 décembre 1962, Devon

SEPT RAISONS DE NE PAS MOURIR :

1. Peau. Ne plus jamais sentir la peau de son enfant adoré. Nicholas quand il se fait clown dans le lit et que je plonge le nez dans son petit derrière. Frieda qu'il faut chatouiller pour qu'elle se sente vivre et qu'elle puisse se calmer, après, purifiée par le rire. Ma peau quand elle prend appui contre la leur en sachant que nous sommes la même chair, for ever and ever and all eternity, amen. Oh, ne plus jamais sentir leur pouls dur, palpitant, dont je suis l'origine. Je ne pourrai jamais cesser de vivre pour eux, peu importe s'ils ont aussi la peau de Ted, sa peau de serpent qui ouvre une gueule béante et enfourne sa proie entière jusqu'à l'étouffer.

2. Temps. Je veux voir mes enfants grandir et s'écorcher les genoux en apprenant à faire du vélo. Je veux retirer de mon cou le lacet de l'étrangleur et lui rire au nez, pendant qu'il se dirige déjà (et très seul, les serpents sont centrés sur eux-mêmes à un

point pathologique) vers la proie suivante et que je suis, moi, occupée à vivre. Je veux lécher une sucette et sentir sucre et temps se dissoudre à l'intérieur de moi, je veux me réveiller un jour d'été, un café à la main, avec le besoin d'écrire, de me débarrasser de toute la merde jusqu'à ce que le temps lui-même s'arrête et soit mis en boîte et s'égoutte comme de l'eau de mer et me pardonne. Temps, je veux que tu me pardonnes. Moi aussi je veux ressentir cette façon qu'a le temps de tout recouvrir de sa saleté d'indulgence, de convaincre les fraises de sortir et de naître encore une fois (bien que la mort soit si présente, prochain arrêt : pourriture et décomposition), de faire en sorte que l'être humain se réveille sur son oreiller, encore une fois, avec l'illusion que tout va pour le mieux.

Bon Dieu, je vais si bien, maintenant que je vais mourir. J'y vois plus clair que jamais. Je devrais toujours vivre pour mourir, c'est comme de l'héroïne, comme le shoot de voir son ancien amoureux manquer d'oxygène car il a consommé tout l'air disponible à l'intérieur de son armure. La peau de serpent, on la laisse derrière soi, elle pâlit comme un bout de chiffon oublié sur une plage anglaise. Je préfère m'écrouler en brûlant, s'il faut trouver une métaphore pour ma propre vie, je suis sûre de la supériorité de l'incendie. Ô incendie qui n'a pu être accueilli à bras ouverts. Ô terreur, quand le feu s'est emparé des opuscules d'un vivant qui croit à tort qu'ils pourraient lui rapporter le prix Nobel. Je vous le dis, on se souviendra de moi. Alors je n'ai plus besoin d'être peau et temps et jeunes années 1960, vu que le temps va devenir moi, mais sans ma participation. Un phénomène tout à fait pur, comme un mot sublime sur la page lumineuse d'un livre de poésie. Ted lavera mes pages comme j'ai lavé sa vilaine chemise. Quant à lui, il se ratatinera comme un fruit à l'automne. Comme l'une des pommes minuscules de nos pommiers du Japon.

3. Ne plus jamais baiser, ne plus jamais sentir le pieu brûlant quand il s'enfonce dans ma chair et me transforme en animal et anéantissement. Si seulement quelqu'un avait envie de me baiser tous les jours, je ne serais pas obligée de mourir, ah ah. Ne me citez pas, mais montrez ça à ma mère, la créature humaine la plus mal baisée de l'histoire universelle (et pour cette raison si aigre, si sèche, si banalement transparente, comme un verre d'eau, ma mère est un verre d'eau, impossible de s'en passer mais quel ennui, quelle fadeur, quelle prévisibilité, c'est elle qui m'a rendue si intrépide face à la mort, et remplie de haine vis-à-vis des autres femmes, alors que ce sont pourtant les femmes qui pourraient éventuellement m'aider, elle m'a fait sentir que je n'avais pas besoin d'eau, comme si j'étais au-delà de ça, je ne suis pas un être qui a besoin d'eau, pas un mammifère, la soif d'eau humaine normale, je m'en passe, je hais l'eau, laissez-moi me passer de mon verre d'eau quotidien !).

4. Lui DONNER RAISON. Si je meurs, toutes ses prophéties seront validées. « Ce serait plus facile si tu étais morte », il a craché ça cet été, façon de prendre son élan pour oser me quitter. « Toi et ton rayonnement mortifère, tu as un talent spécial pour la mort » - toutes ses jérémiades comme quoi j'ai le don de tuer tout ce que je touche. Je ne veux pas lui accorder ce point. Je veux être au centre, briller et vivre. Si pas moi dans ma vie, alors qui ? Je ne veux pas lui donner l'histoire de ma vie. Je ne veux pas l'autoriser à psalmodier : « Oui, les enfants, votre mère était une personne spéciale, elle n'allait pas toujours bien, elle adorait la vie quand la vie coulait vers elle comme de l'or, mais la vie c'est aussi des bords coupants et le froid et les microbes en mars et le manque d'argent. Il va nous falloir honorer sa mémoire, les enfants, nous raconterons ses histoires et, chaque printemps,

quand les jonquilles sortiront de terre, nous cueillerons un bouquet en son honneur. Le timbre de votre mère Sylvia était sombre et puissant mais sa voix n'a jamais réussi à sortir de son corps et à se coucher sur la page d'un livre, voilà pourquoi elle a si ardemment désiré éteindre son corps et laisser l'âme continuer seule. Ce qu'elle a écrit pour la postérité comptait plus pour elle que sa vie avec nous. » Blabla. Saloperie ! Je ne vais pas lui laisser la meilleure part du gâteau, et quand je dis gâteau, je parle de ma vie. Je ne veux pas laisser l'occasion à sa grande sœur Olwyn de se camper sur ses jambes de fer et de dire en croisant les bras : « Bah oui, je l'ai vu tout de suite, dès notre première rencontre, cette femme-là ne te durera pas longtemps, Ted, avec son air de force fragile et son voile de deuil sur la figure, qu'il est si facile et si tentant d'arracher, un petit sarcasme suffit pour que toute son image d'elle-même s'effondre et que son énorme sourire se transforme en grimace et en pleurs. Une petite fille du diable, Ted, une petite vamp, une Américaine sans ressort avec de la cellophane autour du cœur, tu la garderas un temps et puis elle fondra comme sucre sous la pluie. Tu peux me croire ! »

Et il écoutera sa sœur et ça lui donnera des forces et il pensera : « Oui, j'ai été un imbécile d'essayer de l'aimer, car cette femme-là était impossible à aimer. »

Alors que c'est chez lui en vérité qu'il n'y a aucune place pour l'amour. Chez lui, là d'où il vient, on travaille et on serre les dents, chez lui l'esprit, la beauté, l'attention qu'on peut porter aux autres, tout cela n'a AUCUNE IMPORTANCE, il n'y a pas de culture chez lui, aucun raffinement, aucune finesse, chez lui on est grossier, on parle mal et on se tient mal à table, et est-ce ma faute si j'étais, moi, capable d'aimer et d'être belle et si je suis venue chez lui, dans sa maison, son foyer, son Angleterre, son héritage de charbon et de rustrerie avec des vêtements pleins de taches.

Je voulais partager ce que je possédais, mon sens de la repartie, mes connaissances, mon talent pour les mots et pour tout ce qu'il est possible de *voir*. La faculté d'observer. Or, tiens donc, le monde ne veut pas des belles filles douées. Les filles en or massif, le monde ne les supporte pas. Le monde veut des Olwyn, des filles dures et méchantes, des filles que les hommes n'aiment pas, qui sont nées pour se débrouiller seules, des femmes européennes d'après-guerre qui savent ce que c'est que de mettre la main à la pâte, mais pas d'être une intellectuelle sophistiquée qui enseigne à l'université tout en écrivant des poèmes incroyablement bien gaulés dans ses moments de loisir. Elles sont jalouses, oh qu'elles sont jalouses des filles comme moi, et pourtant ce sont elles qui gagnent, qui ont le fin mot de la vie, peu importe si elles ne donnent aucun enfant à un homme, ce ne sont pas elles qui prolongeront la lignée royale en s'écorchant les jambes sur une table pour expulser dans le monde un magma X en fusion. Elle ne sacrifiera rien, cette salope d'Olwyn, car elle ne brûlera jamais. Elle restera debout sur place à serrer les dents et laissera la vie lui échapper jusqu'à ce qu'elle meure. Jamais elle ne descendra dans la vraie vie pour la remodeler, l'inventer, la couler dans de belles formes, lui donner de nouveaux enfants. Par conséquent, il lui est aussi épargné de sentir à quel point le monde ne supporte pas sa force, sa beauté aveuglante, son génie. Elle rira à ma mort, elle soupirera à ma mort, et elle m'enviera aussi ma mort, car ce courage-là, non, elle ne l'aura jamais !

5. La mer et les galets. Marcher dans la lumière diaphane d'un après-midi à Winthrop en ramassant des galets pour mon père, avoir sept ans et sentir comment ces bouts de nature que je rassemble pour lui nouent un lien entre lui et moi qui est plus fort que tout au monde. Les mystères que je lui offre sont à nous, à

nous de les découvrir et de les chérir tendrement, comme les secrets du cœur lui-même. La mer lèche mes jambes bronzées et ça sent furieusement le sel et les algues mouillées en rut, et il me demande d'aller trouver les plus beaux coquillages, les galets les plus doux, et après il me racontera une histoire sur eux. La plage et mon papa, la mer, son éternité à lui. J'aime mon papa. Je sais que je suis née aussi de lui, qu'il m'a donné le mystère et les mots, l'intensité. Maintenant, quand je retourne à Winthrop, je ne vois plus le grandiose des plages, et la mer m'ennuie ; je sais que d'autres urgences m'attendent. Je crois que je vais retrouver la paix et le miroitement de l'enfance, mais le seul résultat, c'est que je vois au travers et que je la trahis avec mon regard neuf. C'est pourquoi la mer n'est peut-être pas une raison de vivre. Même si mes enfants en venaient à aimer la mer comme moi, ils ne pourront jamais rencontrer mon père, leur grand-père, et poser leurs petits galets ronds au creux de ses énormes pattes. Comme raison de vivre, il existe et n'existe pas à la fois, mon père. Je voulais entretenir son souvenir, m'engager pour lui, laisser mon corps voyager jusqu'à la fin des temps comme une ancre pour son navire naufragé. Mais je voulais aussi ne plus voir l'océan, les galets et les coquillages vides se transformer en fantômes. Et ne plus entendre ce bruit de chaînes de la mort autour de mon cou.

6. Frieda, oh Frieda.

7. Nicholas

UN AN AUPARAVANT

C'était ma vie qui était le texte.

C'étaient mon corps, ma peau, mes poignets blancs moirés qui m'emportaient sur mon vélo à travers le Devon. En croisant une connaissance, j'ai frémi : c'était comme si les veines et les nerfs formaient un fin maillage à l'extérieur de mon corps, et mon cœur était ma bouche ; c'est mon cœur qui parlait et qui a projeté un « Bonjour ! » quand j'ai croisé la voisine (la femme du directeur de l'agence bancaire) qui aimait bien m'examiner de bas en haut pour savoir si j'étais normale.

Mon cœur battant, là, au centre de moi. Ma bouche. Ma bouche rouge. C'était moi, le sujet, le motif, alors comment m'extraire de moi et créer des motifs à mon tour ? Comment faire pour me placer moi-même à bonne distance du beau milieu du motif ?

Ted, lui, savait ; c'était pour cela qu'il m'avait épousée : j'étais les nerfs, j'étais le sang, j'étais le cœur, j'étais la peau blanche, j'étais le collier de perles, j'étais le marbre, j'étais la colombe, j'étais le cerf, j'étais la taupe morte que nous avions trouvée, j'étais la fille, j'étais la femme, j'étais la mère de ses enfants. J'étais l'Amérique, j'étais un continent entier, j'étais l'avenir, j'étais le motif qu'il désirait découvrir, j'étais une personne qu'il souhaitait coloniser, il voulait me manger, il voulait m'héberger, il voulait me garder en conserve. Il avait voulu me faire venir de l'Amérique où j'étais née, et me faire sentir dans mon cœur le pouls de la vie londonienne, puis il avait voulu me placer dans une maison, dans la campagne du Devon, au milieu des jonquilles et des oiseaux. Il m'a acheté un vélo. Il m'a baisée à fond sur le canapé dans le séjour froid, moi dessous, une flaque chaude et mouillée dans laquelle jouir. Ça sentait la chair et le sang. Le sperme. Après, il s'est senti tout-puissant. Il avait vaincu l'Amérique, il avait élargi ses frontières, il avait parachevé le motif. La femme qui doit mourir.

La femme condamnée.

Il m'avait créée.

Je me suis levée de la flaque et je me suis lavée avec un sourire heureux, j'étais fécondée, en moi son enfant, son rêve, ses promesses. L'Angleterre. Je me tenais sur ses terres. Ses chasses au lièvre. Ses pommiers, soixante et onze (moi, j'en comptais soixante-douze). Ses mots, ses arbres, son écriture. Sa voix. Pour lui, je venais compléter la vie. De ma chair j'ai laissé tomber un enfant à lui dans l'univers. Frieda. Une pomme de l'arbre. Bouche rouge, cœur rouge, pouls rouge. Alors j'ai senti que j'étais vivante moi aussi. « Rien ne m'a rendue plus heureuse que les enfants », ai-je écrit dans une lettre à ma mère. Mais je savais aussi que tout ce que je disais et écrivais (TOUTE MA VOIX, CE QUE J'ÉTAIS) serait un jour retourné contre moi. Ma réalité changeait de forme à chaque minute, Ted le savait, à tel moment j'étais en paix, ensuite j'étais heureuse, dans un troisième temps j'étais désespérée, au quatrième je pleurais, je transpirais, je désirais, je me languissais, je souhaitais et j'espérais.

Rien de tout cela ne pouvait au fond être pris au sérieux.

Aussi, quand la femme du directeur de l'agence m'a croisée au village, alors que je venais péniblement de m'extirper de ma selle (j'étais de nouveau enceinte jusqu'aux yeux), j'aurais voulu ne pas être celle qu'elle voyait, mais être ELLE, qui me voyait. Moi, Sylvia, je devais être tellement plus belle à regarder, et pourtant je ne pouvais pas me voir !

J'ai souri, un sourire forcé, hors d'haleine, j'ai essuyé une perle de sueur sur mon visage. J'avais si chaud dans mes vêtements chauds. Le village était décoré, Noël serait là dans quelques semaines. La femme du directeur avait acheté quelque chose que j'aurais dû acheter moi aussi, et au même moment j'ai constaté que je ne la laissais pas prendre sa juste place, je l'avais déjà imperceptiblement envahie, je m'étais servie de son apparition plus que correcte sur la place du village pour lui prêter le pouvoir de faire flamber en moi le stress et l'angoisse.

Nous allions toutes les deux à la poste. Elle, tout sourire :

– Un paquet à récupérer ?

– C'est cela, oui, en effet, je tiens beaucoup à garder quelques abonnements à des revues américaines.

Je regrettais déjà d'avoir fourni une réponse si longue et alambiquée à une question au fond très simple.

Je me suis demandé comment ce serait d'être son amie, mais cette pensée a été chassée par une autre. Quel manteau atroce !

– Et où est Frieda ?

J'ai souri, un sourire aigu au milieu de la transpiration, et j'ai répondu fièrement :

– À la maison avec son papa.

– Votre mari est formidable, a déclaré la femme du directeur.

– Ted, lui ai-je rappelé. Ted Hughes.

Elle a hoché la tête. On aurait dit qu'elle ruminait quelque chose.

– Voudriez-vous venir dîner chez nous un soir ? Rien de formel, rassurez-vous, simplement partager notre dîner. Je pensais qu'il était peut-être temps que nous fassions connaissance. En tant que voisins, n'est-ce pas. Serait-ce possible... demain soir ?

Tellement... *correcte*. Elle m'avait piégée. Évidemment. Avec quelle ruse elle s'était emparée de l'occasion ! Les relations sociales ne fonctionnaient pas du tout comme chez moi, où l'on pouvait dire I love you à quelqu'un avec qui on venait de partager à contrecœur un unique repas sans intérêt... I love you. On rompait un morceau de son cœur avec la plus grande facilité, ça ne voulait pas dire qu'on concluait pour autant un pacte intime. Mais ici, en Angleterre, j'avais l'impression que tout obéissait à des règles strictes, on ne se fréquentait pas parce qu'on en avait envie mais à cause d'un étrange sentiment de devoir. « Il serait peut-être temps... En tant que voisins. » « Il faut. » « Nous ne pouvons pas vivre les uns à côté des autres et nous croiser quotidiennement sans nous montrer aussi qui nous sommes, à quoi ressemblent nos vieux meubles poussiéreux. » Oh, je n'en avais pas la force. Mais je n'avais pas non plus la force de la regarder droit dans les yeux et de dire : « Non. Non ! Je ne veux pas ! Oubliez cette idée ! »

Le jeune homme du guichet de la poste m'a remis mon paquet et quelque chose dans mon apparition a fait vaciller son regard, ou alors c'étaient les nerfs, la bouche-cœur, tout ce rouge qui cognait, cognait. La nervosité.

Je me suis retournée vers la bonne femme et j'ai dit, l'air rayonnant :

– Bien sûr. Nous n'avons rien d'autre de prévu. Très volontiers.

L'épouse du directeur de l'agence a souri avec satisfaction sous son manteau de fourrure et s'est mise à *pépier*. OK, me suis-je dit. Au moins j'ai fait plaisir à quelqu'un.

– Lovely, honey ! m'a-t-elle crié encore par-dessus la place du village.

Dire que je n'apprenais jamais ma leçon ! Aller chercher un paquet à la poste, faire des choses ordinaires, rouler à vélo, balancer des mots comme « bonjour » et « merci » comme s'il n'y avait rien au monde de plus éprouvant. Chaque jour, partout, des gens s'acquittaient de tâches beaucoup plus exigeantes et moi, tout ce que je faisais, c'était 1. être enceinte et 2. aller chercher à vélo un paquet au village, et même ça je n'y arrivais pas, même ça je n'y arrivais pas sans laisser une sorte d'empreinte dans le monde.

Était-ce vraiment nécessaire ? Étais-je vraiment obligée d'être un cirque ambulant ? Obligée d'avoir un cœur ? Obligée de rappeler quelque chose aux gens - leurs émotions et motivations intimes ? Obligée d'être un sablier vivant qui se baladait à vélo ?

J'avais attaché mon colis sur le porte-bagages, j'avais du mal à maintenir mon guidon d'aplomb, j'étais déçue parce que ma course au village était déjà finie et que mon objectif à MOI - que quelque chose se passe, qu'une pensée se manifeste, que le vers d'un poème se mette en mouvement à cause de l'effort physique, ou simplement qu'il se passe quelque chose de gai, de drôle - ne s'était pas réalisé. Pas un mot dans la tête, pas le début d'un chapitre, pas un roman, pas un personnage, rien. Il était quatorze heures quand j'ai gravi les marches du perron, lourde, énorme, l'air d'une mère troll qui ouvre la porte de son rocher dans la forêt. J'étais de retour à la maison. Dans le royaume de Ted Hughes et moi.

Et celui de Frieda. Elle est venue vers moi, elle a appuyé contre moi son petit corps d'un an. J'ai devancé sa demande :

– Non, Maman ne peut pas te porter, tu es trop lourde maintenant.

Je l'ai presque chassée pendant que je me débarrassais tant bien que mal de mon manteau. J'ai gardé le gros pull. À ma stupéfaction, j'ai compris que Ted était en train d'écrire... Dans mon studio.

Il ne m'avait pas entendue arriver, mais au même moment, j'ai entendu crisser la chaise derrière la machine à écrire et il est descendu au rez-de-chaussée. En me voyant, il a eu l'air penaud, pris sur le fait.

– Tu écris ? ai-je demandé.

J'avais mon sourire perplexe, celui qui pousse trop fort en avant. Il n'a pas pu faire autrement que d'avouer.

– Quelques lignes, oui. Pour la BBC. Ils veulent que je leur fournisse plus de matière.

L'homme. Grand, costaud. Cheveux bruns, visage chevalin, nez proéminent. Il faisait froid dans notre maison, un froid glacial partout, il fallait faire du feu. Il avait eu tort d'écrire alors que c'était MOI qui étais censée être libre, dehors, au village, à vélo. Et pourtant... ? Et pourtant, il avait écrit ?

– Comment tu t'y prends ? lui ai-je demandé tout en me penchant vers notre fille pour la moucher. Moi, dès que j'essaie de faire autre chose pendant une seconde, elle vient me tirer par la manche jusqu'à me l'arracher.

Ted a haussé les épaules.

– Comme je le disais, j'avais juste une ligne ou deux à écrire.

Je n'ai rien ajouté. Frieda était en manque d'amour et de présence parentale ; j'ai cru sentir qu'elle était restée seule un long moment. Et maintenant elle avait besoin de quelqu'un. Je l'ai soulevée et placée sur ma hanche, mais la promenade à vélo m'avait vraiment fatiguée.

– Tu as reçu quelque chose ? a demandé Ted.

J'ai regardé le paquet. Il avait perdu son charme. Ce n'était rien du tout.

– Bah. Quelques magazines de bonne femme. De la part de ma mère.

– Mais c'est merveilleux ! C'est agréable d'avoir une raison de se réjouir.

Il était sérieux ? J'ai levé les yeux. C'était de l'ironie, il se moquait de moi. Ce n'était pas possible autrement. Quelques magazines américains de décoration intérieure étaient-ils vraiment censés me réjouir ?

– Ce n'est rien, ai-je dit, avec la tentation irrésistible d'empoigner Frieda, qui s'accrochait à ma hanche comme un chiot à son os, et de la jeter par terre.

– On est invités à dîner demain soir, ai-je dit pendant que, assise, sur une chaise, j'enfilais péniblement mes grosses chaussettes en laine. Il fait peut-être plus chaud chez eux. Chez les Tyrer. Tu sais, le directeur de l'agence bancaire. J'ai croisé sa femme au village.

– Ah bon ? Alors je pourrai parler de toutes mes initiatives pour la BBC à quelqu'un que ça intéressera peut-être.

Quoi ? C'était quoi, cet univers boueux et noir sous ses paroles ? Était-il fatigué ? De mauvais poil ? N'était-ce pas mon privilège d'être fatiguée et de mauvais poil ? Un papillon inquiet m'a traversé le ventre, il avait passé la matinée tapi, aux aguets, et à présent, ses ailes fragiles secouaient mes entrailles. Il était enfermé, ne trouvait pas la bonne sortie, se cognait à ma chair. J'ai cherché un mot, mais à la place j'ai demandé :

– Est-ce que Frieda a dormi ?

– Non, c'est bon, tu peux la coucher.

– Il est quatorze heures ! Est-ce qu'elle a déjeuné ?

– Il y a du bacon.

– Tu as mangé quoi, toi ?

– Je n'avais pas faim.

Avec un soupir, j'ai ouvert la porte du poêle et j'ai posé une bûche sur les braises, mais le feu n'a pas redémarré comme je l'espérais. Au lieu de ça, la bûche a éteint la braise et le foyer est devenu noir. Il faisait un froid polaire chez nous – la sage-femme nous avait dit que nous devrions absolument être mieux chauffés en janvier, quand le bébé arriverait. J'ai crié :

– DU BACON, ELLE EN A MANGÉ AU PETIT DÉJEUNER !

Dans mon ventre, le bébé a fait la culbute.

– Donne-lui le papier sulfurisé alors. Ce qu'on a, c'est du bacon.

Je n'avais rien à répondre à cela.

– Bon, je vais terminer ce poème, a ajouté Ted, énervé, en se dirigeant vers l'escalier. Il est monté au grenier et il a refermé la porte derrière lui.

– Bacon, ai-je dit à Frieda.

J'étais moi-même affamée. J'ai décroché la poêle, je me suis abandonnée à la faim. Ceci est un bout de mon corps. Mon énorme pull bleu cobalt tendu comme une tente au niveau du ventre ne me rendait pas justice. À la pointe de la grande montagne (moi) une tache de graisse a commencé à se former. Je l'ai regardée se répandre sur le pull. J'étais au bord des larmes ; j'ai grimacé pour les chasser mais elles étaient bien là et me brûlaient. Saleté de poème ! La longue tranche de bacon qui avait passé un moment à se trémousser dans la poêle gisait à présent raide et dure dans l'assiette. Je l'ai coupée en morceaux pour Frieda. Elle mâchait en se tortillant de dégoût parce que la viande était coriace et trop salée. Je l'avais fait cuire trop longtemps. Je lui ai retiré son assiette d'un geste brusque. J'ai piqué une nouvelle tranche de bacon graisseux avec la fourchette et l'ai flanquée dans la poêle. J'ai baissé la flamme du gaz.

C'était ma responsabilité que ça se passe bien.

Autrefois, Frieda était pure et innocente et ne mangeait rien sinon le lait de mon corps, le lait qui jaillissait de mon sein et dont je n'étais pas tout à fait sûre de la provenance. Du lait. Du lait blanc et chaud. Mes seins étaient gonflés et sensibles aussi cette fois-ci, et j'avais été tellement excitée ce dernier trimestre de grossesse, toutes les nuits j'étais prête, je voulais. Mais Ted n'avait pas vraiment compris. Je me couchais en cuillère contre lui, mais mon ventre s'enfonçait dans son dos et nous n'arrivions pas tout à fait à établir le contact. Il soupirait, s'éloignait. Je me traînais à sa suite dans le lit, avec mes jambes et mes bras brûlants, en sueur, malgré le froid de la chambre.

Allez, mange, morveuse. J'ai donné à Frieda la tranche la moins dure des deux. Elle l'a suçotée en riant. Son sourire était comme profondément gravé en elle : peut-être une défense, ai-je pensé, une cuirasse contre la noirceur qu'elle perçoit chez ses parents et que son sourire garde-chiourme ne laisse pas passer. Frieda est dure comme la pierre, ai-je pensé aussi. Elle nous survivra tous.

Pourquoi n'étais-je pas de bonne humeur aujourd'hui ? Pourquoi m'étais-je réveillée avec le ciel gris dans la tête ? C'était un jour comme les autres. Qu'est-ce qui lui faisait croire qu'il était si spécial ? Merde alors ! Pourquoi un seul être, le mouvement d'un seul être à travers l'existence (la femme du directeur de l'agence bancaire au village) avait-il le pouvoir de saboter radicalement ma réalité ? Elle était incrustée en moi, avec son sourire arrogant, elle était si remplie d'elle-même et, en même temps, de son envie de *savoir*. Elle voulait en apprendre plus sur moi et Ted et Frieda. À Londres, ce n'était pas ainsi, là-bas nous étions seuls et protégés par les rues. Ici tout était cru, sans peau, écorché, c'était désagréable et presque sale de se retrouver sous l'emprise des autres de cette manière. J'étais un rat qui courait, qui ne voulait pas être vu et qu'ils voulaient, eux, capturer. Arriverais-je à m'en sortir ? J'étais à l'étroit, ici, dans cette campagne anglaise, je venais de Boston, par comparaison c'était comme vivre au bord de l'océan.

Je me suis installée dans le canapé pour lire le premier numéro du *Ladies' Home Journal*. Canapé rouge, pièce sombre, lumière d'hiver pâle tombant par la fenêtre. J'avais écrit à ma mère que j'adorais subitement coudre et m'occuper de la maison, que la grossesse avait cet effet sur moi : elle me rendait paresseuse et adorable. Je voulais feuilleter des magazines féminins et ne plus me consacrer à la moindre activité intellectuelle. Mais à présent que j'ouvrais réellement un magazine, ce n'était pas ça du tout. J'ouvrais le magazine, et au même instant je trahissais ma mère.

Le papier glacé et les photographies colorées de plantes en pot et de tissus d'ameublement jaune et vert me donnaient la nausée et un sentiment de vide. Voilà donc ce que j'avais prétendu aimer. Voilà ce que j'avais demandé à ma mère. Cette sollicitude. Sur l'une des pages, un pain blanc vaporeux à peine sorti du moule s'étalait sur une page entière. Un pain de mie blanc moulé à confectionner soi-même. J'étais déchirée de l'intérieur, voilà un message de chez moi, un bonjour, un signe, oh que ce serait délicieux, du pain de mie moulé fait maison, délicieux, délicat, subtil, à faire griller le matin dans notre four ! La cuisine anglaise était épouvantable, ils fourraient des épices et du moût dans toutes leurs recettes, des raisins secs, du seigle, c'était *beurk*. J'allais faire un pain blanc moulé.

Entre-temps, Ted était redescendu et ouvrait une enveloppe. Trois lettres pour lui. Il était content : un courrier de l'association des écrivains. La bourse lui était accordée ! Soudain, le voilà qui hennissait de joie à la table de la cuisine. Je feuilletais toujours mon magazine, sans voir les photos, sans réussir à lire les mots. Cette bourse était une bonne nouvelle pour la famille ! Pourquoi donc quelque chose venait-il de se pétrifier en moi ? Qu'était-ce que cette inquiétude que je n'arrivais pas à lâcher, ALORS QUE JE BAIGNAIS DANS MA PROPRE NATURE MORTE, PARFAITE INTEMPORELLE ? J'Y ÉTAIS, NOM D'UN CHIEN ! Sois contente ! J'étais la femme enceinte jusqu'aux yeux de mon écrivain de mari, c'était bien ce que je voulais, non ? J'ai prononcé les mots :

– Félicitations, c'est merveilleux !

Je me suis levée et je l'ai embrassé, péniblement, à cause du corps énorme. J'ai pensé : je vais aussi écrire là-dessus à ma mère. Je vais souffler les mots et les passer au feu, je vais les envoyer comme de petites princesses patineuses sur une glace bien damée. Mes mots auront des rubans. La correspondance était au fond mon meilleur genre littéraire, car je pouvais m'y maintenir dans la réalité telle qu'elle aurait dû être, la splendeur où tout était ferme, accompli, achevé, et où la vie vers laquelle pointaient mes phrases était encore possible. Dans les lettres que j'écrivais, il y avait l'existence telle qu'elle aurait dû être, pas comme cette journée idiote qui refusait de m'obéir - et pourtant ce n'était qu'une journée comme les autres.

Hier au contraire, alors qu'aucune bonne nouvelle n'était arrivée, que j'avais moins bien dormi et que je n'avais rien fait d'autre au fond que rester à la maison et préparer à manger avec Frieda pendant que Ted travaillait à Londres, j'avais été remplie de béatitude. La journée se comportait avec moi comme elle était censée le faire. Je sentais la promesse dans ma poitrine, la joie anticipée, cuisant à feu doux, qui appartient à décembre, je nouais des rubans de soie rouge aux rideaux, je jouais à des jeux avec Frieda et ces jeux *m'amusaient pour de vrai*, et j'avais décidé que c'était ainsi que devaient être les journées de la femme au foyer épouse de Ted.

Fébrilement, j'ai tenté de retrouver dans ma tête la recette de la journée d'hier. Qu'avais-je donc réussi ? Pourquoi l'inquiétude ne lâchait-elle pas aujourd'hui comme elle l'avait fait hier ? Était-ce que j'avais simplement cuisiné le cabillaud avec une sauce au persil sans me donner la peine de faire un gâteau pour le dessert ? Ou l'erreur d'aujourd'hui était-elle que je m'étais épuisée avec ce tour à vélo au village ? Était-ce l'absence de Ted hier qui avait été si délicieuse ? Pourquoi sa présence était-elle à ce point insupportable ? Était-ce la grossesse, le fait que j'aie dormi beaucoup plus longtemps et plus profondément cette nuit et d'une certaine manière comme si je ne voulais plus jamais cesser de dormir - quand je m'abandonnais au sommeil, je découvrais toute l'étendue de ma fatigue -, était-ce la faute de Frieda, qui se montrait beaucoup plus difficile, chouineuse et collante aujourd'hui ? Était-ce le fait que Ted écrivait ? Oui, c'était probablement le fait que Ted écrivait et que cela me rappelait l'horrible trou que j'avais dans la tête, d'où il ne sortirait plus jamais de littérature extraordinaire.

Le téléphone, qui avait été débranché jusque-là, Ted venait de le rebrancher pour appeler quelqu'un. Debout dans l'entrée, avec sa voix douce qui pardonnait tout - cette voix du bon côté, celui duquel on voulait toujours être -, il parlait, racontait, commentait ; la maison entière devait se remplir de sa voix.

Pendant ce temps, je sentais la bourse littéraire de Ted corroder et détruire la mienne, celle que j'avais reçue à la fin de l'été pour travailler à un projet d'écriture, qui était en réalité déjà achevé. Un roman entier, que j'avais intitulé *La Cloche de verre* par manque d'imagination. À la fin de l'été prochain, l'argent serait épuisé... Et moi, je nous avais cuit un fils dans le four de mon corps, voilà à quoi je m'étais consacrée, rien d'autre, aucune forme d'écriture.

Ted a raccroché. Il était de retour. En me découvrant en train de gémir sur le canapé, il a posé une main sur le bas de mon dos, il voulait se rendre utile.

– Ne devais-tu pas monter te reposer ?

– Je pensais faire du pain.

Soupir de Ted.

– Tu n'as pas besoin de faire du pain maintenant.

– Mais nous n'avons pas de pain à la maison. C'est vendredi. Toi aussi, tu en voudras pour le petit déjeuner demain, non ?

– Laisse-moi le faire. Reste couchée.

Vaincue, je me suis étendue sur le canapé. J'ai pensé que c'était une situation comme ça, et qu'il ne ferait rien du tout. Je voulais du pain pour ma famille. La famille avait besoin de pain ! Étais-je vraiment la seule à le comprendre ? D'un côté, je voulais que le bébé arrive et qu'on devienne une famille un jour, une vraie famille de quatre. Pour l'instant, nous étions un couple avec un enfant. À la naissance du bébé, Ted aurait fort à faire. Alors il serait *obligé* de faire du pain, obligé de s'occuper de moi... L'idée me réjouissait.

Bruits de portes de placard. J'ai refoulé mon désir de me dandiner jusqu'à la cuisine et de superviser en détail la confection du pain par Ted. Quel genre de pain allait-il fabriquer ? Mauvais, à coup sûr. Pas un pain de mie moulé, blanc et aérien. Pourquoi n'étais-je pas autorisée à faire le pain ? Pourquoi n'étais-je pas de bonne humeur aujourd'hui ? Pourquoi la grossesse ne fonctionnait-elle pas pour moi ? Pourquoi me donnait-elle la sensation d'être une vieille brioche débordante et rien d'autre ? J'avais moisi tout entière, de *moi* il ne restait rien, à part la métamorphose, l'éruption volcanique. Parfois c'était ça, le truc agréable, quand on était enceinte, de voler sous le radar de l'humanité, déjouer les anciennes attentes, devenir quelqu'un d'autre, avec d'autres désirs, d'autres façons de parler. Une apparence complètement modifiée. Mais aujourd'hui...

J'ai essayé de trouver la voix de quelqu'un en moi, celle de ma mère, de ma tante, de mon frère. Repose-toi maintenant, Sivvy. Lâche prise, autorise-toi à te reposer.

J'ai expiré profondément. Même ça, je n'y arrivais pas. Pourquoi devais-je me reposer si je n'en avais pas envie ? Je voulais écrire ! Je voulais faire du pain ! Je voulais vivre comme Ted !

Et ainsi, pendant que Ted remplissait la cuisine de merveilleuses odeurs de vie et de sujets de conversation palpitants (« Je vais devenir un magnat de la culture, j'adore ce mot, magnat, on va devenir des magnats, toi et moi, Sylvia, des magnats de la culture ») je me suis approchée et je suis restée près de lui à ronger comme un os sa réalité à lui. J'ai persisté alors même que ça me faisait horriblement mal aux fesses d'être assise et que je haïssais chaque centimètre de son pain britannique marron, c'était vrai, je ne pourrais pas le cacher demain au petit déjeuner, mais ce problème-là, on s'en occuperait plus tard.

En quoi consistait ma culpabilité ? Était-ce de ne pas aller bien ? L'après-midi, je suis sortie, promenade givrée. Le soleil avait lâché sa dernière lumière vers la Terre. Les oiseaux étaient encore réveillés alors que le mois de décembre ne leur voulait aucun bien. Je me traînais de-ci de-là en pensant oxygène. Oxygène dans le corps. Oxygène dans les hanches. J'étais de service sur cette Terre, j'étais un corps avec un autre corps à l'intérieur, j'étais deux. Pourtant je me traînais et je regrettais d'avoir accepté ce dîner chez les voisins.

J'avais dans ma poche un bout du pain de Ted, le petit déjeuner de Frieda, et je l'émiettais entre mes doigts. Les grands buissons britanniques formaient un écran protecteur entre les fermes et moi. Givre, pensais-je. Mordue par le givre. Moi qui marchais là, je n'étais pas habillée pour faire face à ce que le monde souhaitait me servir ce matin. J'étais une enfant gâtée. Je possédais tout ce que j'avais toujours désiré. Dans le rêve plathien, je touchais presque au but : deux enfants sur quatre. Mari écrivant. Moi écrivant. Bourse de création. Mère à l'autre bout du monde. Et j'avais le front de marcher là et de considérer tout cela, qui était si bien, dans une lumière complètement autre.

Pourquoi étais-je ce poisson qui pêchait dans les eaux noires de la mort ? Qu'avais-je même à faire là, mangeuse de boue, vieux silure que j'étais ? Allons, remonte, débarrasse-toi de ta vase, arrache cette lourdeur qui plombe tes jours. J'étais ici, j'étais anglaise, j'étais en bonne santé, solide, un enfant dans le ventre. Aucune raison. Aucune !

J'avais un mari, une corneille, un mari-corneille à la maison, qui me voulait. Il s'occupait de moi. Il me désirait. Il était agrafé à moi... Nous étions inséparables, unis par la terre. Son Angleterre, noire, charbonneuse, humide, vieille fourrure de renard râpée, verte de toute l'herbe verte d'Irlande. Mon Amérique, émaillée, blanche, étincelante, perfectionniste, dents serrées par l'effort, avec de longues jambes. Et ma bouche, autrefois bigarreau, grosse cerise dans laquelle planter ses dents, rouge et juteuse, mais qui ressemblait de plus en plus à un poisson, fade, incolore, tiré hors de l'eau... Une sardine. De plus en plus, Ted me regardait.

Nous étions nous. Alors pourquoi cette culpabilité ? Pourquoi ? Ce n'était qu'une promenade, rien de plus ! Ce n'étaient que des pavés ronds, que des buissons, ce n'était qu'une météo. Or cette promenade me mettait atrocement mal à l'aise. Parce que je sentais que je gaspillais mon temps sans être productive. Je marchais là et j'étais matériau. De là la culpabilité ? Je ne collectais aucun matériau, *j'étais* le matériau, mais comment mesurer la bonne distance à mon propre matériau (qui était moi) et commencer à créer quelque chose à partir de ça ? C'était tout ce que j'avais toujours voulu faire, c'était tout ce que j'avais fait, mais ce n'était jamais assez. Personne n'en avait voulu pour de vrai, et quand finalement quelqu'un en avait voulu, ce n'était pas exactement ce que j'aurais aimé qu'ils veuillent. (ILS : *MADEMOISELLE*, LE *NEW YORKER*, LES REVUES.) Si seulement on m'avait laissée décider ! Alors ç'aurait été un autre poème, une autre nouvelle, un autre roman, un autre essai, ç'aurait été à ma façon, mais personne ne faisait jamais ce que je voulais. J'étais du temps gaspillé. Cette grossesse qui se promenait en occupant mon corps était l'exemple parfait de ce gaspillage. J'étais allée jusqu'à prêter mon être.

Culpabilité.

Une fois que la journée avait commencé comme ça, je savais de quelle façon ça se répandait. Comme de renverser un godet d'encre noire sur le sol. Ça coulait partout, ça contaminait, ça salissait Ted, ça commençait à grincer en lui, ça finissait par le rendre fou. Il valait mieux ne pas se rendre à ce dîner. Si on y allait, on serait perdus, puisque j'étais perdue ce jour-ci, et Frieda me rongerait comme une folle explosion de culpabilité (elle était difficile parce que je l'étais, parce que j'allais si foutrement mal) et Ted se rêverait ailleurs, loin, peut-être avec une autre femme.

North Tawton. Soupir ! La décomposition avait lieu sous mon nez quand les feuilles d'automne marron s'agglutinaient sous mes semelles. Les villageois me tenaient comme une poupée dans leur paume et je savais que je devais danser. Je devais danser et coudre et tricoter devant eux. Ted était un homme ; il pouvait disparaître dans la petite pièce sous les combles et écrire comme bon lui semblait. Moi, j'étais propriété publique, j'étais matériau. J'étais femme. Moi, ils voulaient me capturer.

Est-ce pour cela que je me suis approchée de l'église anglicane, notre voisine ? J'ai frappé à la porte pour qu'on me laisse entrer. Je n'avais aucun désir de jouer à la chrétienne, je n'étais d'aucune obédience et jamais de la vie je n'aurais écouté un déblatéreur en chaire qui ne prenait pas la vie humaine au sérieux. Les prêtres ne disaient jamais rien qui vaille la peine, ils avaient de la paille plein la bouche ! De la paille et du papier buvard. C'étaient des imbéciles déguisés en gens importants et ils plastronnaient car, oh, qu'ils étaient donc éminents et bons et dévoués. Pouah ! Ça me répugnait.

J'ai reculé sur le gravier pour voir le haut de la petite église, si grise, si insignifiante, qui poussait laborieusement sa lance vers le ciel. Une érection perverse au milieu de tout ce gris anglais uniforme. Mais alors qu'étais-je venue faire ici ? Pourquoi Frieda devait-elle subitement fréquenter l'école du dimanche ? Je voulais qu'elle ait une bonne enfance. Je voulais la bercer dans une sorte de culture. À Londres, on trouvait la culture sur le visage des gens qui s'intéressaient à tout, qui avaient voyagé et vécu, et dans ce dont ils choisissaient de parler ; ici, dans le Devon, le désir de savoir était mort, l'élément spirituel éteint. On était obligé de se tourner vers l'église.

Quand le pasteur m'a ouvert, j'ai un peu forcé le passage et il a reculé d'un pas face à mon apparition monstrueuse. Sous le porche en pierre glacial, je l'ai regardé avec de grands yeux désemparés. Pouvez-vous vous occuper de ma fille ? Il pleut souvent en Angleterre et elle va finir aussi renfermée et muette qu'une poupée, avec pour unique source d'inspiration deux parents qui écrivent. Quelqu'un doit l'aider, quelqu'un qui ne soit pas moi.

– Ma fille aura bientôt deux ans, ai-je réussi à articuler, en tremblant de froid de façon démonstrative. Avez-vous des activités pour elle ?

– C'est vous, le couple qui vient d'emménager ?

Le pasteur avait une étrange frange oblique ; il tripotait une partition glissée dans son vieux livre de psaumes.

– Nous habitons Court Green.

Il s'est illuminé.

– Oh, l'ancien presbytère !

– Nous sommes la promesse nouvelle, ai-je dit en riant.

Et voilà mon sourire qui arrivait, mon sourire que j'offrais sans aucune retenue à ce pasteur comme à tous ceux qui en avaient besoin. Mon sourire qui commençait dans la bouche et qui pouvait s'épanouir sur mon visage à l'infini. Je n'avais pas toujours la faculté d'en rester au sourire et de n'offrir *que* lui, non, comme mue par une pulsion je devais m'engager à sa suite, pousser ce sourire jusque dans ses ruelles les plus reculées, les plus renfoncées... jusqu'aux ténèbres. Je devais expulser les ténèbres comme un feu d'artifice. Je devais offrir toute la joie et la peine de mon âme. Je devais forcer un autre être humain à réagir, à *interagir* avec mes ténèbres. Le laisser démuni et pantois, à penser que voilà une femme dont le sourire était si forcé qu'il était impossible de la prendre au sérieux ! Je sabotais mon propre sourire en souriant de façon si exagérée, je me vidais, m'évidais tout entière. Et ensuite, je devais revenir en rampant devant l'autre et recoller les morceaux devant lui, prier et supplier qu'on me prenne malgré tout absolument au sérieux, prenez mon sourire, je suis quelqu'un, mais si, j'insiste, je suis un être humain véritable, prenez-moi.

Tout ce cirque, je devais l'exhiber en permanence.

Je ne pouvais pas dire halte au mouvement dans mon propre sang.

Soudain, j'ai pris peur que le pasteur lise le manque sur mon visage vide, mon visage américain, peur qu'il voie que je n'étais pas joyeuse tout compte fait.

Peur d'être triste devant lui. Peut-être suis-je triste, ai-je pensé, peut-être est-ce moi qui ai besoin d'une église, peut-être est-ce moi qui ai besoin d'un pasteur.

Confesse-moi.

Peut-être était-ce moi qui avais besoin d'une école du dimanche, moi qui étais l'enfant dans cette affaire.

J'ai reçu une brochure de la main solennelle de ce pasteur qui n'avait sûrement jamais touché un morceau de chair aussi vibrant que moi, qui n'avait sûrement jamais péché. Oh, que ne pouvait-il m'offrir un millimètre de son ennuyeuse persévérance !

Le pasteur m'a regardée au fond de mes yeux marron.

– Vous êtes la bienvenue, vous aussi, si vous souhaitez participer, a-t-il dit en indiquant mon ventre. Nous chantons le soir. Le mardi et le jeudi.

Évidemment, j'avais le nez qui coulait, et me voilà de nouveau à lui offrir le même sourire brutal.

– Merci !

J'ai fait la révérence et j'ai compris au même moment que c'était épouvantable de faire la révérence devant un pasteur. Y avait-il d'autres gestes ? Je lui ai tendu la main.

– Ça va faire tellement de bien à Frieda de venir à l'école du dimanche, ai-je dit en secouant plusieurs fois la main du pasteur de haut en bas. Elle a vraiment une soif spirituelle en ce moment, et un besoin d'être informée aussi, bien sûr.

– Nous n'informons pas les enfants, a dit le pasteur. Peut-être les formons-nous.

– Oui, bien sûr ! Naturellement.

Là, j'ai changé d'avis. Je voulais qu'il adore ma réponse, alors j'ai menti.

– La formation spirituelle chrétienne. C'est vraiment ce que nous recherchons.

D'un air pénétré, le pasteur a posé la main sur mon omoplate et m'a indiqué la sortie.

– Ce sera sympathique de faire connaissance avec vous, les nouveaux habitants du presbytère.

Ce mot, « sympathique », m'a fait sourire, et sourire aussi à notre échange, et au côté sympathique de ce moment... sympathique.

– Très sympathique, ai-je dit. Merci de m'avoir reçue ainsi à l'improviste en plein après-midi. Vous ne devinez pas à quel point je vous suis reconnaissante.

– Allons, allons, n'exagérons rien. Nous sommes là pour ceux qui nous cherchent, ça ne va pas plus loin. Frieda est la bienvenue, avec vous ou avec votre mari.

Ça y est, il en avait déjà assez ! Il en avait assez, là, sous mes yeux ! Incroyable ! Je ployais sous la culpabilité. J'avais mal visé, j'avais exagéré, j'avais loupé ma chance d'apparaître face à lui comme une femme sobre et stable. Une lunatique - j'avais dévoilé mon côté imprévisible devant le pasteur. Merde alors ! En rentrant, je demanderais la permission à Ted de me blottir contre sa poitrine et de ridiculiser ce satané pasteur anglais et sa perfection imaginaire. *Blah !* J'en aurais vomi.

J'ai agité la main en souriant et en titubant comme une ivrogne sur le gravier, je n'avais qu'une envie, rentrer, rentrer auprès de l'autre qui allait me sauver de moi-même : Ted.

De retour à la maison, j'ai pleuré auprès de Ted. J'ai versé des larmes, qui tombaient à longues gouttes lentes. Nous étions sur le canapé et Frieda dormait encore. J'étais stressée à la pensée qu'elle n'allait pas tarder à se réveiller. Ça fait beaucoup, ai-je dit. Ça fait beaucoup. Il m'a demandé si j'étais triste.

– Je ne sais pas.

– Mais regarde, tu pleures.

– Je suis juste en colère contre ce pasteur.

– Pourquoi y être allée ?

Je me suis sentie attaquée par cette question - comme une couche de glace insinuée sous les mots qui me consolaient encore à l'instant, un poignard caché qui me piquait de sa pointe aiguë. Je ne voulais plus d'attaques, plus d'efforts aujourd'hui - ça suffisait -, nous étions attendus chez les voisins dans quelques heures, j'avais besoin de réconfort et de repos. Seulement besoin de tomber indéfiniment dans les beaux bras de Ted.

Peut-être était-ce suffisant d'exister ainsi contre lui.

J'ai senti mon cœur ralentir.

Sa main chaude, c'était elle qui m'avait séduite à Cambridge en février 1956. Ses doigts infiniment longs, si longs qu'ils faisaient presque le tour de mon corps, si longs qu'ils avaient suffi jusqu'au matin. La chaleur ne prenait jamais fin. Je m'étais appuyée sur ces mains. Je savais que, ces mains-là, je ne pouvais rien y faire. Je ne pourrais jamais les briser. Ted, long et bel oiseau, grand corbeau énorme qui ouvrait son aile puissante et la refermait autour de moi. Qui m'autorisait à y prendre place. L'Angleterre était pleine d'oiseaux qui volaient par nuées, de petits oiseaux noirs égarés qui ne savaient pas où aller s'ils ne restaient pas ensemble, on aurait dit un essaim d'abeilles tout là-haut dans le ciel, un corps perdu qui tentait désespérément de rassembler dans les airs les morceaux de son cadavre. Mais Ted... Ted était plus énorme, plus puissant que cela. Il était seul. Il était le plus grand du royaume des oiseaux, son propre maître, un grand poète, et la seule chose qui faisait essaim chez lui c'étaient précisément les mots, les signes noirs grouillants dont il remplissait les feuilles de papier machine. Son monde intérieur, qui me fortifiait et me fascinait, et dont il avait la certitude absolue, tranquille, qu'il avait sa juste place dans l'univers, si bien qu'il pouvait se permettre de m'écouter. Écouter mes formulations hésitantes, mes mots fissurés et enroués.

Je revoyais cette rencontre chaque fois que je m'enfonçais dans son regard gris, qui pouvait devenir noir, son regard d'après-guerre. Je ne pourrais jamais l'oublier. Nous nous étions accompagnés à travers tant de questions et nous avions trouvé des réponses ensemble. Ted m'avait autorisée. Ted m'avait pardonné. Ted m'avait tenue. Ted m'avait quittée. Ted était revenu. Ted avait exigé. Ted m'avait interrogée. Ted s'était tenu près de moi. Ted était allé et venu. Ted avait continué à être mon ami. Ted avait vu mes profondeurs et mes difficultés, Ted était resté là et il avait observé. Ted m'avait jugée. Ted était revenu malgré tout. Ted m'avait changée. Je l'avais aimé par-dessus tout pour cela. Que Ted, lentement, ait changé ma façon de voir, de parler et de comprendre. Ted avait plongé en moi, il m'avait marquée. Je m'étais couchée contre lui comme un bout de verre au bord du rivage, rendu lisse et doux par la dureté des vagues. Et au même instant, il s'est levé et il est parti.

Il m'a laissée. C'était si vide.

Ma jalousie envieuse, par rapport à Ted, ne connaissait aucune limite. C'était mon plus grand défi, et je le savais. Quand il s'est dégagé de notre moment de douceur dans le canapé, quand il s'est extirpé de notre creux consolateur pour aller aider Frieda, qui s'était entre-temps réveillée dans son lit.

Alors je l'ai agrippé en pensée. J'aurais voulu pénétrer dans son corps et être lui pendant quelques secondes. Ce n'était pas assez de vivre à côté. Je voulais vivre à l'intérieur de lui. Je voulais capturer ce qu'il avait de plus essentiel, le copier ou simplement être autorisée à y accéder, peut-être recevoir une clé qui me donne accès à son corps, pour que je puisse y entrer et sentir quel effet ça faisait d'être lui quand il se tenait ainsi grand, puissant, érigé sur le sol du séjour, ferme, déterminé, certain de ce qu'il allait faire à présent. Chez lui, le cœur battait si fort, si calme, la certitude coulait dans ses veines, aussi fluide que le sang : il allait voir Frieda. Il était père, il était corbeau, il avait deux jambes longues, robustes, qui le portaient à travers la réalité, et voilà qu'il s'était séparé de moi, dont le corps mutilé gisait maintenant à l'abandon, sur le canapé.

Mutilé. La charogne sur le canapé.

C'était une agression. C'était une agression de me laisser seule ainsi.

– Comment va ma petite fille ? ai-je demandé à Frieda qui, emportée loin de sa chambre dans les bras puissants de Ted, se frottait les yeux, ensommeillée.

– Maman, a-t-elle dit en tendant vers moi ses petits bras et en se laissant tomber vers moi.

Corps de gamine, doux, confiant, sans résistance. Debout à présent, je respirais tout le poids de sa légèreté. Douceur, finesse, coton. Ses cheveux étincelants. J'avais un ange dans les bras et cet ange faisait battre mon cœur et l'apaisait. Je l'ai serrée contre moi - un instant rempli de soudaineté, d'un bonheur sans réserve. Un instant rempli aussi de Ted - il était resté là à nous regarder, rencontre de la bonne joue de l'une avec la bonne joue de l'autre. Il nous souriait. Je me suis enfoncée en elle de toutes mes forces.

C'étaient des instants comme celui-là que Ted n'était pas autorisé à me prendre. Et il le faisait toujours. Il croyait que Frieda me suffisait, que la maternité me suffisait, je n'avais tout de même pas besoin de lui et de sa bienheureuse énergie ? Si, j'en avais besoin ! Si seulement je pouvais lui faire un croc-en-jambe qui l'obligerait à marcher avec une béquille ! Si seulement il n'était pas tout le temps en train de me quitter ! Mon corps était trop lourd pour rester debout comme ça et porter une gamine d'un an par-dessus le marché. C'était seulement un baiser de joues amusant, maintenant la vie devait continuer, je voulais m'asseoir à mon bureau, moi aussi, ne serait-ce qu'un bref moment aujourd'hui, et regarder mes papiers. Moi aussi, j'avais une lettre à écrire au *New Yorker*. Cette maisonnée croyait-elle donc que je ne travaillais pas ? Que je ne faisais rentrer aucun argent ? J'allais rappeler à Ted qu'on m'avait accordé une bourse, à moi aussi ; d'ailleurs c'était elle qui nous faisait vivre, et ce livre-là était déjà écrit, en plus, ce livre qui allait choquer la planète entière (peut-être) ou divertir une âme égarée quelconque (sans doute) ou à tout le moins figurer dans une librairie en ayant du *potentiel.*

– Ça suffit, Frieda, ça suffit !

Je l'ai bousculée en lui disant qu'elle devait faire encore plus attention maintenant que mon ventre était gros comme une montagne.

– Ciki la ? a demandé Frieda en enfonçant un doigt en moi.

Je n'ai pas pu m'empêcher de sourire.

– Une petite créature humaine. Un adorable bébé colombe.

– Ciki la ?

Je voulais rappeler Ted, ses oreilles aussi devaient entendre ça. La perplexité de Frieda, son babillage espiègle, son langage si développé déjà. Nous aurions dû être deux à chaque instant.

– Oh, mon enfant, ai-je dit. Ici habite un renard.

Je me suis couchée dans le lit d'enfant de Frieda pendant qu'elle jouait. La lumière de la fenêtre tombait différemment ici, comme une foudre éternelle aveuglante. J'ai fermé les yeux pendant que Frieda soulevait des jouets pour les mâchouiller ou me les tendre avec un mélange de curiosité et de sérieux enfantin. Ma place était ici, auprès de tout ce qui était mignon, sucré, insignifiant. Moi aussi j'aurais voulu monter au grenier comme Ted et être quelqu'un d'important, mais je savais que quelqu'un devait rester ici et représenter l'infini pour son enfant. Couché de tout son long, dans le temps, derrière un ventre haut comme une colline sur un terrain de jeu idiot. Quelqu'un devait rester immobile et ouvrir la bouche en grand pendant que Frieda lui enfournait un canard en plastique dans la gueule. Le canard avait un goût de caoutchouc.

J'aurais voulu cesser d'exister, m'immerger si totalement en Frieda que la rengaine de l'intellect n'ait plus la moindre place où se nicher. Je voulais envoyer ma lettre de démission. Fini l'écriture. En ouvrant les yeux, j'ai vu au regard de Frieda qu'elle trouvait elle aussi l'idée bonne. Je savais que Ted était du même avis. Je savais que les mots que j'écrivais à ma mère quand je lui demandais de m'envoyer le *Ladies' Home Journal* étaient vrais. J'étais sincère : *J'adore m'occuper de la maison, coudre des vêtements pour Frieda et le bébé, accumuler une réserve de petits gâteaux et de magazines féminins brillants et lisses.* Je savais que tout le monde adorait ça, quand mon écriture se taisait, car alors le loup se taisait aussi (en général).

Je pouvais vivre dans la bénédiction de mon corps. Vivre dans la pleine grâce de mon enfant.

Elle m'a tendu une boîte à musique.

– Ioue, maman, ioue.

– Non, ça va peut-être déranger Papa.

– Ioue !

Et j'ai joué, *L'Internationale*, je savais que c'était le loup et ses yeux étincelants tout au fond de moi qui avaient envie de déranger Ted. Sur l'ordre de Frieda, j'ai tourné la petite manivelle de plus en plus vite, jusqu'à entendre des bruits de pas à l'étage du dessus ; bientôt il arrive, bientôt il arrive...

Jusqu'au moment où il est entré, du pas lourd du travailleur, de celui qui assure le gagne-pain. Sans me regarder, il a pris le relais auprès de notre fille.

Sans un mot.

Je me suis levée et j'ai gravi l'escalier en me dandinant, sous les protestations véhémentes de Frieda.

La fenêtre du milieu devant notre lit double et ses rideaux blancs cousus main. Par moi. Maintenant j'allais m'allonger et écrire quelque chose. Dans la lumière qui piquait ses fins rayons à travers le tissu - la dérisoire lumière de décembre du Devon. Je me suis effondrée sur la courtepointe, sur le côté pour que le bébé ne bloque pas la circulation du sang ni celle de l'air dans mes poumons. Mon cœur cognait fort. J'ai senti avec la main, frange-front-yeux, j'étais encore là. J'ai pensé : Inspire calmement et à fond. Inspire jusque dans le cœur. J'avais besoin d'un répit d'au moins une demi-heure avant de me changer et de me préparer pour le dîner chez les voisins.

C'étaient ces moments : j'aurais aimé que le temps soit extensible et le loup apprivoisé, qu'ils accomplissent ma volonté. Si le temps m'obéissait. Si quelqu'un voulait bien attacher le loup. Alors il serait possible, tout à la fois, de me reposer, d'écrire la lettre au *New Yorker* et de m'habiller afin d'être diva sublime ce soir, pour Ted. Or, ma seule mission était de survivre au temps. Accepter le fait qu'il suivait son cours sans se soucier de l'intensité de mon désir. Je n'aimais pas être dirigée. Le bébé s'est mis à donner des coups de pied ; c'était toujours ainsi quand je m'installais au calme. Alors il se réveillait. Il faisait ballotter mon ventre comme une mer parcourue par la houle, et je sentais venir la suite ; mon estomac était si comprimé et chassé vers le haut que les remontées acides jouaient au carrousel dans ma gorge et me revenaient dans la bouche. J'ai avalé un goût aigre.

J'ai ouvert le placard. Est-ce que celle-ci irait ? Ou celle-là ? Les robes étaient froides et mon corps était grand et chaud. Enflé. À la traîne. J'ai enfilé des sous-vêtements tout doux, noirs, qui me couvraient de haut en bas, ça tiendrait lieu de bas nylon. J'avais agrandi l'élastique à la taille pour que ça ne me comprime pas le bas du ventre, il fallait que le tissu soit bien lâche à cet endroit.

Mes cuisses avaient doublé de volume et frottaient l'une contre l'autre quand je marchais. Je n'étais pas belle, je le voyais bien dans le miroir. J'avais enflé. Qui donc habitait à l'intérieur de moi ? Soupir. Grognement. J'ai enfilé une espèce de chose qui ressemblait à un tablier. Bleu, bleu ciel. J'allais la dépiauter, cette robe, je pouvais en faire un gilet pour Frieda. Je l'ai retirée. Je devais mettre autre chose. Pourquoi n'y avait-il personne pour me coudre des vêtements ? Pourquoi n'avais-je aucune mère ici ? Ted ne comprenait-il pas que sa femme serait d'une beauté renversante si seulement elle pouvait avoir des vêtements un peu classe ?

Je sentais depuis un moment un certain fraîchissement de la part de Ted ; le désir que mon apparition avait toujours jusque-là suscité chez lui s'était ces derniers temps transformé en silence, en regards lointains, comme s'il me voyait sans vraiment enregistrer ma présence, comme s'il hésitait à me laisser pénétrer dans son champ de vision. Il n'avait pas le droit de construire un mur maintenant. Les murs, c'était impossible avec moi. Les murs, je les démolissais de toute façon, même s'il fallait y aller à coups de griffes. Ça pouvait donner des guerres sanglantes entre les murs de Ted et mes griffes affûtées comme des sabres.

Je me suis tournée face au miroir - entre-temps, j'avais enfilé un truc noir. J'avais l'air d'être habillée pour un enterrement, mais cette robe confirmait ma dignité ; elle donnait un air respectable au moins à mes bras et à mes jambes. J'ai peint un cœur rouge sur mes grosses lèvres enflées de grossesse, on aurait dit un cœur écrasé sous la semelle de quelqu'un.

C'est une jeune fille brune, coupe au carré rebondissante, qui nous a ouvert chez les voisins. Elle s'était inondée d'un parfum puissant. Quel âge pouvait-elle avoir ? Seize ans ? Elle a braqué son regard sur Ted, puis sur mon gros ventre. J'ai eu envie de lui empoigner la tête et de la tourner dans la bonne direction, ou de l'attraper par le menton jusqu'à ce qu'elle me regarde bien dans les yeux.

– Nicola, s'est-elle présentée poliment.

Je tenais Frieda par le col de sa combinaison d'hiver bleu clair dont j'avais quelques minutes auparavant ôté les taches en les frottant après avoir craché dans ma main. Elle tiraillait son bonnet de bébé. Soudain, le cordon s'est resserré autour de son cou et je me suis précipitée pour l'aider à se dégager.

Ted a salué à sa manière - polie mais pas vraiment - nos hôtes qui venaient d'apparaître dans l'entrée. Les époux Tyrer. Les parents de la jeune fille.

– Formidable, formidable, a-t-il dit d'un ton ironique en tendant son long bras au-dessus de mon ombre agenouillée.

Pourquoi se croyait-il obligé de le dire comme s'il ne le pensait pas ? Maintenant, c'était comme s'il se moquait des Tyrer sous leur nez, en leur faisant comprendre que c'était une corvée pour nous de dîner chez eux. Non, non, il était temps pour moi d'intervenir avec mon sourire crépitant, mon sourire de magazine écarlate, et j'ai jailli de ma position accroupie telle une poupée publicitaire à la télévision.

Marjorie Tyrer m'a embrassée sur la joue et a pris mon manteau avant de hurler sa joie à la vue de la mignonne et entreprenante Frieda.

Celle-ci s'est vu remettre un antique nounours, dont elle a aussitôt porté le museau à sa bouche, provoquant un « Ooh » attendri de l'assemblée. Ma fille, ai-je pensé. Bien joué, ma fille. Il y a une demi-heure, j'étais penchée sur la flaque de pipi qu'elle venait de laisser par terre, à essuyer ses fesses avec la serpillère rêche et froide jusqu'à ce qu'elle crie.

Voilà, très bien. Là, c'était parfait : spectacle, représentation.

La jeune Nicola nous a servi un sherry, c'était le cocktail de bienvenue, elle tenait les verres maladroitement, un dans chaque main - elle aurait pu prendre un plateau. Elle regardait Ted sans ciller, avec un air intrusif, impertinent et débile. Cette fille a un regard idiot, ai-je pensé en la détaillant. Des jambes épaisses et sans grâce serrées dans un collant blanc, sous une courte jupe marron exaspérante. Les parents étaient assez âgés, un peu vieux même, me semblait-il, pour avoir une adolescente à la maison.

– Le dernier Noël de Nicola chez nous, a expliqué Marjorie en se tournant prudemment vers moi.

Ne voulant pas donner l'impression à la petite Nicola qu'on parlait d'elle, j'ai posé les yeux sur un tableau sans intérêt et j'ai fait « Hum ». Nicola, entre-temps, s'était penchée pour aider Frieda à tourner la tête du nounours du bon côté. L'époux de Marjorie, le directeur de l'agence bancaire, était impatient de monopoliser mon mari. Il s'était préparé en empilant une pile de livres sur la table basse. À présent, il voulait que Ted se sépare des autres membres du quintette, allons. Une main dans le dos de l'invité de marque, le vieux George en vert avec un col de chemise dépassant de son pull sombre a attrapé le premier livre de la pile. Un livre d'Auden, apparemment, mon vieil Auden qui m'avait fait commencer à écrire autrefois, et maintenant Ted était autorisé à parler poésie tandis que moi, je suivais Marjorie à la cuisine. Elle a enfoncé une grande fourchette dans un rôti. Elle a entrepris de le découper en tranches.

La viande dégageait une odeur écœurante. J'ai dû me détourner, et j'en ai profité pour surveiller un peu les entreprises de sa fille dans la pièce voisine. Par la porte entrebâillée, j'ai vu qu'elle s'immisçait dans la conversation entre les deux hommes. S'occuper de Frieda n'avait été qu'un prétexte. Elle avait déjà lâché la main de la petite. Je me suis extirpée de l'étau de Marjorie - elle voulait naturellement m'entretenir des dames malades du voisinage et m'expliquer en détail leurs maux respectifs - et je suis retournée au salon avec mon verre de sherry. Je me suis inclinée jusqu'à terre. J'appartenais à Frieda. Frieda s'est illuminée. Quelqu'un veut bien jouer avec moi.

Et Nicola ?

Elle se tenait debout, une jambe posée à angle droit sur un fauteuil, ce qui conférait à son corps une étrange autorité sexuelle, alors qu'elle était pourtant idiote et empotée et qu'elle n'avait que seize ans. Or Ted semblait vouloir l'intégrer dans la conversation. J'en croyais à peine mes oreilles. Avait-il vraiment l'intention de parler avec *elle* ? De poésie ?

Je devais reprendre mes esprits.

Il n'était pas dans l'ordre habituel des choses qu'une épouse de vingt-neuf ans, mère d'un enfant avec un deuxième en route, soit ainsi envoyée en excursion dans les ténèbres boueuses de la jalousie.

La jeune Nicola évoquait son désir de vraie poésie. D'ailleurs, elle voulait écrire. Elle voulait apprendre.

J'écoutais à la dérobée. L'odeur de son parfum s'insinuait jusqu'à moi. J'étais échouée sur le tapis avec Frieda. Ted avait tout son corps tourné vers elle à présent ; il parlait à la morveuse. Et la morveuse ouvrait grand la bouche en hochant la tête. Avec une petite langue irritante qui claquait contre son palais quand elle parlait. Bon Dieu, George, Marjorie ! Faites-la taire, voyons !

Comment pouvait-il s'abaisser ainsi... Ted ?

Mon mari ?

L'être que mon corps cherchait à tâtons la nuit ? Comment pouvait-il supporter de rester debout dans ce salon à parler poésie avec une gamine ?

Personne ne voyait-il donc que j'étais là, moi, sacrifiée sur le sol ?

Personne ne me demandait-il donc de me lever ?

Pourquoi étais-je, moi, assise ici ?

MOI, j'étais invitée à dîner ; MOI, j'étais adulte ; MOI, j'étais la femme de la famille Plath-Hughes ; MOI, j'étais la mère ; MOI, je devais être traitée avec intérêt et considération.

Je n'arrivais plus à respirer...

Il fallait que j'écrive là-dessus !

Aussitôt, cette pensée m'a sauvée. J'ai réussi à me lever - Frieda s'occupait toute seule avec le nounours -, je me suis laissée tomber sur le canapé en cuir grinçant qui s'est révélé froid sous mes fesses. J'ai soufflé.

Ted était absorbé dans son blabla.

– Si ça t'intéresse, je peux lire ce que tu écris et te donner un avis.

L'espace d'un instant, il s'est retourné et m'a regardée.

Il ne me voit pas, ai-je pensé. Il est pris par ce qu'il raconte. Par la confirmation qu'il obtient de la part de la jeune fille.

George a dit quelque chose à propos de chasse au renard. La fille a gloussé.

Était-cela qui était en jeu ? L'origine ? Ces trois-là avaient-il quelque chose en commun que je ne partageais pas ? L'Angleterre, ce côté britannique, si vague, si épuisant pour moi, si difficile à cerner. Un pré rempli d'herbe. Des marécages, des bottes pour patauger sans se mouiller, le ciel éternellement venteux, éternellement humide. La fille éveillait-elle une résonance chez mon mari parce qu'elle venait d'un trou paumé semblable à celui dont il... ? Bon Dieu ! J'aurais pu les interrompre et me lancer dans la conversation. Ç'aurait pu être elle et moi, absorbées dans une conversation profonde sur la poésie et la sororité. J'ai éprouvé une morsure de chagrin parce que les choses ne se passaient pas ainsi. Je ne l'intéressais pas le moins du monde.

La jeune fille a plongé ses gros doigts dans son verre. Elle en a extrait une cerise confite et l'a gobée. Se détachant de la compagnie, elle est allée d'un pas lourd voir sa maman dans la cuisine.

– Maman, j'ai été encouragée par Ted Hughes à miser sur ma poésie ! C'est super !

– Mais c'est merveilleux ! s'est exclamée la mère en posant un bref baiser sur la joue de sa fille. Tu as été courageuse de lui en parler ! Nous vous sommes très reconnaissants, Ted !

On est passés à table. J'avais été placée près de Frieda, pour pouvoir lui fourrer des choses dans la bouche. Ted était à l'autre bout, à côté de Marjorie et en face du vieux George, en biais par rapport à la jeune fille Nicola, assise à ma gauche.

J'ai débité en tranches ma patate au four, je l'ai écrasée avec ma fourchette, j'en ai formé une montagne sur laquelle j'ai versé des petits pois et j'ai donné le tout à Frieda. À la maison, j'aurais fait comme d'habitude quand il y avait du rôti, j'aurais mâché la viande moi-même et je l'aurais recrachée pour elle comme une bonne femme de l'âge de pierre. Ted me trouvait dégoûtante de faire ça, mais en Amérique j'avais un parent éloigné qui était mort étouffé par un bout de viande, et je voyais comme l'une de mes plus hautes missions de tenir la mort éloignée de mes enfants. Mais quand j'étais invitée à dîner, je préférais bien sûr m'en tenir au couteau et à la fourchette.

Pendant le reste du dîner, j'ai écouté Nicola babiller sur des trucs de fille - c'était le sujet qu'elle avait réservé pour moi. Elle adorait aller au cinéma, a-t-elle soupiré.

– Ah bon ?

J'avais les mains enterrées dans de la nourriture écrasée et des lambeaux de viande que j'introduisais entre les lèvres barbouillées de Frieda.

– Oui, et c'est super d'imaginer que je pourrais moi-même devenir actrice un jour.

– Ah bon ? ai-je redit sur un ton distrait. Tu ne voulais pas être poète ?

Elle n'a pas répondu.

Elle a continué de parler mode, Brigitte Bardot, projets d'avenir consistant à quitter pour de bon ce trou pourri et réussir dans la vie, et moi, je me sentais humiliée jusqu'à la moelle de mes os puisque MOI, qui aurais bientôt trente ans et qui venais de la lumineuse Amérique, je m'étais posée dans ce trou, qui était maintenant chez moi, en même temps que j'étais contente, bien sûr, de ces projets de déménagement de Nicola - d'ailleurs, pour moi, le plus tôt serait le mieux.

En revenant de chez les voisins, je n'ai pu que me féliciter de 1. pouvoir cocher sur ma liste la case « faire connaissance avec les voisins », en sachant que je m'en étais même sortie brillamment et 2. avoir désormais à ma disposition la matière suffisante pour remplir un roman de petite taille.

– C'est mon arme, ai-je dit tout en avançant avec Ted, main dans la main, dans la rue noire. C'est mon arme, c'est ainsi que je vais supporter les jours qui viennent : je vais écrire sur eux ! Je vais écrire sur ces étranges voisins britanniques. Ils ne voient donc pas comme ils sont caricaturaux ? George avec son bourdonnement enroué monotone, comme s'il avait avalé tous ses billets de banque à l'agence, et qu'il n'arrivait plus à les recracher.

Ted a ri ; j'ai vu ses yeux pétiller, alors j'ai continué.

– Les poils gris qui lui sortent du nez et son désintérêt complet pour tout ce qui n'est pas masculin et tout ce qui n'est pas lui ! Chasse au renard, voyages dans le Sud, souvenirs de voyages dans le Sud, armes et munitions. Affaires bancaires.

Je serrais la main de Ted. Nous sommes entrés dans la maison. Le grand presbytère nous appartenait depuis bientôt six mois, mais je n'avais jamais vraiment eu la sensation d'être chez moi, jusqu'à cet instant. Ted a délicatement porté Frieda dans la chambre d'enfant et il est revenu à pas de loup. Doucement, il m'a enlevé mon manteau et l'a suspendu à un cintre. Nous avons ri quand il m'a embrassée, un rire vraiment complice, puisque nos voisins les plus proches étaient si totalement, mais alors totalement cinglés ! Ted a soufflé de l'air chaud dans mon oreille, il était de bonne humeur - trois bières, deux sherrys, un whisky avec George - et il m'a tourné autour pour enfin appuyer son sexe contre moi, par-derrière, pendant que ses mains reposaient sur mon ventre.

– Auriez-vous l'amabilité de me passer la sauce à la menthe, chère Sylvia ? a-t-il dit en imitant la voix chevrotante de retraité du vieux George.

Il se balançait contre moi, c'était comme si nous faisions ça par défi envers les Anglais de la génération au-dessus. Nous dansions, nous complotions. À force de rire, mes jambes se sont dérobées sous moi, Ted a dû me rattraper et m'embrasser et quelque chose a tressailli dans mon ventre, comme si j'allais avoir une contraction.

Je poussais des grognements. Malgré tout, c'était son couronnement royal que je portais dans mon corps, peu importe le nombre de regards mouillés qu'une Nicola pouvait lui lancer en une soirée. Peu importe l'excitation coincée derrière ses lobes frontaux adolescents, c'était moi qu'il avait pénétrée, moi qu'il avait marquée au fer du propriétaire. Pour le temps d'une vie... Ça m'excitait, les cheveux drus de Ted contre mes cuisses, son empressement à m'ouvrir, de force si nécessaire, ici et maintenant, ce soir. Il m'a déshabillée. Il a déboutonné par-derrière ma robe-tente noir charbon. Je voulais follement conserver cet instant. Ne pas l'abîmer avec mes points de vue, ma façon habituelle de mettre en scène et de diriger. J'allais fermer les yeux. J'ai fermé les yeux.

Ses mains chaudes. Il est tombé à genoux devant moi et il a adressé une prière à mon gros ventre. J'ai pouffé de rire. Lui aussi. Que ne l'avais-je pas encore fait ce jour-là ! Pouffer ! Glousser ! Je pensais à ce mot, glousser, et ça m'a fait rire, et j'ai découvert que c'était merveilleux. Je ne voulais plus m'arrêter. Rire de cette façon frivole – si incroyablement simple et, pour moi, si terriblement difficile. Combien de minutes y a-t-il dans un jour ? Un jour entier, un espace temporel complet, un tour de la Terre sur elle-même, l'effort d'une planète entière pour que le temps suive son cours... Et je n'avais répondu que par des plaintes et des complications. Je voulais rire. Je voulais être caressée jusqu'à la plus douce et délectable extase de vie du royaume des Enfers et rire au nez de la mort. J'ai tiré la langue à mon Ted et, sous les yeux de la mort, je l'ai peloté avec indécence.

Était-ce souvent ainsi ? J'étais debout, nue, dans la pièce, Ted marchait autour de moi, embrassant mes hanches, mes épaules, léchant le haut surdimensionné de mes bras, soulevant mes cheveux longs pour atteindre ma nuque. Était-ce souvent ainsi ? Je me suis posé la question un peu à la va-vite parce que je ne voulais pas être prise par les pensées en cet instant, alors que j'étais si près du bonheur. Mais quand même, était-ce souvent ainsi ? Que Ted et moi trouvions une jouissance noire à faire l'amour après que les péripéties de la journée avaient présenté exactement ce profil, et que j'avais dû lutter avec mon loup et mes démons. Le papillon maléfique. Était-ce souvent ainsi ? Je n'aurais pu être plus excitée, c'était la pointe de la pointe ; comme si j'allais accoucher. Ted a embrassé le point exact où mes fesses se rejoignaient. Ça coulait de moi, de mes tréfonds, un magma brûlant. Il voulait me pénétrer. J'ai senti qu'il se levait, j'ai entendu le cliquetis urgent du ceinturon. Son sexe était dressé et je l'avais tout entier derrière moi à présent. Son sexe contre mon dos, une matraque chaude et souple. Je devais rester ainsi, mon ventre prendrait trop de place si je me retournais. Il s'est pressé contre moi, ses baisers étaient violents et se fissuraient contre mon cou, sous les oreilles. Je répondais par des gémissements. J'avais été si excitée les trois derniers mois, était-il possible que je porte un fils ? Était-ce de la testostérone qui coulait dans mon corps ? Était-ce aussi pour cela que ma jalousie était différente ? Je n'avais aucun souvenir semblable du temps où j'attendais Frieda.

Ted. Sa noirceur venait maintenant, enfin ; maintenant c'était son tour, elle arrivait en cavalcade. C'était quand ma noirceur se transvasait en lui et que je me relevais tel un ange blanc dans la nuit. C'était quand Ted dévorait l'angoisse que j'avais portée tout le jour et qu'il la transformait en sexe. C'était quand il avait bu un peu d'alcool et qu'il pouvait enfin accepter que ses mains soient exigeantes et bonnes, qu'elles étaient des mains qui appartenaient à un corps. Qu'elles désiraient. Qu'elles décidaient.

C'était quand il cessait de se soumettre à ses deux billes de verre sans épaisseur, son regard de poète, quand il cessait de voir la fragilité partout, quand il ne me jugeait plus pour la personne angoissée que j'étais et qu'il mesurait la distance précise qui le séparait de moi afin que nous puissions vivre ensemble.

C'était quand soudain je ne menaçais plus Ted.

C'était alors que nous pouvions faire l'amour.

Ted - son nom, un nounours jaune. Son désir avait quelque chose de si incroyablement angélique, il était si victorien, me semblait-il, aérien et enfantin, comme si sa mère n'avait jamais inventé pour son propre compte un modèle de rôle sexuel qu'elle aurait pu lui montrer. J'avais dit de Ted qu'il était *allergique* à l'intimité. Je lui avais reproché sur un ton condescendant de ne pas être assez romantique. Une sorte de mollesse dans le corps, une absence de revendication. Comme si la seule chose capable de stimuler vraiment la curiosité et la fougue de Ted, c'était Ted lui-même. Quelle tristesse ! Une si grande erreur... Une *faute*. Intérieurement, je haïssais sa mère de lui avoir fait ce mauvais coup. De ne pas avoir donné une libido à son fils ! Aucune sexualité ? Il y avait une telle piété dans ses gestes, et cette dévotion impliquait aussi que, une fois excité, c'était d'une façon adolescente qu'on ne pouvait quasi pas prendre au sérieux, quand il fermait fort les yeux, posait une main prudente sur un sein et le pétrissait, à croire qu'il avait dix-sept ans.

Dix-sept ans et victorien... Un antique nounours.

Moi ! J'étais faite pour des ciels bien plus vastes ! J'avais été baisée par des machos ! J'avais eu plus d'un amant impétueux. Et comme ils m'avaient prise... Comme j'avais fait l'amour avec eux... Ted et moi n'avions jamais approché de ça ensemble et, parfois, ce constat m'amusait. J'avais un avantage par rapport à lui parce qu'il ignorait cette dimension passionnée de la sexualité.

Il était neutre comme un jambon de comptoir.

Et, par moments, c'était le seul défaut que j'aurais eu à lui reprocher.

Mais par des nuits comme celle-ci, quand j'osais moi aussi être pleinement nue, que je me décidais, sur une impulsion. Quand je remarquais que l'alcool l'avait un peu décoincé et que nous venions de nous mesurer à quelques idiots plus idiots que nous, les voisins Tyrer - peut-être avions-nous même reçu une injection de frénésie en direct, grâce au rut pathétique de cette gamine de seize ans -, peu importait.

Maintenant nous étions là, c'était le clair de lune, et il allait me pénétrer. Et tout ce qui était chaud allait couler hors de lui et de moi, en même temps, pendant que je m'arc-boutais sur mes coudes contre le lit en faisant saillir vers lui mon gros derrière.

Après coup, en voyant mon reflet illuminé d'amour et de sueur, j'aurais voulu que le miroir soit capable de photographier la manière dont je souriais en cet instant. Je voulais être prise en photo au moment précis où le monde, quittant son ancrage sur le verre du miroir, se déversait à flots à travers moi, comment l'élasticité de ma peau atteignait jusqu'à mon reflet, là-bas, qui me renvoyait mon image, cheveux emmêlés, l'intensité érotique de la sensation que j'avais à l'intérieur. Ted, lui, s'essuyait, je l'entendais s'affairer dans les toilettes. Je ne craignais plus que tous ces chocs sonores réveillent une quelconque petite fille Frieda, pas maintenant que j'étais grande ouverte, tous les sens dilatés. Que ce qui vivait vive. J'ai ramassé le peigne et je l'ai laissé glisser dans mes cheveux tièdes. À chaque mouvement, le filet mouillé coulait hors de moi, comme une petite naissance. Je souriais à mon reflet. Je devrais toujours être offerte *ainsi* à la postérité - comme un moment réussi fixé dans le temps, cloué sur un miroir. Ma peau moite, mes membres assouplis, moi. Les mains de Ted m'avaient traitée comme une altesse royale. J'étais le personnage central, j'étais à l'honneur, j'avais un visage dont les morveuses du genre Nicola-Tyrer-j'aimerais-bien-faire-poète-quand-je-serai-grande ne pouvaient que rêver. Lolita, Brigitte Bardot et moi. La poète Sylvia Plath. Mes yeux écarquillés braqués sur moi. Petites pupilles démentes, globes de plomb lumineux.

Oui mais voilà, c'est comme ça, ai-je pensé en souriant de nouveau, d'un sourire infernal. Je suis une hystérique. Et mon mari expulse mon angoisse en me baisant.

– Je vais t'acheter un piédestal, m'a consolée Ted dans la cuisine en posant un baiser sur le bout de mon nez. Je vais t'acheter un piédestal et te poser dessus, et je m'agenouillerai à tes pieds et mes prières monteront vers toi.

Mais je n'avais aucun sens de l'humour.

Je tenais une carotte à la main, alors j'ai mordu dedans, histoire de faire quelque chose. J'étais censée rire. Mais j'ai pincé les lèvres. C'était à propos de l'écriture, car Mrs Jenkins m'avait écrit pour m'annoncer qu'ils n'avaient pas assez de place pour insérer une nouvelle de moi dans le nouveau numéro du *New Yorker*. (Je m'étais dandinée jusqu'au portail à la rencontre du facteur qui allait m'apporter les fruits les plus dorés dans le givre de décembre, mais j'avais été déçue et maintenant la lettre de refus vibrionnait dans ma main.)

Le *New Yorker*, c'était le marché américain. Quand le marché américain me trahissait, j'avais la sensation que le sol se dérobait sous mes pieds et que je n'avais plus de chez moi nulle part. Comme si la Grande-Bretagne tout entière était une illusion et que j'étais en réalité pieds nus dans l'Atlantique à l'endroit où celui-ci rencontrait la mer du Nord. J'étais une étrangère dans ce pays, ils n'accueillaient pas mes poèmes avec un enthousiasme formidable mais on s'en fichait, me disais-je, tant pis pour eux, tant qu'il me restait mon Amérique. Ma carte gagnante, mon Amérique. Ma sécurité dans la tête, mes lampions de fête rutilants, mon Amérique. Ma manière de devenir réelle devant ces limaces d'Européens. Ils ne comprenaient peut-être pas mes plantureuses métaphores trop maquillées, mais moi, c'était aussi parce que j'étais américaine que j'écrivais différemment, dans une autre tradition. Et l'Amérique me publierait, l'Amérique me soutiendrait, ça, j'y comptais absolument. Voilà pourquoi la formulation de la lettre de Jenkins m'avait été si fatale : *Je ne pensais pas recevoir un manuscrit en cours d'écriture. Je vous invite bien entendu à me le renvoyer quand il sera abouti.* (Dans mon arrogance, j'avais cru que c'était tout à fait possible, et même bienvenu, de lui adresser un travail en cours, pour qu'elle me pousse un peu, pour qu'elle me fasse part de ses commentaires. Oui, au fait, d'ailleurs, pourquoi lui avais-je envoyé ce texte ? Est-ce que je m'en souvenais ? Si je fouillais ma conscience - et c'était justement ce à quoi je me livrais, là, dans la cuisine, devant Ted qui essayait de plaisanter pendant que, tour à tour, je versais des larmes et grignotais un bout de carotte -, si je fouillais ma conscience, était-ce parce que j'avais besoin d'être vue, reconnue, aimée une fois de plus ? Était-ce encore une de mes méthodes ? Était-ce le moment, une fois de plus ? De me rendre vulnérable pour ensuite être rejetée pour ensuite ouvrir en moi cette béance affamée, celle qui se *nourrissait* du rejet ? Qui le dévorait telle une substance nutritive ?)

À présent je voulais brûler la lettre.

Ted l'a extraite de mes mains bouleversées qui s'apprêtaient à la jeter au feu.

– Non, Sivvy, ne te laisse pas aller à ton ressentiment contre eux. Le ressentiment ne peut pas te sauver.

J'étais inconsolable.

– Mais je comptais sur cette publication !

– Dans ce cas, ce sont tes attentes qui posent problème.

Il était tellement calme, comment pouvait-il être si calme alors qu'une vie circulait dans mon sang en exigeant ma totale concentration et que la rédactrice en Amérique me manquait fondamentalement de respect ? Elle n'avait même pas pris un ton agréable pour m'écrire.

Comment quiconque pouvait-il rester calme dans ces conditions ?

– Tu t'étais fabriqué des attentes. Je t'en prie, ne fais pas ça.

Ted était un appui dans ces moments-là, il me voulait du bien. Avec douceur, il a dégagé la carotte de ma main morveuse et l'a posée sur le plan de travail.

– Tu veux un thé ?

– J'ai essayé ! J'ai tout fait pour essayer de prendre le ton qui leur plaît. Tout ! Tu comprends ? Je me suis débattue avec ce texte pendant plus d'un mois, tout le mois d'octobre, et maintenant je suis enceinte jusqu'aux yeux et je n'ai plus la force d'y penser. Juste cette toute petite parution et j'aurais été heureuse de rester assise ensuite sur mon canapé à tricoter des bonnets. Maintenant je ne peux même pas faire *ça*, alors que je me réjouissais tellement à l'idée...

Ted a allumé le gaz sous la bouilloire.

– Tu vois ? Je débarque partout avec mon énorme volonté, je veux et je veux et je veux, mais il n'y a que moi qui veux !

Alors Ted a ouvert ses grands bras et il m'a serrée contre lui, il m'a offert le boum boum tranquille de sa poitrine. Un train de marchandises dans la nuit, stable, solide. J'étais à lui. Il savait ralentir mon souffle. J'aurais pu m'endormir dans ses bras.

Mais toute cette réalité était trop fatale pour moi, elle me voulait du mal et je ne pouvais que fixer les placards, le papier peint marron, le feu qui s'éteignait et devenait braise derrière la porte ouverte du poêle. La lumière de décembre qui me crachait la réalité à la face. Je ne m'en débarrasserais jamais. Si j'étais une nouvelliste exceptionnelle, je me servirais de tout. Alors, tout ce qui était dur, moisi, ces odeurs matinales incrustées dans les restes du petit déjeuner de Frieda, la saleté du plancher et ce bébé - oui, vraiment, ce bébé - qui me dévorait et me dévorait, tout cela pourrait à la fin se rendre utile et justifier son existence. Toutes ces activités auxquelles la vie me contraignait, leur apparence, leur nature et tout ce qu'elles provoquaient chez moi, bon sang, si je n'étais pas capable de décrire ça et de le transformer en quelque chose qui ait du sens et de la dignité pour les autres, alors ma vie était finie.

La rédactrice du *New Yorker* ne savait pas que mon droit à l'existence en tant qu'être humain sur cette planète était cette nouvelle que je lui avais fait l'honneur de lui adresser ! Un mois durant - depuis que je l'avais envoyée - j'avais rêvé de la manière dont sa réponse me porterait aux nues. Enfin ! Enfin une vraie maîtresse du format court, capable de décrire cette réalité que nous voyons tous et dans laquelle nous sommes tous forcés de vivre. J'avais tout projeté de la direction que prendrait mon œuvre après cela. Chaque fois que Ted montait écrire au grenier, je me repaissais de l'idée merveilleuse que nous étions deux écrivains mariés qui écrivaient l'un et l'autre. Poète et nouvelliste. La nouvelle publiée donnerait du poids à mon nom avant la parution du roman déjà achevé pour lequel j'avais obtenu une bourse, cette *Cloche de verre* qui, elle, allait sortir un beau jour, Dieu merci, et laisser le public médusé, choqué, stupéfait. Il s'agissait de s'y prendre lentement et méthodiquement. Ted était donc monté travailler au grenier et moi, j'avais tout sous contrôle, pas de raison d'éprouver le moindre dépit envieux quand il s'asseyait et produisait ces textes magiques pour la

BBC, à croire que ses doigts n'étaient pas des doigts mais des baguettes de sorcier qu'il agitait au-dessus de la machine à écrire et *pouf*, les gens de la BBC recevaient exactement le matériau radiophonique qu'il leur fallait. Aucun blanc, chez Ted, jamais de doute quant au sujet ni au résultat. Et s'il y avait le moindre problème, alors je me précipitais, je bouchais les trous, je passais avec joie une soirée à relire et à corriger ses textes.

Ted, qui parlait si volontiers du cosmos. N'existait-il donc aucune justice cosmique ?

Nous roulions vers la mer, sur le côté gauche de la route, Ted au volant.

Tout le monde était poète, sauf moi.

Adrienne Rich, par exemple.

Ted Hughes, par exemple.

Marianne Moore, avec son célèbre venin qu'elle avait déversé sur moi comme une sauce fétide lors d'un cocktail à New York, quand je lui avais montré mon poème frémissant.

Plus mon ventre devenait énorme, et il ne faisait que ça, plus je savais que ma vie rampait à reculons pendant que celle des autres s'élançait vers l'avenir.

J'étais assise dans la voiture conduite par Ted, une boîte noire sur roues qui devait nous emmener jusqu'à la mer. Et je savais, depuis l'instant où je m'étais assise à côté de lui à la place du passager, que c'était une mauvaise idée, on était en décembre, sous le crachin, et pourtant il voulait à tout prix me prouver, avec cette ardeur positive à la Ted qui s'emparait parfois de lui que « mais si, c'est une bonne idée ».

Tu dois voir le monde, Sylvia.

Tu n'es pas enfermée à clé.

Le monde est là pour toi.
Moi, je voyais toute chose à travers mon voile de deuil, à la radio on annonçait qu'un enfant avait été tué sur une plage dans le Nord-Ouest de l'Angleterre, n'était-ce pas vers cet endroit que nous nous dirigions ?

– Non, Sylvia, nous sommes dans le Sud du pays, *s'il te plaît*, ne te tracasse pas.

Les mots « s'il te plaît » spécialement soulignés.

J'ai éteint la radio.

Je me suis recroquevillée en fœtus sur mon siège en essayant de me tourner un peu sur le côté ; une montagne stationnait sur mon torse et, à l'intérieur de la montagne, une mer ; j'avais déjà une mer, je n'avais pas besoin de prendre une voiture pour aller en voir une.

Mais, dans un moment de faiblesse, j'avais déclaré qu'il me « fallait une mer » et, alors, Ted avait décidé que je l'aurais.

Vallées à l'infini, collines montantes et descendantes, dans ce labyrinthe qu'était le Devon et dont on avait en permanence envie de s'échapper (si on était moi). À part ça, une lumière grise sinistre dans un ciel lourd, et nous.

Fourrés dans une voiture, dans les cahots et le silence.

Va savoir si c'était l'état des routes, de plus en plus délabrées à mesure que nous approchions du but, qui m'ont donné des remontées acides et la nausée. Le bébé était déjà énorme et voilà qu'il me balançait des coups de pied dans l'estomac, à chaque virage les sucs gastriques me remontaient dans la gorge.

– Arrête-toi, j'ai besoin de vomir.

Ted a bifurqué sur un chemin gravillonné. J'ai roulé hors de la voiture et je me suis pliée en deux en visant le fossé. Rien n'est sorti. Ted me regardait par le pare-brise. Facile pour lui de rester assis et de juger quelqu'un dans ma situation. À croire qu'il *voulait* que je vomisse.

– Pas de succès ? a-t-il fait quand je suis revenue.
– Arrête !
Je lui ai lancé un regard noir. Se moquer d'une personne enceinte qui a la nausée.
– J'essaie de survivre, au cas où tu ne t'en serais pas aperçu.
– Tu ne veux pas aller à la mer ?
– Bien sûr que je veux aller à la mer. Alors arrête de discuter et conduis-moi.
Ted souhaitait me démontrer que l'Angleterre aussi avait un océan, l'Angleterre aussi était bordée de plages libératrices, où les phoques venaient prendre des bains de soleil et où on pouvait s'enfoncer dans les gravillons tièdes, l'été, collectionner des cailloux atypiques et sentir le froid atlantique à même la peau dès qu'on s'éloignait un peu à la nage.
Je me plaignais si souvent de l'Angleterre ; on ne voyait jamais d'océan ici !
Alors Ted voulait me rendre ce service, c'était son côté romantique, celui qui désirait aussi de temps en temps (disons, une fois par mois, quand je l'avais suffisamment inspiré) confectionner du pain, réparer un jouet, commander des graines par correspondance. L'Angleterre n'était pas un pays très romantique, au fond, à moins de compter pour romantique l'esthétique sirupeuse gnangnan buveuse de thé à la Beatrix Potter, si innocente, si ingénument victorienne. Même pas victorienne avec un *relief*, même pas - et ça c'était vrai, je l'avais vu - de la noirceur avec un *relief*.
Or Ted s'était entiché de moi parce que j'étais une source de noirceur patentée ! Une mine de précieuses ténèbres, un pur réservoir de boue américaine.
Et de mon côté, je n'étais en Angleterre qu'à titre de réfugiée, en fuite loin des ténèbres, et s'il s'était intéressé à moi le moins du monde, il l'aurait compris.

– On est arrivés, a dit Ted en coupant le moteur.

Ici, il pleuvait davantage que chez nous, le pare-brise et les vitres ne laissaient rien filtrer et je ne voyais aucune mer.

– Elle est en bas. Viens, je veux te montrer la mer. Nous sommes arrivés.

Ted a entrebâillé la portière et par cette fente j'ai entrevu la mer, celle qui allait me porter jusque chez moi, en Amérique, si seulement il y avait par ici un bateau prêt à me ramener ; une grande mer toute crue qui ne s'excusait de rien, qui ne se décorait d'aucune plage blanche, nous étions sur un promontoire rocheux, à pic au-dessus de cette eau sans merci, à pic, et les vagues étaient hautes.

J'ai eu le vertige. Le gros ventre que je portais, le bébé à l'intérieur, une planète entière, et Adrienne Rich, elle commençait à voir sa poésie publiée de façon très régulière maintenant, il fallait bien l'admettre, et moi j'étais assise sur le siège passager d'une voiture au bord d'un promontoire rocheux près de Woolacombe Sands en décembre.

Je ne voulais pas être moi. J'éprouvais vis-à-vis du bébé une responsabilité de rester dans la voiture, de ne prendre aucun risque, mais Ted ne comprendrait pas mes excuses ; il ne comprendrait jamais ce que c'était que d'être entravée, car il était libre, il avait toute liberté de porter ses jambes simples hors de la voiture et de descendre par les rochers jusqu'à cette espèce de mer grise primitive.

– J'ai trop mal au cœur. Je ne veux pas. Le voyage m'a donné mal au cœur. Pardon.

Les cheveux de Ted se dressaient dans le vent. L'air froid s'engouffrait par la portière ; dans la voiture, ça sentait le sexe et les algues, et une odeur de pierre dure, mouillée, d'un froid de glace. Il a soupiré, il a passé un bras à l'intérieur, j'aurais aimé lui complaire en accomplissant ma part de ce voyage avec lui, une petite excursion à deux - Frieda chez la voisine, bourrée de gâteaux et de jus de fruit -, rien que lui et moi.

Et voilà que je ramenais ce colis monstrueux, mon corps, et que je me retirais du jeu en m'obstinant à rester attachée sur mon siège. À sangloter à corps perdu, et il verrait que j'étais une victime, tout ce qu'il verrait, ce serait cette victime des circonstances, incapable de se débarrasser de ses chaînes et de descendre simplement de la voiture, de rire en regardant le ciel et de découvrir un bout de la côte ouest de l'Angleterre avec lui.

Quand il a disparu de ma vue par la vitre floutée pour dégringoler jusqu'en bas des rochers, les remontées acides ont cessé et des mots se sont engouffrés dans ma tête. Des mots.

J'ai pu me laisser aller contre le dossier du siège, sentir le bébé cesser de m'envoyer des coups de pied dans la gorge et un calme paisible se répandre en moi, presque comme un sommeil.

J'étais si bien quand Ted n'était pas là. Il m'arrivait quelque chose alors. Dès qu'il s'éloignait de ma vie, j'étais tranquille, et cette fois le phénomène m'a interpellée. Ç'avait été pareil quand on avait testé la vie commune en tant qu'écrivains boursiers à la résidence d'artistes de Yaddo, à Saratoga Springs. Moi, persuadée d'avance de pouvoir penser quand il était dans les parages. Mais non. Ses exigences, que je sois une fille qui sache à la fois écrire et être heureuse, j'en avais jusque-là ! En réalité c'était lui, la cause de mes remontées acides. Mon corps n'était rien d'autre qu'une réaction.

Assise là, solitaire, j'ai écrit un poème. Dans ma tête, tout était bienheureux, j'avais déjà la sensation d'être debout face à une mer et de jeter un grand filet pour capturer un poisson rare. J'avais déjà une infinité de mers dans la tête, dans les réserves de ma mémoire ; j'avais grandi au bord de l'océan, il était en moi. J'ai écrit le poème avec cette conviction, et quand Ted est revenu, trempé, avec une ride sévère et froide entre les sourcils, je l'ai assailli de gestes secourables pour l'aider à se changer afin que nous puissions rentrer en sécurité.

– Tu ne voudrais pas conduire ? a-t-il demandé en s'essuyant avec la couverture que j'avais récupérée sur la banquette arrière.

À cette question, la réalité s'est engouffrée en moi une fois de plus. Il dérangeait ma paix avec sa réalité, voulait-il sérieusement que je prenne le volant ? Enceinte jusqu'aux yeux ? Pendant tout le trajet jusqu'à la maison ?

J'ai secoué la tête et il a poussé un soupir.

– C'était rudement beau en bas, a-t-il dit. La grande mer sauvage. C'était comme regarder l'univers dans les yeux.

– Contente pour toi.

Il s'est essuyé les cheveux. Ils sont restés dressés sur sa tête comme un balai-brosse.

– La prochaine fois qu'on viendra, on descendra tous les deux, a dit Ted. Tu auras peut-être accouché entre-temps, et ce sera l'été.

Il a déposé un baiser sur le bout de mon nez et il a démarré.

Un tricot en cours était posé sur la table basse. Je l'avais posé là, et il me dévisageait, assise à ma place sur notre canapé rouge.

J'avais cru que le monde entier aller tourner autour de moi et de mon tricot, qui était *mon* récit maintenant, puisque j'avais choisi de tricoter, à ce détail près que personne dans cette maison ne se souciait de mon récit à part moi.

Je regardais par la fenêtre le père et l'enfant.

Ils étaient sortis. Ils m'avaient vue en train de tricoter sur le canapé, Ted avait dit : « Que c'est cosy, nous, on va aller désherber dehors » et Frieda avait brandi son petit râteau rouge. Le 15 décembre, hiver gris et venteux en Angleterre, et il me restait un bon petit mois de grossesse. Par l'espace entre le sol et la porte d'entrée, les vents du Devon s'engouffraient sous nos pieds, la nuit il faisait glacial, mais à présent le soleil était revenu et adoucissait toute chose le temps de quelques heures en milieu de journée.

Ils étaient sortis en me laissant seule. En un clin d'œil, tricoter n'avait plus rien d'amusant. Volatilisé, le tricot ; potentiel mort. J'avais eu quelque chose qui me donnait de la joie, mais comment éprouver de la joie puisque Ted n'était plus là pour me voir ? Je TRICOTE, voilà ce que j'aurais dû dire, ai-je pensé, cela l'aurait rendu attentif à moi.

Oh, si seulement il pouvait *s'intéresser*. C'était si rare qu'il soit d'humeur à le faire. En général il était beaucoup trop occupé par ses propres projets. Et aussitôt, les rôles étaient coulés dans le béton. Car lorsqu'il m'ignorait, l'intérêt pour ce qui était moi, mien, mon monde, se déplaçait vers le sien. Qui était à lui et rien qu'à lui. À Ted. Et je ne pouvais plus demeurer dans mon tricot. J'étais obligée de sortir. Obligée de sortir et de participer à SA définition de la vie. Tout ce qui était vrai, juste, bon, essentiel... Lui.

J'ai bu une gorgée du thé refroidi qui traînait sur la table. Il avait un goût de terre. Il y aurait sûrement moyen de l'aider dans son travail au jardin, ne serait-ce qu'en répandant de la farine d'os sur les bulbes. Il y avait tant de choses à faire ici, dans notre grande et merveilleuse maison. Qu'était un tricot comparé à tout cela ? Qu'étais-je, moi, comparée à tout ce qui était lui ?

Farine d'os.

Péniblement, j'ai enfilé mes bottes en caoutchouc et je suis sortie dans le jardin balayé par le vent avec mon sourire et le carton de farine d'os. Ils ne m'avaient pas encore aperçue, ils se trouvaient du côté des pommiers, dont ils inspectaient les branches. Avait-il l'intention de tailler quelque chose ? Frieda, debout dans la bise froide, avait rassemblé des branchages en tas, comme pour faire du feu. Soudain son bonnet a glissé et s'est envolé ; j'ai à peine entendu son cri, tant le vent noyait sa voix quand elle s'est précipitée à sa suite.

Partout dans l'herbe, on voyait la végétation morte de l'an dernier, celle qui s'était pavanée sous nos yeux en été quand nous avions acheté la maison. Je n'avais jamais été aussi joyeuse. La maison dardait vers nous ses rayons et nous montrait qui nous étions réellement ; c'était comme se tenir devant un miroir et se voir validé dans son être. Toutes les autres maisons que nous avions visitées avaient quelque chose de sombre et de misérable. Toute la routine et l'ennui britanniques. Nous ne pouvions pas nous imaginer dans de telles maisons. Ted et moi, il nous fallait quelque chose qui avait été autrefois grand et important, à présent abandonné, et que nous réveillerions grâce à la flamme et à la force spéciales qui étaient les nôtres. Les presbytères, voilà des édifices construits avec orgueil et des matériaux nobles. Tout ce qu'il fallait à celui-ci, c'était un jeune couple qui assumerait la tâche de porter le passé vers l'avenir. Ted et moi et nos enfants. Je roucoulais comme un pigeon, j'étais en route vers la deuxième délicieuse moitié de la grossesse, de petits levreaux duveteux nichaient dans ma poitrine. Je me suis rengorgée devant sir Arundel, le propriétaire, j'ai poussé mon ventre vers lui pour montrer à quel point j'étais enceinte. Je voulais qu'il nous aime. Il allait nous aimer pour qui nous étions et parce que j'amenais un nouvel enfant dans sa maison et parce que j'étais si belle et parce que tout mon rêve était là dans sa cuisine et dansait devant nous, et voilà précisément ce que nous avons acheté. Mon rêve. Le propriétaire souriait sans conviction mais peu importe, j'étais pleine d'indulgence pour lui, pourquoi ? Parce que mon sentiment était si satisfaisant en lui-même qu'il suffisait à tout. ON AVAIT RÉUSSI. ON AVAIT RÉUSSI ! Maintenant il ne restait plus qu'à s'en occuper.

– Tu es sûre ? a demandé Ted, plein d'inquiétude, lui qui avait été jusque-là si sûr de son fait.

– TOUT À FAIT sûre. TOUT À FAIT sûre, roucoulais-je. Il faut juste que j'emprunte votre téléphone pour appeler Maman.

C'était elle qui allait nous prêter l'argent et j'ai composé en tremblant le numéro des parents de Ted dans le Yorkshire, où ma mère se trouvait en visite à ce moment-là.

– ON A RÉUSSI, MAMAN !

Je criais presque. J'avais les larmes aux yeux à cause de l'effort.

– ON A RÉUSSI, ON A ACHETÉ LA MAISON ! ON A TROUVÉ LE LIEU QUI NOUS CORRESPOND !

Ma mère s'est retrouvée sans défense, comme n'importe qui face à une intention si farouche - celle de lui faire saisir mon effervescence, mon enthousiasme, mon bonheur absolu. Ma mère qui connaissait mes changements d'humeur, ma mère qui se méfiait quand je m'excitais ainsi en déployant toute l'étendue de mon registre émotionnel. Ma mère qui savait mes revirements infaillibles.

Ne pouvait-elle pas au moins faire semblant d'être contente ?

– Ah, mais quelle bonne nouvelle, Sivvy, félicitations. C'est donc une maison correcte ?

– C'est la MEILLEURE maison, Maman. Elle ne peut pas être mieux !

– Et Ted ? Qu'en pense-t-il ?

– Il est fou de bonheur.

– Alors je n'ai peut-être même pas besoin de venir l'inspecter.

– Tu peux nous faire confiance, Maman. Nous avons trouvé notre endroit sur terre.

– C'est bien, Sivvy. Je ne peux que te faire confiance.

Sa froideur hautaine, sa volonté de tout contrôler, sa manière de me voler ma propre joie.

– N'es-tu pas contente ? lui ai-je demandé.

– Cela m'intéresserait de voir les documents de vente. Si tu veux bien me les transmettre.

J'étais en chute libre, bientôt je serais tout en bas, bientôt elle aurait coupé la corde qui avait été si solide en moi quelques instants plus tôt - la corde de la joie. Bientôt je m'effondrerais sur le sol, littéralement, avec la sensation d'être morte.

J'ai soupiré.

– On t'envoie tous les documents que tu veux, Maman. À condition que tu comprennes à quel point je te suis reconnaissante de t'être occupée de Frieda aujourd'hui, ce qui nous a permis de partir et de trouver la perle rare !

– Allons, allons, c'est tout naturel.

– Je suis si heureuse, Maman. Je suis si heureuse !

Elle n'a pas réagi. Nous avons raccroché et je suis ressortie dans le jardin d'août rempli de buddleias ensauvagés dont les plumeaux lilas jaillissaient de toutes parts : tant d'étendue, tant de pommiers merveilleux, rutilants, croulant sous les pommes ; tant de fleurs fantastiques dont nous allions apprendre les noms, de fraises cramoisies sous leurs petites feuilles vertes. Nous pourrions avoir des ruches... Des abeilles, comme mon père.

Je suis sortie au milieu de cette merveille, j'ai cueilli une pomme parmi toutes celles qui faisaient ployer l'arbre, et j'ai eu cette pensée : Maintenant je suis au paradis. Bienvenue, Sivvy, bienvenue au paradis ! Quelle chance que Ted m'emmène loin de Londres, cette ville sale pleine de suie, ses soubresauts d'après-guerre, sa sourde angoisse pilonnée par les bombes, sa morve noire. Au départ, c'était moi qui n'avais pas voulu quitter la ville, puisque nous y avions toute la vie littéraire que je pouvais souhaiter - des lieux de culture et de conversation, des écrivains formidables et la possibilité de faire partie de leur cercle, des cinémas, des librairies, tout. Mais plus le désir de Ted devenait ma loi, plus je me précipitais au-devant de ses exigences en leur permettant de devenir ma réalité, mon langage. Après avoir avancé, avec conviction et émotion, tous les contre-arguments possibles et imaginables, j'étais à présent tout feu tout flamme pour l'autre camp. Le camp de Ted. Ses volontés, ses notions, ses idées étaient maintenant les miennes. Je n'avais plus aucune indulgence pour la vie citadine. Ceci, ceci était la seule option qui ait le moindre intérêt !

J'ai mordu dans le fruit ; en sentant l'âcre douceur passer de mes dents dans ma gorge, je me suis soudain fait l'effet d'un lieu commun sur pattes, un cliché au soleil.

Et à présent la végétation était morte, métamorphosée en avaricieuse réalité de décembre étalée sur le sol. Tourbe, foin et boue collante, il était presque impossible d'imaginer que tout ceci avait été vivant naguère.

Ted sortait des outils de la remise - cisailles, scie, fourche et râteau -, il voulait scier des branches, employer ses membres durs, puissants, *faire* des choses. Il y avait toute une liste là-bas sur la table de la cuisine, une longue liste de réparations à accomplir, d'artisans qui pourraient venir à telle date fixée d'avance. (Oh, ne pouvions-nous pas attendre que le bébé ait au moins quelques mois ? Mais NON, si la décision revenait à Ted, tout devait se faire au plus tôt.) La terre devait être retournée au printemps puisque nous avions l'intention de la cultiver dès que possible. Ted voulait que nous vendions certains légumes au marché. Des fleurs aussi, en bouquets, nous comptions sur une mer de jonquilles et de narcisses fin mars, si le printemps était précoce. Ainsi, en plus, nous gagnerions de l'argent. À l'été, nous vendrions aussi des fraises, et pour cela Ted voulait installer des bacs à culture à partir d'anciens montants de porte qu'il comptait remplir de terre.

Soudain il m'a aperçue ; il s'est retourné, et son visage coupant, anguleux, s'est adouci en voyant que je me dirigeais vers lui.

– Nous allons couper des branches et faire du feu ! a-t-il crié en montrant le tas de Frieda.

J'ai souri.

– Je vois.

Il s'est approché, il était chaud, il m'a entourée de son bras. J'explosais intérieurement de l'odeur de son odeur. Si spéciale pour moi. Je l'aimais.

Ted a essuyé une larme au coin de mon œil. J'ai ri.

– Je ne pleure pas, je te jure ! C'est juste que ça souffle tellement !

Il m'a embrassée sur la bouche. Baiser froid, sucré, ses petites lèvres m'ont touchée pile au bon endroit.

– Comment va le tricot ? Tu n'allais pas tricoter ?

– Plus tard. Et si je répandais de la farine d'os ?

J'ai exhibé le paquet.

Ted a haussé les épaules, il n'avait pas l'air impressionné.

– Si tu veux.

Ça s'est produit instantanément - de nouveau - comme à l'instant où j'avais perdu tout intérêt pour le tricot.

Ted m'a laissée avec mon paquet de farine d'os.

J'ai senti l'excitation se dissiper et disparaître. J'étais venue jusqu'à lui, j'étais venue jusqu'à lui et Frieda, avec le désir de participer. J'avais un rêve, une vision. À présent me voilà, un résultat de ce rêve, et pile à ce moment, quand j'arrivais, le rêve mourait.

J'avais eu un rêve qui était de répandre la farine d'os. J'avais pensé, inspirée par les initiatives vigoureuses de Ted sur le terrain, avec les arbres, et dans sa paternité avec Frieda, que je voulais en être, je voulais participer au rêve moi aussi ! Je ne voulais pas rester toute seule à tricoter à l'intérieur.

Ted a scié trois grosses branches disproportionnées et je l'ai regardé faire, ça faisait des mois qu'on se disait qu'il fallait les tailler, ces branches, avant l'arrivée du printemps. L'une s'est accrochée à ses vêtements. Il s'est dégagé. Puis il s'est tourné vers moi et il a crié face au vent :

– Il y a certains bulbes sur lesquels tu peux répandre la farine d'os. Ce n'est pas une mauvaise idée, je crois ! Prends le champ de narcisses et de jonquilles, tu vois de quoi je parle ?

Il agitait la main.

Oui, je voyais de quoi il parlait.

Au bord des larmes, j'ai commencé à arpenter le terrain comme une ouvrière agricole sous le vent, à répandre la farine d'os sur des centaines de bulbes de narcisses qui attendaient dans la terre, recouverts de pesante tourbe serpentine.

Frieda ne s'intéressait qu'à son père et à son jeu.

De ridicules grains minuscules. Des os moulus. Pauvres bêtes, pauvres bêtes innocentes qui avaient été moulues dans une usine pour que j'aie de beaux bulbes à vendre au marché. Quelle saloperie en vérité, quelle saloperie.

Je regardais les petits grains emportés par le vent retomber bêtement sur le sol. Une activité d'une simplicité débile, et si peu intellectuelle. J'avais *mal* de devoir faire quoi que ce soit. Je n'aimais pas ça. Faire, ça consistait à terminer une chose avant de passer à la suivante, c'était lâcher prise et cesser de rêver qu'on faisait ceci ou cela. Faire n'avait aucune perfection, je préférais rester dans le rêve, c'était une vraie tare chez moi, mais répandre la farine d'os sur les bulbes avec ma fille et mon mari avait été tellement plus amusant dans le rêve. J'avais visualisé la scène... Elle s'y associait à une émotion puissante... Où était cette émotion à présent ? Pour moi, la réalité était simplement laide, et cela me déchirait de honte de ressentir les choses ainsi. Ingrate ! Les mots de ma mère résonnaient en moi. Tu n'es qu'une enfant gâtée !

Et Ted qui me criait de loin :

– Bravo, Sylvia, bien joué !

J'ai jeté le paquet vide, d'un geste dramatique excessif mais impossible à arrêter, mes membres s'exécutaient d'eux-mêmes. Le carton a été emporté par le vent, Frieda s'est précipitée à sa suite.

Je suis retournée à l'intérieur et j'ai repris mon tricot.

J'avais lu quelque part que la dernière impulsion d'un être humain, à l'instant de mourir, était de réclamer sa mère. Si près de la mort, la lutte ordinaire pour ne pas accorder trop d'importance à sa mère cessait. Tout l'effort pour s'éloigner d'elle se volatilisait, et l'essence de l'humain se manifestait : tendre la main en appelant sa maman !

« Maman, où es-tu ? »

« Maman, viens. »

Ted, lui, m'y poussait sans arrêt. Il me poussait à 1. vouloir écrire et 2. réclamer ma mère.

Nous nous étions disputés. Qu'était-ce donc que cette chose complètement morte que je sentais dans ma poitrine ? Comme si j'allais sombrer.

Après une dispute j'étais incapable de le regarder dans les yeux, et ça pouvait durer toute la soirée. Alors je plongeais dans les yeux de Frieda. Le scintillement de son regard quand elle se débarrassait de ses chaussettes en laine devant le feu, où il faisait chaud.

La couche. Le pompon de cheveux. Elle avait un petit éléphant en peluche à l'oreille à moitié arrachée à force d'être mordue ;

elle l'a porté à sa bouche. Elle devait se brosser les dents avec Ted, mais je voulais rester un moment à lui sourire, à sentir refluer la dispute que j'avais eue avec son papa.

J'allais écrire là-dessus, voilà ce que j'ai pensé (mais je n'arrivais pas à incorporer les disputes dans un texte, jamais je ne réussirais à décrire cela). Frieda était encore trop petite pour souffrir de nos scènes. Et tant que cela nourrissait mon écriture et me faisait explorer des alternatives à la vie avec lui, petits espaces de respiration, par exemple tourner la tête à la recherche de ma mère, c'était bien. Rafraîchissant.

Une demi-heure auparavant à peine, une phrase maladroite de ma part avait déclenché une scène dans la cuisine.

L'homme de haute taille, le grand poète dégingandé pourvu de tant de muscles et de raison, avec son intellect brillant caché derrière ses yeux. N'avait-il pas les moyens d'être indulgent avec moi ? N'était-il pas capable de garder son calme ?

Il *feulait*, comme si nous étions des animaux. Il faisait peur à Frieda. Il me faisait peur à moi puisqu'il faisait peur à ma fille. Mon impulsion première était de la préserver de la douleur, de la garder pure, blanche et poreuse comme un os de viande qu'on a fini de ronger. La tenir éloignée du poids de son passé (nous deux), pure de toute peur.

Mon cœur tambourinait sur le divan.

Mais ça n'avait pas été possible. Et j'ai pensé, j'écrirai là-dessus, après.

Ted a fait un énorme câlin à Frieda comme pour me dire : celui qui t'était destiné, tu ne l'auras pas car tu es en disgrâce, mais comme je veux quand même te montrer qu'il existe encore, j'offre à présent mon amour à notre fille. Car je suis un bon père.

Qu'avais-je fait ?

J'ai saisi le petit pendentif au bout de sa chaîne sur ma poitrine tambourinante et je l'ai porté à mes lèvres : l'antilope en argent que je portais autour du cou ; elle avait un goût métallique. J'allais écrire là-dessus quand Ted et Frieda seraient montés se coucher, c'était la seule façon de se libérer de la douleur. J'allais l'utiliser. Ted est formidable pour mon sang-froid, ai-je pensé. Il torture mon âme d'écrivain, il me maintient juste au-dessus de la surface d'une eau anglaise glaciale.

Que lui avais-je dit ?

Il n'avait pas essuyé le tiroir de la cuisine avant d'y ranger les couverts, les mesures, les louches et les couteaux. Nous avions nettoyé la cuisine après la rénovation qui avait eu lieu à l'automne et maintenant il pensait que c'était fini ; mais la tendance que j'avais décelée en lui, cette façon de faire les choses à moitié, jamais à fond, je ne la supportais pas. J'avais très envie de faire grand ménage de ce vilain défaut. C'était l'héritage de sa mère, les poêles pleines de gras qu'elle laissait traîner dans sa cuisine du Yorkshire, l'odeur aigre de lavette mal rincée. Tout ce que je voyais, c'était la laideur et la manière dont les microbes proliféraient pendant que nous mangions, je les voyais littéralement grouiller sur ses mains. Comment la mère de Ted était-elle capable de se réjouir dans une telle cuisine, capable de nourrir autrui et de se sentir satisfaite du résultat de ses efforts ? Comment Ted et Olwyn pouvaient-ils rire avec elle dans une telle cuisine, alors que tout était sale, que les ustensiles pendaient n'importe comment sur les murs sans le moindre sens esthétique et que le sol était jonché de miettes que personne ne ramassait ? C'était une cuisine de prolétaires. Ted Hughes me rappelait tout ce que ma mère m'avait appris à mépriser et dont je souhaitais à présent me servir pour le flageller. Je vénérais ma mère pour tout ce qu'elle m'avait enseigné d'idéaux ménagers de modernité, d'efficacité et d'organisation. J'ai invoqué ma mère dans ma poitrine. Ted s'arrangerait toujours pour que je la réclame. Encore. Et encore.

Maman.

À présent, je laissais courir le pendentif sur mon nez, c'était une antilope de la savane ; je l'avais reçue de mon père pour mes sept ans. *Pour ton regard, ma Sylvia rapide comme l'éclair, ton regard de gazelle.* Je l'ai suçotée un moment, Frieda a sauté sur mes genoux pour me souhaiter une bonne nuit. J'ai inspiré son odeur avec le désir d'arrêter le temps, une odeur de pommade et de cheveux doux comme le miel. Son visage était tellement ouvert ; si tout le reste me submergeait, déferlait sur moi, me tiraillait, Frieda était un répit, une respiration, un point dans le temps où tout tenait en équilibre.

Je choisissais à chaque minute d'être sa mère. Tant de soirs après que nous nous serions disputés ou aimés, Ted et moi, je poserais un baiser sur ses cheveux d'enfant. Car c'était la vie.

– Nuit, Maman, a-t-elle dit en s'accrochant à mon cou et en manquant m'étouffer avec ses mouvements brusques, informes.

– Bonne nuit, mon abeille, ai-je répondu.

Et alors - pendant la dispute - je lui avais dit, car je ne supportais pas ce laisser-aller dans la cuisine, je ne supportais pas ses façons de prolétaire, et un beau jour j'extirperais tout ça de lui une bonne fois, toute cette merde - si, si, j'y étais fermement décidée -, j'avais dit : LÀ, IL VA FALLOIR RÉVISER TA LEÇON, TED.

Et c'est le mot, le mot lui-même, le mot leçon, qu'il n'a pas supporté. Comme si je lui avais recraché en pleine figure cette saleté qu'il portait en lui. Comme si j'avais suggéré que c'était SA saleté qui traînait là dans notre tiroir. Sa saleté qu'il n'avait pas pris la peine d'essuyer. Comme s'il s'agissait de nous, de lui. *Leçon.* À peine le mot prononcé, là, dans la cuisine, j'ai perçu le son horrible que ça rendait à ses oreilles. Horrible. Répugnant. Ses yeux se sont rétrécis. Les petites pastilles menthe cristallines de Ted, ses petits yeux rusés. Deux fentes. Étroites, dures, sans profondeur. Ses yeux amers.

– Dis-moi plutôt quelque chose d'agréable, a-t-il sifflé. J'ai rangé toute la cuisine. Et toi, qu'as-tu fait ? Si tu veux m'aider pour le ménage, tu es la bienvenue.

– J'avais Frieda.

– Mais Frieda, tu l'as toujours. Curieux, non ? Moi aussi j'ai Frieda, et j'ai *quand même* fait le ménage. Ça m'attriste. Tu ne pourrais pas voir un peu ce que j'accomplis ?

– Ça ne t'attriste pas. Ça te vexe.

– Si, ça me rend triste.

– Tu es l'homme qui se vexe le plus facilement de toute l'histoire de l'humanité.

Et là, c'est comme si l'air lui-même s'était transformé. Il est devenu radioactif, saturé de gaz d'échappement, et j'ai remercié Frieda, je l'ai remerciée parce qu'elle ne savait pas encore bien parler.

– Ne viens pas me faire la leçon, Sylvia, putain. Dis-moi quelque chose de gentil !

– Mais allô ! Je l'ai dit avec humour !

– Quel humour ? Ton humour est vraiment d'un ennui à gerber !

– Je l'ai dit avec amour !

Là, à mon dépit, j'ai remarqué que ma voix dérapait dans les aigus ; c'était une voix de femme enceinte, une voix qui ne portait pas, une voix en position d'infériorité.

– Tu ne l'as pas dit avec le moindre putain d'amour.

– Arrête de jurer !

– Je jure autant que je veux, bordel de merde.

Pendant que s'échangeaient ces répliques, la bouche de Frieda émettait un cri de plus en plus strident. Plus nous aboyions, plus elle se rendait insupportable. Elle gigotait sur sa chaise de bébé, impossible de fixer son corps du regard. Je lui ai donné des grains de maïs ; ça l'a calmée.

Soupe de poisson incolore à dîner, préparée par lui - je trouvais qu'elle manquait de sel mais je n'osais pas tendre la main vers la salière de peur qu'il ne se vexe encore plus. On a dîné en silence sans se regarder.

C'est bien, la nourriture, ai-je pensé. C'est bien de manger. C'est comme ça qu'on rétablit la bonne humeur familiale.

Mais alors la deuxième salve d'insultes a explosé, et c'est la dernière qui m'a le plus blessée, Ted le savait et moi aussi, c'était son privilège, le coup de grâce, que lui seul pouvait porter. Car je lui avais fait du mal, alors j'allais devoir souffrir plus que lui (encore un défaut hérité de l'enfance, ai-je pensé, il trimballait tant de valises qui lui venaient de là, tant de frustration, tant de rage pourrie tordue qui survivait là-dedans quelque part). Il a dit :

– La leçon, tu peux la faire à tes élèves. Tu peux la faire à tes étudiantes. Mais... Ah, mais oui, c'est vrai ! Tu n'en as plus, d'étudiantes... Tu n'es plus professeure.

Silence. Puis :

– Tu te souviens ? Ce métier que tu as abandonné, vu que tu allais être écrivain à plein temps désormais.

C'était arrivé des centaines de fois et ça arriverait encore des centaines de fois que mon angoisse et ma panique s'intensifient, parce que c'était ma faute, j'avais employé le mot leçon. Je l'avais offensé, tout était ma faute et j'avais gâché le dîner, mais mon mari, lui, disposait d'une artillerie bien plus lourde quand il m'humiliait à propos de l'écriture - le couteau le plus aiguisé, qui ouvrait la pire des blessures -, alors je ne pouvais jamais lui demander pardon. C'était mon orgueil, je le savais. Mais c'était aussi le pouvoir de mon mari sur moi. Je le haïssais. Oui, encore, là, sur le canapé rouge pendant que je le regardais déverser son amour sur sa fille qui devait aller au lit. Je le haïssais. Un autre enfant avec lui… J'étais même inquiète à l'idée de comment ça allait se passer.

Et là, je me suis raccrochée à une bouée de sauvetage. Le printemps. L'écriture. J'écrirais dehors, au jardin, ai-je pensé. Je cherchais le sauvetage ultime, loin de l'humiliation subite qui venait d'avoir lieu.

Maman.

Ma mère allait venir. Soudain, elle m'est apparue comme un recours. Ma mère que je détestais, en même temps, et dont j'avais dû me protéger en dressant tout un Atlantique entre elle et moi.

Ma mère, sa respectabilité lisse, sa perfection froide qui se passait de mots. Ses exigences vis-à-vis de moi qui ne s'accompagnaient jamais de la moindre tendresse. Aucun amour, rien que des exigences, pour qu'elle puisse se sentir accomplie, pour amortir son angoisse.

Je devais être compétente, je devais faire des études, je devais être diplômée. En même temps je devais devenir cette femme libre qu'elle-même, prisonnière de sa génération, ne pouvait pas être. J'allais donc devenir célèbre (modérément), partir de chez moi et me réaliser à travers ce savoir-faire professionnel d'écrivain qui n'avait jamais été accessible pour elle, elle qui n'avait appris que la sténographie, cette langue de hiéroglyphes - *argh*, au secours ! - destinée à aider quelqu'un d'autre à capturer l'essentiel.

Ma mère, qui ne se lassait jamais de me bourrer de tourments, d'idéaux, de compétences ménagères et de tous les petits secrets qu'il fallait connaître si l'on voulait réussir à être une femme en ce monde. Elle, si désireuse de me libérer, ne pouvait s'empêcher de m'éduquer à la dure pour que je sois à la hauteur de cette liberté. Elle voyait ma fragilité et ne la supportait pas, à cause de la blessure que cela ravivait chez elle, comment pourrais-je jamais être forte et libre dans le monde avec cette fragilité-là ? Femme jamais hystérique. Femme jamais hystérique. Femme jamais fragile. Femme seulement propre sur elle, respectable. Comment allait-elle oser me lâcher ? Je la menais continuellement en bateau, c'était un sport pour moi. Lui faire croire que j'étais heureuse. Lui faire croire que je me débrouillais. Lui faire croire que j'aimais ma vie. Lui faire croire que j'étais libre pour de vrai. Lui faire croire qu'il était possible d'être libre et en même temps profondément impliquée dans une relation avec un homme. Lui faire croire que c'était facile d'être écrivain. Lui faire croire que je croyais en moi, que je ne doutais jamais.

Pour être aimée d'elle, je devais lui faire croire.

Toute ma vie, je lui avais fait croire.

Et maintenant je me faisais croire à moi-même que c'était ma mère qui allait me sauver.

Alors je suis allée chercher une enveloppe et du papier et j'ai commencé à écrire.

Il est temps que ma chère maman nous rende visite. Nous avons décoré toute la maison pour Noël, avec les rideaux en velours côtelé rouge sang que j'ai cousus moi-même, et les rubans rouges qui les retiennent joliment.

J'évoquais les détails concrets de l'existence : *Chaque jour, nous faisons du feu dans la cheminée, je t'écris en ce moment même à la lueur des flammes, nous avons pu commander un radiateur électrique qui arrivera après le Nouvel An, à temps pour l'arrivée du bébé (même si je déteste tout ce qui est électrique). La sage-femme qui nous a rendu visite a dit que nous devrions vraiment avoir un peu plus de chaleur dans la maison. C'est lourd pour moi de porter du bois, j'ai déjà tant de choses à porter, mais tu verrais comment Ted travaille pour moi ! Tout ce que je ne suis pas capable de faire, il s'en occupe.*

Frieda est au mieux de sa forme et si adorablement éblouissante qu'elle charme tous les voisins. Dès qu'ils la voient, ils veulent se débarrasser de tous leurs vieux jouets. Chaque matin, j'attache dans ses cheveux ton ruban de soie bleu ciel, elle est si mignonne avec un nœud dans les cheveux. Je suis si heureuse des numéros du Ladies' Home Journal *que tu m'as envoyés. Tu n'imagines pas la joie que c'est pour une Américaine ! Recevoir tes lettres et tes cartes, c'est vraiment pour moi le point culminant de la semaine. Quand je les lis, je me sens comme à la maison. Les recettes américaines me manquent, la nourriture ici est si fade, si monotone. Est-ce la grossesse qui fait que je m'intéresse si peu à la cuisine anglaise ? Quoi qu'il en soit, j'en suis au point d'éprouver une véritable aversion.*

Ted est si gentil avec moi, il me masse les pieds tous les soirs et s'il est une chose que je sais, avec une certitude tranquille, c'est que notre enfant aura les meilleurs parents du monde. Je suis si impatiente que tu viennes ! La maison est absolument parfaite pour une petite famille comme la nôtre, nous l'avons vraiment aménagée pour nous y sentir bien. Quand tu viendras au printemps/à l'été (j'ai déjà commencé à préparer ton arrivée !), je suis certaine que tous les merveilleux bulbes qui attendent au chaud sous la terre auront pointé leurs feuilles et que leurs bourgeons auront éclos au soleil. Nous avons tellement de jonquilles et de narcisses que Ted s'imagine que nous allons pouvoir en vendre au marché et gagner de l'argent grâce à ça. Enfin, tous les revenus sont les bienvenus, maintenant que nos dépenses pour la maison et les réparations nécessaires ont pris une telle ampleur. Je suis si impatiente que tu viennes nous apporter stabilité et sécurité.

Frieda se languit de toi, dit-elle. Oui, elle a commencé à parler de toi. Dès qu'elle aperçoit les photos que tu as envoyées et que nous avons déjà encadrées et posées en évidence, elle dit : « Momou ! Momou ! » Et moi, intérieurement, je déborde de joie. Ce petit bébé qui tourneboule dans mon ventre, je suis sûre que tu vas t'y attacher tout particulièrement... Une nouvelle vie minuscule. Qui aurait pu le croire ? Sylvia, mère de deux enfants à trente ans. Je veux en avoir quatre, alors nous avons imaginé des noms pour quatre, c'est un passe-temps amusant de se représenter notre grande famille. Megan, Nicholas, Frieda et Gregor. Je crois que ce sera une fille cette fois encore.

Nous nous demandons bien sûr ce qu'il en est de notre Momou, et de Warren ! Comment allez-vous ? De gros baisers à vous deux par-dessus les eaux froides de l'Atlantique. J'espère que vous aurez un beau Noël paisible, cela me manque si terriblement de ne pas être avec vous. Mais il vaut mieux se contenir et garder à l'esprit que l'essentiel est tout de même l'attente du grand miracle. Sache que j'ai renoncé à toute forme d'écriture pour l'instant et me contente de me réjouir des succès de Ted à la radio et de mes propres projets de tricot. Je passe mon temps étalée sur le canapé, et je gonfle comme un muffin, c'est dans l'ordre des choses ! Et si j'ai envie de lire, ce sont des magazines à encéphalogramme plat comme le Ladies' Home Journal. *Les revues qui ont pour spécialité de refuser mes nouvelles, je les jette au feu pour l'instant, je n'ai pas la force de m'en occuper. Pour l'instant, ils ne peuvent pas m'atteindre et encore moins me causer une quelconque douleur.*

Hier, j'ai saupoudré de farine d'os tous nos bulbes de tulipes, de jonquilles et de narcisses pendant que Ted et Frieda jouaient dans le vent. C'était merveilleux d'imaginer les petits bulbes absorbant la farine d'os des pauvres animaux morts pour n'en émerger que plus haut, plus fort, plus avidement, dans l'air printanier, quand tu arriveras. C'est si palpable, ici à la campagne, que tout ce qui vit appartient en réalité à un seul grand cycle. Nous aussi ! Avec cette dernière pensée (et l'espoir d'un futur printemps tout rose de fleurs de cerisier), reçois un grand baiser de ta Sivvy.

Joyeux Noël !

Quand Ted est revenu d'un pas pesant, tel un animal fatigué, après avoir couché Frieda – lourd, vaincu, colossal, et flegmatique en cet instant –, alors je me suis sentie de nouveau pleine de courage et d'espoir. Ça brûlait en moi, un feu, des flammes d'orgueil qui me rendaient comme amortie, calme, vivable. Depuis le canapé où j'étais assise, je lui ai jeté, sur un ton de triomphe, histoire de relancer la guerre :

– J'oubliais qu'il n'est en aucun cas permis d'humilier Ted Hughes.

La guerre a repris en une seconde – c'était notre guerre, je ne pouvais pas vivre sans elle. Nous nous en nourrissions tous les deux.

Ted, de l'entrée, s'est remis à feuler un long moment, une litanie de méchancetés qui m'ont convaincue, encore plus, de mon excellence – mon arbre généalogique était meilleur que le sien, ma mère était plus saine d'esprit que la sienne, par conséquent moi aussi –, jusqu'au moment où il a poussé un juron :

– Mais continue alors, vas-y, déterre toutes les saloperies que tu es capable d'inventer, va te faire foutre, salope.

Voilà ! J'avais gagné. Il avait tiré la longue paille. C'était toujours Ted qui tombait à la fin. Victorieusement, j'ai léché l'enveloppe et j'ai scellé la lettre à ma mère pendant que Ted enfilait son bleu de travail pour aller creuser dehors dans la nuit de décembre.

C'était notre premier Noël à Court Green, et la vie était totalement merveilleuse. J'avais surmonté les disputes et le découragement car c'était précisément là ma mission de vie : surmonter, ressortir de l'autre côté. Pendant quelques mois, le café avait eu un goût de grossesse, fade et sans intérêt, maintenant il était de nouveau délicieux. Les fêtes... À quoi servaient les fêtes, sinon à laisser derrière soi toutes les grisailles du quotidien pour se donner enfin permission de se réjouir ? Moi, d'une certaine façon, j'avais été créée pour la fête - pour lacer à mes chevilles des escarpins de soie rouge, suivre la recette d'un bon gâteau et avoir enfin la possibilité de montrer mon sourire au monde entier.

Bon, nous n'allions pas non plus avoir un Noël sensationnel - nous avions décidé, Ted et moi, de rester entre nous. Je m'étais languie de pouvoir enfin me rapprocher de lui, ou, plutôt de l'avoir pour moi seule, mais ça, je n'allais pas le lui dire. C'était juste un sentiment. Les bougies étaient achetées, j'avais repassé nos nappes, mètre par mètre, sur notre nouvelle planche à repasser, j'avais décoré la maison de jacinthes, les amaryllis n'avaient pas tardé à éclater hors de leurs boutons durs, énormes. J'avais demandé la recette du gâteau aux carottes de la mère de ma mère et j'en avais déjà préparé trois (sans glaçage) que j'allais réserver au congélateur. Le 25 décembre, nos traditions de Noël réunies allaient s'amalgamer en une seule, mais je pressentais que l'accent serait plutôt mis sur mes traditions à moi, puisque Ted était issu d'un foyer que je n'approuvais pas entièrement, pas encore.

Le matin de Noël, j'avais enfilé ma robe rouge. Mon ventre avait beau faire comme un ballon de basket sous le tissu, je m'étais néanmoins emballée dans tout ce vermillon, et jusqu'ici la sensation était merveilleuse - redevenir un être humain, une vraie femme vivante, la femme de Ted, son épouse, dans une robe qu'il associait, de fait, à d'autres souvenirs de moi.

Moi. Qui étais-je ? Qui étais-je, aujourd'hui précisément ?

Qui était ce moi qui s'apprêtait à préparer la bouillie d'avoine tout comme ma mère et ma grand-mère l'avaient toujours fait le matin de Noël ? Qui étais-je, avec mes perles aux oreilles ?

Qui étais-je, dans mon tablier, dans mes baisers qui avaient goût de miel ce matin, quand je les offrais à Ted ?

Qui était-il ?

Mon garçon longiligne, que j'aimais plus que tout, qui tenait la mort et ma mère en respect. Qui était-il, lui qui avait le pouvoir de réaliser tout ce que j'avais imaginé de la vie ? Qui était-il, ce grand garçon brun qui, ce matin, renonçait à écrire pour être avec nous ?

C'était quelqu'un qui s'essuyait la bouche sur la manche de sa chemise après avoir fini sa bouillie.

Cette bouillie n'avait pas du tout le même goût qu'à la maison quand c'était ma mère qui la préparait ; et notre cuisine était tellement silencieuse, personne n'avait pensé à mettre de la musique de Noël.

– Elle avait meilleur goût quand j'étais petite, ai-je dit.

Une autre aurait peut-être ri de ce faux pas de la bouillie d'avoine, mais moi, j'ai retourné ma honte vers l'intérieur, tel un fragment de plastique coupant comme du verre.

– Au moins, Frieda l'apprécie, ai-je ajouté nerveusement.

– Elle est bonne, ta bouillie, Sylvia, elle est bonne.

Je contemplais notre séjour que j'avais décoré dans des tons rouges et l'idée m'a frappée que je n'avais au fond pas la moindre idée des rêves que Ted avait pu nourrir pour notre Noël.

Quelles noix il aurait voulu mettre sur la table.

Mon choix s'était porté sur les noisettes.

Je me suis inquiétée de ce qu'il pensait, *lui*, de mon choix de coloris, que tout ce rouge était un appel à l'aide, comme si je nous avais créé une caverne de sang, l'intérieur d'un cœur ; comme si j'avais désespérément besoin de nous fourrer dans quelque chose qui pulsait un sang chaud, faute de quoi je passerais l'hiver à me perdre en panique et en crises d'angoisse. L'Angleterre était si froide, lui disais-je souvent sur un ton plaintif, si froide, si grise, d'une manière si ennuyeuse et cruelle, rien ne s'ouvre, jamais, même les gens subissent cette influence - tous inhibés, imprégnés d'humidité, gris et usés –, jamais ils ne dégagent la moindre chaleur, la moindre étincelle, et pour autant ils n'ont rien non plus du côté stable, large et expansif des gens de chez nous en Amérique. On dirait qu'ils vivent dans un carton ! J'ignorais ce que Ted pensait de moi alors, quand je disais ces choses. Peut-être était-ce moi qui vivais dans une boîte, qui essayais de rétrécir la vie jusqu'à la faire tenir sur une surface lisse et brillante. Moi qui étais prude, coincée ; moi, et pas du tout le peuple anglais, contrairement à ce que j'essayais de faire accroire. Peut-être était-ce moi qui retenais tout à l'intérieur et que cela faisait imploser. Lors de nos conversations nocturnes, Ted tentait parfois de me le suggérer habilement, avec sagesse : « Ce qu'on condamne chez les autres est bien souvent ce qu'on se reproche à soi-même. » Mais je ne captais pas tout à fait, pas encore, que ces paroles-là m'étaient adressées.

Que savais-je des pensées profondes de Ted à mon sujet, lui qui ne me ferait sans doute jamais comprendre (ce serait trop risqué) que ma véritable couleur n'était pas du tout le rouge, mais le bleu. Celui de la mer.

Que savais-je de Ted, moi qui n'osais pas le laisser se tenir devant moi dans la plénitude de sa force ?

Me faisait-elle peur ?

Étais-je tenue de la domestiquer ?

Que savais-je en réalité de Ted ?

Que je l'aimais ?

Comment alors négocier le fait que mon Noël l'ennuyait peut-être ?

Mon récit de notre Noël.

J'étais rassasiée de gâteau aux carottes lorsque, en début d'après-midi, je me suis installée pour écrire une lettre (encore une) à ma mère. Le feu crépitait dans la cheminée et Ted lisait le livre que je lui avais offert pour Noël - oui, il le découvrait réellement pour la première fois -, *Le Meilleur des mondes* d'Aldous Huxley. Sa main était posée sur mon pied.

Quand j'étais contente comme ça, quand le fait de vivre était à ce point satisfaisant, alors je prenais peur, car je savais par expérience que la catastrophe était imminente. J'essayais de réfréner ma terreur mais je la sentais, comme un papillonnement dans la gorge qui s'accentuait peu à peu. Comme si quelqu'un y agitait une plume. J'ai essayé de reprendre mes esprits et d'écrire cette lettre, un point c'est tout, peut-être était-ce cela qui allait me calmer, mais le phénomène n'en continuait pas moins, ce tic-tac vers un naufrage plus cruel que ceux auxquels je m'étais habituée jusque-là.

J'ai suçoté mon stylo.

Était-ce l'enfant qui allait mourir ? (Ce genre de chose arrivait.) Était-ce moi qui périrais en couches ? Était-ce mon mari qui se perdrait lors d'un de ses nombreux voyages à Londres, qui se casserait une jambe si bien qu'il mettrait du temps à rentrer et qu'il manquerait l'accouchement ? Aurions-nous une rupture de courant, ou ma mère aurait-elle une crise cardiaque, là-bas à Boston, oui, qu'était-ce donc qui m'oppressait la poitrine et malmenait ma colonne vertébrale ?

J'ai tenté de respirer normalement. C'était Noël ! Une nature morte parfaite. Si seulement la vie pouvait être une suite de natures mortes : le feu qui crépitait et la main de Ted autour de mon pied sur le canapé. Ma belle robe rouge. Ce qu'il avait écrit et qui attendait au grenier d'être transformé en émission radio. Mon roman qui était là-haut lui aussi et qui était fantastique.

C'était notre Noël. Notre premier Noël commun que nous fêtions sans que la famille et les amis s'en mêlent (ah, quel énorme soulagement). C'était mon chéri.

Voilà qu'il se penchait à présent pour me parler d'une écrivaine suédoise.

– Comment s'appelle-t-elle déjà ? Karen quelque chose, Karen Blixen ? Non, ça, c'est la Danoise, mais je suis sûr que son nom commençait par un B...

Bref. Elle s'appelait Karen, une Suédoise, et Lucas, un copain de Ted, avait lu sa dystopie intitulée *Kallocain*.

– Je crois bien que son livre à elle est sorti avant le *1984* de George Orwell, et Lucas dit qu'il est beaucoup, beaucoup mieux. Orwell mérite ses lauriers, pas de doute, mais ces salauds de Britanniques s'arrogent l'honneur et la célébrité pour tout, y compris ce qui a été inventé par d'autres.

Il serrait mon pied de plus en plus fort. Pouvait-il le lâcher ?

– Mais Karen qui a écrit *Kallocain* a peut-être pris son inspiration chez Huxley, et lui, tu ne le mentionnes même pas, ai-je dit.

Ted a haussé les épaules.
– Intertextualité normale, rien à dire.
– C'est aussi parce que c'est un homme, ai-je répliqué avec une pointe de défi en remuant les orteils pour qu'il desserre un peu sa prise. Tu ne le vois pas ?
– Bien sûr. Si on veut... (Son regard s'attardait sur les flammes.) En fait, je crois que c'est la même saloperie pour tout le monde de bosser comme écrivain, peu importe le sexe.
J'ai éclaté de rire.
– La même *saloperie* ?
– Le labeur est le même. Il faut un temps infini pour cerner son motif et une fois qu'on le tient, on doit se mettre à écrire et réécrire, écrire et réécrire...
– Quel est ton motif ? ai-je demandé comme si c'était la première fois que nous évoquions le sujet.
Ted souriait.
– Quel est le tien... ? a-t-il contré en serrant mon pied dans ses deux mains.
Ce n'était pas un massage, c'était autre chose. Acupression ? Que fabriquait-il au juste ?
J'ai regardé autour de moi en cherchant une ouverture, un mouvement quelque part où tout serait fourmillant, plein de vie, comme sur un écran de cinéma. Mais les pièces de la maison, toutes les pièces silencieuses du quotidien étaient comme paralysées, bien que ce soit le jour de Noël. Je n'aimais pas la mécanique de la pensée, la crampe de la répétition, ce vide quand rien de neuf ne pouvait prendre son élan et se déployer. Je m'imaginais en tant que femme devoir incarner ce courant neuf, pour toute ma famille. Je devais être le cirque, la loterie, la fête foraine et la puissance d'attraction de la nouvelle lune, je devais être le rouge à lèvres, le sexe et la tendresse après coup. Les bras grands ouverts. La nourriture sur la table, la chatte

chaude, irrésistible. Les cuisses dans la nuit. Une déesse, un fragment de matière brute, faute de quoi la vie ne pouvait pas continuer. Je devais être la garante de l'éternelle renaissance de notre foyer. Celle qui dénouait les crampes émotionnelles de Ted quand il en avait (si, ça lui arrivait).

Mais ensuite il me posait une question littéraire et je me sentais la bouche aride, comme terrassée. Comme si quelqu'un m'avait roulé dessus avec du bitume.

Je ne voulais pas rester vide et sans réponse devant Ted. Tout devait rester en mouvement, y compris moi. Je ne supportais pas la stagnation... Alors ne stagne pas ! Tout ça, le jour de Noël.

Il va se désintéresser de moi, pensais-je. La grande carrière d'écrivain que j'imaginais, que je SAVAIS avoir devant moi, perdait beaucoup de sa dignité dès qu'on l'examinait d'un peu trop près, quand moi, la personne écrivante, j'étais sommée de me montrer. Voilà à quel point il est fragile, pensais-je. Mon statut d'écrivain. Je ne supporte même pas qu'on me pose une question.

Je me suis éclairci la voix.

Frieda rampait par terre avec sa poupée, sur le ventre, comme elle. Elles paraissaient associées dans une sorte de jeu.

– Mes poèmes naissent de la joie, c'est ça que j'ai compris, ai-je dit à la fin, en entendant moi-même à quel point ça rendait un son idiot.

La ride soucieuse de Ted s'est détendue. Il paraissait sincèrement intéressé.

– Ah oui ? Continue.

– Mais à propos de la dystopie, des scénarios d'avenir et des grands sentiments...

– Continue.

– Je ne suis pas le genre d'écrivain qui tient à creuser la noirceur et le découragement. Je le sens très fort, mes poèmes viennent de la lumière, du bonheur. De quelque chose qui me porte. Je vais bien quand je les écris. Je voudrais qu'ils rencontrent la lumière intérieure chez quelqu'un d'autre. Genre... Tu comprends ?

Ted a hoché la tête.

– Bien sûr. Je l'ai vu chez toi. C'est pour ça que tu vas écrire des romans qui seront des best-sellers.

J'ai ri. Tiens, une ouverture. Respirer était soudain facile.

– Tu es une romancière ou une peintre, je l'ai toujours dit. La prose. La prose, c'est ton truc. Les poètes sont fous, toi tu ne l'es pas.

Là, j'ai rangé la main de Ted pour l'empêcher de serrer mon pied, et me suis emparée de son énorme pied à lui.

– Arrête ton char. En tout cas, TOI tu n'es pas fou.

J'étais terriblement inquiète à l'idée qu'il veuille en venir quelque part.

– Comment le sais-tu ?

J'ai ri, un rire nerveux. J'ai regardé Frieda sur le sol. Jamais je ne la laisserais entendre des choses pareilles. Un père qui prétendait lui-même être fou, non, vraiment, jamais de la vie. Je riais pour dédramatiser la situation.

– Mon Ted... Mon chéri... Tu peux dire ce que tu veux. Tu es quand même l'être le plus stable, le plus fort, le plus calme et le plus patient que j'ai jamais rencontré !

Pour moi, la conversation était finie. Mais pas pour Ted.

– Ne crois pas savoir des choses sur moi alors que je ne t'en ai jamais parlé.

Je me suis impatientée, ça suffisait, stop. Je n'aimais pas ce ton rancunier.

– Tu es obligé de parler de ça le jour de Noël ?

Il s'est levé à ma suite et m'a poursuivie pendant que j'allais chercher le casse-noix dans la cuisine. Il s'est planté derrière moi, avec son livre qu'il agitait.

– Je trouve que tu devrais lire des dystopies. Lis celle-ci. Lis *1984*. Lis *Kallocain*. Essaie de le lire en allemand. Je crois que tu as besoin, en tant que poète, de comprendre que tout ce qu'on écrit ne peut pas provenir de la joie. Que c'est une impossibilité...

Il m'avait piégée avec l'allemand. Je savais que Ted s'exprimait par énigmes. Il voulait être marié à une femme qui parlait l'allemand, voilà la vérité, et avec mon histoire familiale allemande je n'aurais pas dû être en mesure de lui refuser ça, mais je le lui refusais. Saleté de moi vivante et paradoxale !

Était-ce cela, notre jour de Noël ?

Était-il obligé de parler de dystopies maintenant ? Tout avait été si calme et agréable un instant plus tôt. Je ne voulais pas penser aux ambitions littéraires ni au moteur de la création, et surtout pas à des scénarios d'avenir apocalyptiques. Pourquoi ne me laissait-il pas en paix ? Pourquoi était-ce lui qui déclenchait les événements... De nous deux, pourquoi était-ce moi qui apparaissais comme inerte ?

J'ai mangé une noisette avariée. J'avais du mal à déglutir. Ted a jeté les écales dans l'évier d'un geste brusque.

– Mais, mais, a-t-il dit d'une voix amère en se dirigeant vers l'escalier. On pourra finir cet échange une autre fois.

Voilà l'étendue de l'irresponsabilité de mon mari. Son insouciance quand il s'agissait de ménager la sensibilité d'autrui. Il avait déclenché panique et tiraillements dans mon corps, qui avait plus que tout besoin de calme. Ce bébé que je portais, qui s'agitait soudain alors qu'un peu plus tôt, il dormait paisiblement ! C'était sa faute... Ted ne supportait pas que je sois quelqu'un qui écrivait et qui était *gai*. Il essayait de faire de moi cette poète acérée, parfaite, en noir et blanc avec un voile de deuil sur la figure et qui parlait allemand. Qui creusait l'impossible, le passé et l'avenir. Mais si ce n'était pas cela que j'étais ? Et si j'étais, moi, haute en couleur, brillante comme mes magazines sur papier glacé, moderne, émancipée et si, en plus - à Dieu ne plaise -, j'osais être *gaie* !

J'ai tendu la main. Quatre noisettes décortiquées dans ma paume pour la petite Frieda. J'ai réaligné notre considérable moisson de cartes de Noël sur la cheminée. Elles me donnaient du courage. Nous avions là des salutations des quatre coins du monde. Des salutations réjouissantes, car à quoi servait la vie sinon à se réjouir, à rendre grâce et à récolter ensemble de beaux succès. Un jour peut-être, Ted m'autoriserait à ouvrir sa mauvaise humeur grise, prude, coincée et inhibée, et alors il renaîtrait de la boue sous la forme de l'athlète lumineux et positif que je le savais être, au fond de lui.

Mon Adam en tout point inaccessible.

Non, le dos de ce machin me serrait de façon insupportable ; j'ai délacé la robe rouge et j'ai enfilé une chemise de nuit, cadeau de Noël de ma mère.

Le Nouvel An était passé. Un vent froid soufflait de la côte nord et, dehors, tout était terriblement morne et maussade. À l'aube, Ted avait pris le bus à deux étages pour Exeter, je l'avais embrassé et ensuite je m'étais mordu le poignet, la partie charnue, pendant que l'autre main retenait durement Frieda. La maison était glaciale, j'avais dû glisser une bouillotte sous mes vêtements. Là, il était dix heures du soir et la journée s'était effritée, pulvérisée, évaporée sans que j'aie la possibilité d'écrire.

Ce vide horrible, pathologique, quand Ted n'était pas là. J'aurais pu abattre un canard d'un coup de fusil et l'exhiber pour preuve, cuisses ouvertes dans le jardin, ou pourquoi pas un enfant. Ted devait comprendre, Ted devait vraiment se rendre compte de ce qu'il me faisait quand il me laissait seule ainsi. Le reflet apaisant du feu de cheminée qui d'habitude me remplissait d'équanimité et de quelque chose comme... une consolation ?, ne reflétait que la mort quand il n'était pas là. Une lueur de mort. Je voyais au fond de mes propres yeux, de mon propre cerveau quand Ted n'était pas là, alors qu'une personne qui me connaissait vraiment n'aurait jamais osé me laisser voir ça. Il aurait dû être défendu de laisser Sylvia Plath seule avec elle-même.

Que je me tortillais pour que mon époux comprenne ! Ne m'avait-il pas fait une sorte de promesse d'être toujours là quand ça se corsait, pour le meilleur et pour le pire, et cætera ? J'aurais voulu le lui rappeler mais un télégramme prenait trois jours à arriver. Tout était lent, seul mon cerveau avait l'agilité d'un reptile. Quelqu'un aurait dû empêcher ça. Il ne restait plus que deux semaines !

Je grognais pendant que Frieda me tirait par la main en répétant « ien, Maman, ien ». Elle voulait me tirer hors du canapé, d'après elle je ne devais pas rester couchée là.

« Maman fatiguée », répétais-je avec une honte profonde. « Maman fatiguée » : les enfants ne devraient pas avoir à entendre ce genre de chose. Lentement je me suis levée, j'ai mis la radio dans la cuisine. C'était du jazz et des vœux de bonne année, et ça l'a distraite, Dieu merci. J'ai pu me recoucher sous la couverture avec ma bouillotte.

Je voulais que cet état d'exception qu'était la grossesse se propage jusqu'à l'homme. Ted. Cette injustice épouvantable à laquelle j'étais obligée de me soumettre. La grossesse m'enco-connait dans un épais brouillard de fils d'araignée suffocants, sans répit, jusqu'à ce que je puisse à peine respirer et encore moins me reconnaître dans le miroir. J'avais le corps d'une autre, et un visage étranger. Les pensées étaient censées être encore les miennes, mais je m'en méfiais, je savais que ces pensées n'étaient pas à moi. Ces pensées étaient des monstres, ces pensées me proposaient des excursions vers les images les plus banales que peut produire une conscience éclairée. Un service à thé parfait dans une vitrine. Des coupes en verre remplies de banana split. Marylin Monroe en chemise de nuit, décoiffée, sexy. Tarte au citron meringuée, recette de Maman. Un grand bouquet de fleurs coupées ivoire. Sauve-moi de moi et de mon effondrement mental, voilà ce que je demandais à Ted.

Reste ici et protège mon corps, qu'il ne soit pas englouti par cette amère pénombre de lieux communs. Être couchée sur le flanc, grosse et grasse sur le canapé et s'abaisser en plus à penser à des chaussons de bébé ! Tricotés par Momou ! J'en étais malade.

Je suis malade, Ted, tu m'as rendue malade et je suis en vrac, en mille morceaux, alors le moins que tu puisses faire, c'est être ici et tenir tête à cette folie, cette grossesse rusée qui me rend stupide et lente alors que je voudrais être rapide, qui me rend laide alors que je voudrais être la plus belle fille de Dieu sur cette terre.

(Je ne croyais pas en Dieu mais comme métaphore pour ce qu'il y a de plus haut, le mot était utilisable.)

Voilà ce que je faisais, dans ma déréliction, pendant que Frieda protestait et me tirait par le bras.

Je me griffais de l'intérieur avec de longs ongles engendrés et fertilisés par ma pensée... Je me voyais trancher ma propre nuque avec une grande hache luisante. Je piétinais mon corps en sautant dessus à pieds joints. Je déchiquetais la petite Frieda. Je n'allais pas rester là comme ça jusqu'au retour de Ted, non, je détruirais tout. Alors il verrait bien comment gérer le naufrage et les débris laissés par ses choix. Sylvia Plath en mille morceaux. J'allais briser tous les miroirs. Toutes les lettres de refus, j'allais les brûler, mes journaux intimes aussi, tout serait balancé au feu en un instant brutal. J'allais me débarrasser de tout, y compris de moi. Quand Ted reviendrait de son séjour londonien demain matin à neuf heures après avoir fini de se frotter aux dames de la BBC qui l'embrassaient sur la joue et le rendaient fou avec leurs rires, fou d'amour pour lui-même, il me trouverait couchée au même endroit, morte. Celui que j'aimais se repentirait amèrement alors.

Je gisais toujours inerte sur le canapé pendant que Frieda, assise sur le tapis rouge carmin, jouait avec la poupée reçue de sa grand-mère pour Noël. Parlait-elle, fredonnait-elle, était-elle silencieuse ? Je n'en avais aucune idée. Peut-être se taisait-elle par égard pour moi, peut-être avait-elle déjà appris les règles du psychisme de sa maman.

Comme au ralenti, j'ai vu la fillette déposer la poupée dans le berceau que Ted lui avait bricolé en prévision de Noël et que j'avais peint en blanc et décoré de cœurs rouges et d'étoiles bleues en décembre. C'était déjà comme si tout cela avait eu lieu dans une autre vie encore pleine d'espoir et sincère, alors que tout était tellement perdu maintenant.

Ted était parti à Londres. Je le suppliais pourtant depuis des jours de rester à la maison, mais il ne restait que cette pièce radiophonique, disait-il, ce tout dernier enregistrement pour la BBC avant l'arrivée du bébé, seulement une dernière visite pour vérifier que les locataires de notre appartement de Londres s'en sortaient convenablement. J'aurais voulu vomir ma grossesse sur lui et le laisser s'occuper lui-même des restes.

Devais-je maintenant préparer à manger à Frieda, l'assister dans son jeu, allions-nous sortir pour une promenade ensemble, acheter des œufs et du pain ? Je ne trouvais pas l'inspiration. Le travail, le travail était mon sauvetage, mais là il n'y avait aucun putain de travail auquel se raccrocher.

Rien que les reliefs du petit déjeuner qui traînaient sur la table et Frieda qui n'aurait bientôt plus la patience de continuer son jeu et alors elle bondirait jusqu'à moi en demandant : Où est Papa ? Où est Papa ? Et je serais tentée de lui faire la réponse suivante : Il est mort, Frieda, il est mort pour moi.

Pourquoi la solitude était-elle plus cruelle pour moi que pour n'importe qui d'autre ? La terreur de ma vie était cette solitude, cet enfermement total en moi-même, le fait que Frieda avait beau marcher à côté de moi en me tenant par la main avec son gant troué (sur la pointe des pieds pour être à ma hauteur et sanglotant parce que je l'avais déjà grondée) et bien que j'aie aimablement salué le facteur (aucun courrier aujourd'hui !) et une voisine idiote, j'allais rester conservée dans mon bocal de solitude. C'était cette terreur de vivre qui me paralysait, qui me rendait paradoxalement incapable de donner de mes nouvelles à mes amis. J'imaginais que l'amitié offrait une vie plus riche et je savais que *j'avais eu* des amis, j'avais eu dans ma vie des gens qui m'avaient aimée. L'image centrale, dans ce contexte, était le printemps où j'avais rencontré Ted, 1956, mes ballerines rouges comme deux sucres d'orge sur lesquels traverser la vie en une longue glissade, où que j'aille quelqu'un voulait me voir, m'embrasser, s'arrêter pour me parler.

J'avais choisi Ted. J'avais atteint le statut parfaitement calibré qu'il fallait avoir dans le monde. J'avais étudié. J'avais absorbé la sagesse de la vie et celle du savoir. J'avais tant de culture que je pouvais commencer à appliquer des théories à la vie elle-même et oublier d'où je les avais tirées ; moyennant un peu de duplicité, il était possible de croire qu'elles avaient germé dans mon propre cerveau, que ces pensées, ces perceptions étaient les miennes et que cette philosophie était mienne, rien que mienne.

Mais d'une certaine manière, c'était vrai, puisque avec mon jeune corps et mon jeune regard, moi, femme moderne, belle et cultivée, j'étais aussi la première de mon espèce à acquérir et à formuler ces choses-là, si bien que quand je sortais dans le monde et que je le soumettais à mon observation, c'était un événement historique décisif, aussi sensationnel que le fait que le Soleil tourne sur lui-même.

Je venais de tout obtenir, je le tenais dans ma paume ouverte comme un peu de sable pris à la mer, et qu'avais-je fait ? Je m'étais vendue à Ted. Je m'étais mariée avec lui en juin de la même année, trois mois après notre première rencontre. Il fallait faire vite, à une vitesse telle que toute sensation cesse, que la vie m'aspire et me colle à elle et qu'elle ne soit plus jamais en mesure de me rejeter. Presque à l'aveugle. L'amour était encore plus délicieux alors. (Mon journal de bord ce printemps-là : *ô Dieu, nous avons si peu de temps ; je dois me dépêcher.*)

Je n'écrivais pas, alors, quand Ted est entré dans ma vie ; pendant les semaines qui avaient précédé ce moment j'en étais arrivée pile où je voulais être, dans mon écriture, j'étais au sommet, au plus près du soleil, la plus belle fille du monde, fille américaine, j'avais des descriptions minutieuses de ce vers quoi je me dirigeais, à quoi ça ressemblait, quel effet ça faisait. (Londres, Paris, Nice.)

Et alors il me fallait mourir, ou au moins me réinventer, surgir dans une nouvelle version.

Je. Je m'*avais*, je le savais. Je venais de redevenir quelqu'un. Cambridge, Richard Sassoon (mon petit ami honnête et anémique que j'adorais), mes amis là-bas. Je m'*avais*. Et alors j'en ai fait cadeau. Je me suis laissée tomber entre les mains de ce monsieur étranger.

Que j'avais donc hésité, en ce printemps 1956 ; et à présent, après coup, quand les promenades solitaires avec Frieda étaient tout ce que je possédais, je pouvais même imaginer que Boddy, ce garçon qui occupait la chambre en face de celle de Ted, Boddy le gros lard qui m'épiait et dont je craignais qu'il ne répande des rumeurs à mon sujet (ce qu'il faisait d'ailleurs), que, LUI, avait bien sûr été envoyé pour m'arrêter, j'aurais dû le laisser faire !

Pourquoi étais-je passée outre ? Pourquoi avais-je fait cadeau de moi ? Parce que j'avais besoin d'un père ? Parce que j'avais besoin d'une mère ? Parce que j'avais besoin d'un père, d'un amant et d'un fils, tout en un ? Parce que j'avais besoin qu'on me place devant la vie avec un couteau, une fourchette et des pivoines, des œufs frits et du pain frais, ne serait-ce que pour échapper à la sensation de mourir chaque jour de claustrophobie l'espace d'un moment quelconque ? Parce que j'avais besoin d'un amant qui mesure l'étendue de mon horrible ici-et-maintenant et qu'il l'encapsule dans un avenir possible ? Mon mouvement vers le monde, à grands pas, chaussée de bottes comme un führer : il fallait bien m'*arrêter*, non ?

J'avais besoin d'une poitrine contre laquelle respirer et d'un cœur battant dessous (pas le mien). J'avais besoin d'un autre. J'avais besoin de plus que moi seule. Dès l'instant où j'ai lâché prise et où je l'ai laissé entrer, j'ai cru que je ne pourrais plus me perdre. C'était comme pour la vie londonienne entre 1960 et 1961 : en emménageant à Court Green, je croyais que je ne pourrais jamais la perdre. Je croyais que je ne pourrais jamais me perdre en Ted.

Et comme j'avais été perdue...

Frieda pleurait à cause de ses mains gelées, elle me montrait ses poings rouges et durs pour que je souffle dessus avec mon haleine chaude.

Comment pouvais-je être cette mère qui ne vérifiait même pas que sa fille avait bien emporté ses moufles ? Voilà ce que je devrais faire, au lieu de cette atroce promenade solitaire avec Frieda (et ma tête qui pulsait, quelque chose allait de travers là-dedans, mes substances, ça n'allait pas, chimiquement) : je devrais me faire de nouveaux amis. Je devrais écrire une lettre...

Dès que cette promenade serait terminée et que nous aurions du lait et du beurre à rapporter dans notre cuisine pour préparer un gâteau, c'était moi qui allais m'asseoir et 1. me vernir les ongles en rouge (j'avais besoin d'un rappel de la vie, du fait que j'étais en vie, bon Dieu, si personne ne me voyait dans la réalité il fallait bien que je fasse semblant d'avoir un public et le vernis rouge me rapprochait indéniablement de la sensation du tapis rouge, en plus ça sentait si bon) et 2. essuyer la table de la cuisine pour pouvoir écrire à cette good old Marty aux États-Unis. Elle pourrait peut-être nous rendre visite, après ma mère, pendant l'été ? Ce serait tellement rafraîchissant ; intérieurement, je voyais un verre haut rempli d'eau pétillante, servi avec une paille à une table ronde au bord d'une plage pas loin de Winthrop, un jour d'été par grande chaleur ; nous étions toutes les deux en bikini.

La vendeuse était très jeune, je l'ai vu par la vitrine du magasin quand nous nous sommes approchées. Ça avait commencé à quelques centaines de mètres du but : mes joues se creusaient, le mou du visage retrouvait sa forme plastique et ma bouche pouvait de nouveau sourire, les commissures se relevaient.

Alors, j'allais lui sourire, à cette vendeuse, et j'allais me laisser couler dans l'image qu'elle aurait de moi : femme prête à accoucher, lasse, lourde mais heureuse, tenant son premier enfant par la main. Il ne serait pas possible de me soupçonner de malveillance, ou d'arrogance bornée à l'américaine, encore moins, à Dieu ne plaise, d'héberger des intentions meurtrières.

– Bonjour, madame. Que désirez-vous ?

– Alors, il nous faudrait du pain, du beurre et des œufs pour un gâteau, et bien sûr des bonbons (cela m'a traversé l'esprit en contemplant les grands bocaux de verre remplis de caramels multicolores, uniques objets scintillants de tout le Devon, entre lesquels on entrevoyait la vendeuse). J'en suis au neuvième mois, ai-je expliqué en montrant mon ventre, comme s'il avait pu me sauver.

La fille me fixait d'un regard vide. Jeune blonde idiote. Je savais que j'aurais dû avoir de la sympathie pour elle, si jeune, bouffie de désir, intacte, mais *bordel*, elle se prenait pour qui, merde, à me fixer comme ça !

Après dix minutes d'écriture, le sentiment qui avait débuté comme une accélération, un saut dans un espace bleu, un plongeoir au-dessus d'une mer scintillante était revenu à son niveau zéro et je n'avais plus rien à écrire, dans ma tête c'était noir. Qui étais-je, déjà ? Quelle heure était-il ? Quel jour étions-nous ? Où était Ted ?

Soudain, j'ai vu que Frieda s'était levée et arrachait des bouts de papier peint, et une rage brutale m'a envahie. J'ai bondi du canapé en hurlant :

– Arrête !

Frieda a pris peur, elle a sursauté. Sans pour autant cesser de tirer sur le papier.

– Ne refais pas ça !

Elle a fondu en larmes et je l'ai prise dans mes bras alors que j'aurais pourtant aimé la repousser à coups de pied. Par terre, avec nous, une petite brassée de lambeaux de papier peint blanc à rayures rouges.

– Coquine ! ai-je dit en la chatouillant, car que pouvais-je faire d'autre après tout, je devais lâcher ma colère et remettre Frieda de bonne humeur. Qu'était-ce, au fond, qu'un peu de papier peint ? Qu'était-ce qu'un roman, comparé à une petite fille ?

J'ai embrassé ses cheveux sales dont je savais que je devais les laver ce soir-là dans la bassine afin qu'elle soit belle pour Ted demain. Embrasser et laver. Embrasser et nourrir. Car maintenant il fallait nourrir la gamine, c'était évidemment la clé de tout. Pendant que je me maintenais à grand-peine assise sur le sol avec mon ventre comme une montagne sous les gigotements d'une adorable petite fille d'un an et demi, les mots se sont désagrégés sur le papier inséré dans la machine à écrire. Ou plutôt non, ils s'y sont gravés avec encore plus de force, et leur inanité criait vers moi.

Mais j'ai été tellement heureuse, comme un chaton, quand Ted est rentré. Voilà, c'était le retour, je n'étais pas Pénélope mais voilà le retour, dans sa version fière. J'étais une femme fière, sa femme (pas « épouse » !) avec tablier. Dans la cuisine trônait un gâteau doré. La maison entière sentait le Foyer. Il a jeté sa valise dans l'entrée et a submergé Frieda de câlins. Tout mon intérieur resplendissait, ça faisait des petits chocs partout. J'attendais mon tour.

Il s'est approché, il m'a embrassée ; pas comme je l'avais imaginé, mais quand même, bien. Il sentait la ville, la fumée et l'inconnu. Londres, notre Londres, j'y avais envoyé un représentant, un espion, quelqu'un qui entretenait nos relations avec le reste du monde.

– Ça s'est bien passé ? ai-je demandé.

Question niaise, c'est à peine s'il a quitté sa fille des yeux.

J'ai avalé de la salive froide.

J'aurais aimé qu'il ait un regard aussi pour mon ventre, qu'il le caresse, peut-être, qu'il y dépose un baiser, qu'il demande comment nous allions. Moi et le bébé. Que nous soyons nous aussi des éléments vivants de son existence, de la même manière qu'il était, lui, au plus haut point vivant et phosphorescent pour moi.

J'ai écouté sa réponse, aussi ennuyeuse que ma question.

– Le voyage en train s'est bien passé.

Puis je me suis retrouvée à en faire des tonnes comme d'habitude, car je venais d'être saisie par un besoin impérieux de tout dire, de tout lui raconter alors qu'il n'avait rien demandé, mais pour que la joie qui rugissait en moi trouve une issue et que le vide qu'il mettait à nu avec ses maigres paroles ne prenne pas racine dans la pièce.

– Nous nous sommes promenées, nous avons bricolé, nous avons rédigé des lettres et je viens juste d'écrire un nouveau long poème que j'ai l'intention d'envoyer à la BBC pour un enregistrement, il est inspiré de Bergman.

J'avais parlé beaucoup trop vite, mais l'intérêt de Ted s'était éteint d'emblée, dévaluant aussitôt ce que je venais d'annoncer, qui n'avait plus aucun intérêt dès lors que je l'avais dit.

Cela ne l'intéressait-il pas ? N'était-ce pas fantastique que je sois moi aussi capable d'écrire pour la radio ?

Ted, qui suivait du regard les mouvements de Frieda, l'a couverte de baisers une fois de plus ; ensuite il s'est accroupi pour sortir de sa valise des livres illustrés qu'il lui avait rapportés, et un grand cheval en plastique à la vue duquel Frieda s'est mise à pousser de petits miaulements. Je planais encore au-dessus de la scène, tel un rapace au-dessus de sa proie, mais j'avais perdu mon assurance, je ne savais plus à quel moment attaquer.

– Allons, il est peut-être temps de se relever et d'aller goûter le bon gâteau ?

Le soir, j'ai voulu baiser avec Ted, enfoncer mon nez dans ses cheveux doux parfaits et parfumés, qui avaient été coupés récemment et qui, depuis, lui allaient à ravir. Mais il s'est éloigné de moi dans le lit.

– Tu ne veux pas ? ai-je demandé, blessée.

Je me sentais mouillée et chaude dans la chemise de nuit de Maman.

– Je ne sais pas, a-t-il dit d'une voix morne. Tu es si lourde.

– Allez, quoi.

Ted était torse nu, pas de veste de pyjama, je fondais de désir et d'excitation pour son ventre puissant, velu, ses bras qui étaient capables de tout porter.

– Prends-moi par derrière alors, si je suis si lourde.

Il m'a jeté un coup d'œil et c'était comme s'il voyait tout, comme s'il était sur le point de me démasquer. Ma joie, mon soulagement de son retour, ma grossesse, notre royaume provisoire, il voyait tout, et il comprenait que tout cela ne reposait que sur de l'air. L'espace d'un instant, pendant que nos yeux d'un brun différent reposaient dans le regard de l'autre, il a vu à quel point l'édifice était fragile. Sa tiédeur et mon feu brûlant, comment pourrions-nous jamais les concilier ?

Le soir du 17 janvier, alors que j'avais mes premières contractions, Ted allongé près de moi dans le lit caressait mon gros ventre d'une main et tenait en équilibre de l'autre une tasse de thé brûlant. Il était exalté, j'étais concentrée. Frieda dormait dans la chambre d'enfant. Il murmurait des choses comme :

– Sais-tu, Sylvia, comment on sait que l'espace a un début et une fin ?

– Non.

Je gémissais, je venais de plonger dans la douleur de la contraction. Sa voix aurait eu sa place dans une église.

– On le sait parce que le ciel est noir la nuit.

S'emparant de ma paume transpirante, il l'a pétrie pendant que je m'éloignais du temps et de mon corps en essayant de me maintenir au centre précis de l'univers. Je haïssais tout ceci, je haïssais la douleur, mais j'adorais bien sûr ce qui allait se passer plus tard, cette nuit, quand les planètes tourneraient autour de moi. Les rideaux blanc et rose nous séparaient de la nuit sombre et notre lampe chauffante à infrarouge était allumée et bourdonnait dans son coin, donnant à mes bras le même ton de rouge que le sang sous la peau.

– Je crois qu'il est temps d'appeler la sage-femme, ai-je dit dans un souffle.

Ted s'est levé de la courtepointe où je me tenais à présent à quatre pattes, les yeux clos, et il est parti téléphoner. Je l'entendais de là-haut. Soudain il avait la voix d'un petit garçon qui appelle sa grand-mère pour demander s'il pourra venir jouer dimanche, et j'ai eu un mouvement d'exaspération : si seulement il n'était pas si foutrement faible et dur en même temps, si mal élevé et si correct, mon poète anglais, s'il n'était pas si prolétaire et en même temps si froid et assoiffé de pouvoir comme un directeur de la City ; s'il était possible de le coincer d'une manière ou d'une autre, ce salopard, mais c'est impossible, lui donner des enfants est ma seule façon de l'encercler, de le domestiquer comme il m'a domestiquée.

Winifred Davies roucoulait comme une tourterelle quand elle est arrivée au volant de sa voiture bleue et moi, j'étais fière, la bouilloire électrique était restée allumée toute la journée comme elle me l'avait demandé, et Ted est entré après elle en portant à bout de bras la lourde mallette contenant son matériel de sage-femme.

Elle est restée un moment à la cuisine. Elle a commencé par demander à Ted de ranger les milliards de graines qu'il avait achetées à Londres, celles qu'il répartissait ensuite, avec un bruit de pluie, dans les casiers du coffre à graines bricolé par ses soins. J'ai entendu Winifred poser sa mallette, *boum !*, à l'endroit qu'il venait de dégager, et en sortir entonnoir, tube à oxygène, gants en vinyle, serviettes, vaseline et bouillotte.

J'écoutais, en douce et avec satisfaction, leurs préparatifs au rez-de-chaussée. Elle donnait des ordres à Ted, il fallait encore faire bouillir de l'eau pour les serviettes chaudes, son pas était celui d'une mère, dur et bienveillant, voilà ce qu'il nous fallait, ai-je pensé, une personne qui domine Ted, qui neutralise Ted.

Ted a fait ce qu'elle lui demandait, il est monté le premier.

Winifred Davies s'est faufilée à sa suite dans l'escalier, ma noble sage-femme à l'éthique puissante, elle portait un tablier bleu par-dessus son uniforme d'hôpital blanc amidonné. Elle a noué un foulard sur ses cheveux et ensuite elle a posé la main sur mon front avec un air débordant de bienveillance, comme si j'étais son enfant.

– Et comment va notre chère Sylvia ? a-t-elle demandé, exactement de la bonne manière, c'est ainsi qu'on traite une personne de sang royal, ai-je pensé, regarde, Ted, observe et apprends.

– J'ai mal depuis hier après-midi et j'aimerais bien avoir de l'oxygène dès maintenant.

– Bien sûr.

J'ai dévoré l'oxygène, je me suis mise à rire. Quelle sensation à l'intérieur, libérée, merveilleuse.

Un toast en mon honneur, enfin ! Le sang coulait en moi comme un ruisseau printanier frais, limpide.

Oh, qu'il était donc agréable d'enfanter ! D'être pour une fois absolument au centre ! L'enfantement, je l'avais remarqué, était devenu une discipline sportive tout à fait gratifiante pour moi depuis l'arrivée de Frieda, à Londres, quand Ted s'était émerveillé de voir quelle guerrière compétente j'étais, comme faite pour engendrer ses enfants, pas du tout à la manière moderniste des Anglais, assommée de médicaments et à moitié paralysée dans un lit d'hôpital. Non, moi je vivais ce moment ! Je le vivais à fond, comme la sensationnelle bombe euro-américaine gonflée à l'oxygène que j'étais.

Soudain, j'ai su avec certitude que c'était un garçon, quelque chose en moi me l'a communiqué. J'ai poussé un grognement bestial dans les bras de Ted, il était fort, il n'avait qu'à le supporter.

Si la sage-femme était satisfaite, ou soucieuse, ou stressée en cet instant, je ne savais pas - pourtant, je savais.

J'ai fermé les yeux ; je sentais le moindre de ses gestes, où elle était, ce qu'elle pensait, ce qu'elle faisait à présent. Elle tenait le verre de jus de fruit, effleurait mes lèvres avec la paille. Et voilà qu'une nouvelle contraction arrivait en dribblant et m'a envoyé le ballon en pleine gueule, j'ai été obligée de hurler, des cris sourds qui montaient des tréfonds.

À bout, hors d'haleine, je suis tombée du ring dans les bras de Ted, vaincue. Oui, j'étais une petite chair vaincue qu'il tenait dans ses bras. Le visage brûlant, mouillé, je pensais à tout ce que nous avions traversé ensemble, les souvenirs comme des étincelles défilant à toute allure. J'étais gravée au couteau dans le cœur de Ted, dans tous les états possibles. Notre premier baiser, la morsure à la joue, toutes mes luttes, mes efforts depuis que j'étais enfant, un bouton d'églantine jamais embrassé au bord de la mer près de Boston, avant que la mort ne me contamine avec la maladie et les adieux de mon père. Ted avait tout cela gravé en lui. Toute la félicité extatique de notre histoire, tout le combat de Cambridge, toute ma guerre intérieure pour exister comme être humain à côté de l'être humain qu'il était. Voilà pourquoi il était si agréable d'être mise K.O. dans ce combat de catch dans la boue avec un - Ooh, une nouvelle contraction, ooh, de plus en plus forte -, avec un autre être humain qui devait à présent me traverser pour sortir. Il était du caramel mou, il était une boule de feu qui devait disparaître de moi au plus vite et pas plus tard que maintenant ! Pitié !

– Qu'est-ce qui se passe avec l'oxygène ? haletais-je. Qu'est-ce qui ne fonctionne pas ?

J'ai plongé mon regard au fond des yeux mi-apeurés, mi-rassurants de Ted, et mon regard était noir. Ce qu'il voulait signifier, je n'en sais rien, je sais seulement l'effet que ça m'a fait de regarder au fond de lui en cet instant, comme si nos univers se rencontraient. Deux systèmes solaires différents.

Oh, mon Dieu ! Ça sentait déjà le marécage et le sang, et voilà la sage-femme, tout à coup, l'air stressé et soucieux à mort. Que tripotait-elle donc ? Le tube à oxygène.

– Il est vide, a-t-elle dit en se retournant.

– Quoi ? a soufflé Ted, et j'étais contente qu'il réagisse.

– Vide ! a-t-elle répété de la même voix atone.

– Mais qu'est-ce que tu racontes, femme ?

Voilà ce que j'ai crié sans pouvoir me retenir.

Ce qui était, encore à l'instant, une danse avec Dieu est devenu une danse avec le diable, car une nouvelle contraction s'annonçait, maintenant, maintenant, elle m'a submergée comme un gémissement de la mort et aaaaaaaaah, putain que ça faisait mal, mon bassin n'était plus une partie de mon corps mais une gigantesque maison en flammes dans laquelle on me forçait à rester pour livrer ce combat contre le démon.

Je hurlais :

– C'est trop gros ! C'est trop gros !

Et puis coup de grâce, derniers cris pantelants de ma gorge et dernière aide tremblante des mains secourables de Ted, et je sentais sa peur maintenant, peur et émerveillement à parts égales. Et la sage-femme, oui, la sage-femme était là, elle nous encourageait. Et puis le plouf visqueux quand il a glissé hors de moi, transformant le lit en rivage océanique. Quand il m'a délivrée de la douleur. Et que je l'ai vu, posé là, tout bleu, s'essayant à une amorce de gigotement, le cordon ombilical blanc, gras, visqueux, entortillé autour de son ventre et de son cou.

Dans mes bras, un petit lutteur au front comprimé.

– Je t'ai donné un fils ! ai-je ri en regardant Ted. Et comme il te ressemble : un Hughes !

Et Ted avait encore les larmes aux yeux.

– Je vous laisse un petit moment, a chuchoté la sage-femme en sortant de la chambre sombre et boueuse qui sentait le foin coupé.

En fait, ça sentait la mer. La mer et les algues, et mon fils était poisseux et comme issu de la mer. J'ai plongé dans ses yeux. Noirs avec un regard de fer. Qui était-il ? D'où venait-il ? Pourquoi avait-il aussi une odeur de pain frais ?

Tant de questions et pas de réponse. Il était arrivé, il était là, et on était le 17 janvier pendant cinq minutes encore. J'aurais voulu rester dans cet instant, faire en sorte qu'il dure.

Le garçon a dégringolé telle une rose dans mes bras, frais et glissant comme la rosée. Moi seule étais un phoque avec du sang gluant entre les cuisses. Et maintenant j'avais 39,5°.

Ted vidait le pot. Ted apportait le thermomètre. Ted oubliait que je voulais moi aussi un baiser sur la joue.

La sage-femme a reporté la visite post-natale. Son père avait attrapé une pneumonie et, moi, je n'avais pas la force de répéter en vue de réussir mon numéro devant des inconnus. Non, dans ce cas, je préférais être seule avec mon mari, même si tout ce qui était sain dans notre vie - l'odeur de fraise des bois de Frieda ! Les cheveux duveteux du bébé ! La manière qu'avait la sage-femme de sauver le monde, avec tout son savoir féminin ! La mâchoire de Ted qui s'adoucissait quand elle venait chez nous ! - semblait se volatiliser dès que nous nous retrouvions seuls l'un avec l'autre.

Je me suis redressée et adossée comme je pouvais à la tête de lit. La migraine me cognait aux tempes. Le garçon dormait sur le ventre dans le lit, à mes pieds, vêtu de blanc.

Engorgement mammaire.

Voilà toute mon erreur.

J'avais été frappée de démesure.

Une forme de mégalomanie tout à fait ordinaire de type je-viens-d'avoir-un-bébé-mon-congélateur-est-rempli-de-gâteaux-et-j'ai-une-vie-de-rêve. Ce genre d'extase. Merveilleuse, une fois qu'on y a goûté. Le manteau que je mettais pour sortir était en glaçage de gâteau de mariage américain et les joues de mon fils étaient des cerises macérées dans le rhum. Telle une wonder woman extra plus, je me promenais dans les rues du village toute de blanc vêtue avec mon nouveau wonder kid (le deuxième). Si ma mère et ma grand-mère ne pouvaient pas le voir, alors on se contenterait du voisinage de Court Green ! Je l'exhibais donc partout en souriant de mon sourire essoufflé dont je savais pourtant que le réservoir se vidait au bout de quelques minutes. Je déambulais comme une diva, landau à la main. En oubliant que je n'étais pas en sucre, pas du tout, et pas davantage emballée dans de la cellophane. J'étais animal, j'étais vache, je pouvais faire meuh, j'étais femme. Le sang coulait entre mes jambes (ça s'appelait les lochies). J'étais bourrée d'hormones, j'avais du lait plein les lolos et pile au moment où j'étais occupée à faire mon rapport à une bobonne en manteau plus que gris et queue de renard – qui s'était illuminée en voyant Nicholas et avait absolument tenu à pincer ses joues-cerises –, j'ai commencé à transpirer l'équivalent d'un lac et j'ai eu une montée de lait (sans doute déclenchée au moment où elle lui avait pincé les joues, mon instinct protecteur à cette vue ayant déclenché un signal dans le corps). Et ce lait s'est figé comme plâtre dans mes seins.

Vanité idiote ! Moi, un animal, je croyais que je pouvais enfiler un vieux manteau minuscule du temps où j'étais jeune et jolie à Londres. Et voilà la punition : FIÈVRE. ENGORGEMENT MAMMAIRE.

– Du chou, a dit la sage-femme quand je l'ai appelée, flapie et hors d'haleine. Du chou, est-ce que tu aurais ça chez toi ?

– Je ne sais pas, je vais demander à Ted, il peut regarder dans le frigo, il faut que je voie, c'est très possible.

J'ai placé la main sur le combiné pour qu'elle n'entende pas la façon dont je sifflais-criais à Ted qui rangeait ses graines dans la cuisine :

– ON A DU CHOU ?

– QUOI ? a-t-il hurlé.

– ON A DU CHOU ?

– DU CHAUD ?

– Mais merde, est-ce qu'on a du chou, bordel ! Du chou blanc, est-ce qu'on a du chou au frigo ?

Pause.

– Oui.

– Oui, ai-je dit à la sage-femme, on a du chou, pourquoi ?

– Alors tu peux en détacher une belle feuille et la poser sur ton sein. Il faut habiller le sein entier de feuilles de chou.

J'avais envie de rire. Des feuilles de chou... C'était la jeune Sylvia coquette et joyeuse en moi qui réapparaissait.

– Ça paraît saugrenu, mais d'accord, je le fais.

– Essaie ça et rappelle-moi dans quelques heures. Tu as toute ma sympathie, un engorgement, ce n'est pas une partie de plaisir, spécialement par temps froid.

– Frieda est née en avril, c'était tellement différent, le printemps était déjà bien avancé cette année-là.

– Appliquer du froid, c'est bon aussi.

– Je croyais qu'on devait garder le sein au chaud ?

– Essaie d'appliquer une serviette avec quelques glaçons.

– Merci infiniment.

– C'est mon travail.

– Winifred, vous êtes inestimable.

– Je passerai demain matin.
– Une chose encore...
– Oui ?
Une partie de mon être voulait que la conversation ne s'arrête jamais. Un si grand trou en moi, cette absence de conversation en confiance avec une amie plus âgée. Elle était comme ces garçons intrépides à l'université, là-bas, en Amérique, qui me faisaient croire que la vie était une chose complètement normale, pas une alternance de chemin de croix et de paradis.
– Tu dois faire en sorte d'allaiter le plus possible avec le sein souffrant. Allaite, allaite, allaite, le petit prince Nicholas doit téter, téter, téter et ne pas avoir faim un seul instant.
– D'accord, le petit prince Nicholas va téter et ne devra pas avoir faim un seul instant, ai-je répété d'une voix douce.
Une voix que j'aurais bien aimé avoir quand je parlais à Ted, ou quand je m'adressais à moi-même. Sauf qu'alors ma voix était différente, le plus souvent terriblement dure, elle me faisait peur à moi-même ; mais au cours de cette conversation au téléphone avec cette femme, ou avec d'autres à qui ne me liait aucune relation profonde : du velours.
Ted m'a donné du chou. À ce moment-là, la fièvre était déjà élevée et sa main m'a paru stable et rafraîchissante quand il l'a posée sur mon front.
– Pauvre Sylvia, a-t-il dit, car il savait que je fondais quand il employait ce mot-là. Pauvre Sylvia.
Il a déposé un baiser sur mon front et j'ai décoré de grandes feuilles de chou mon sein dur et tendu qui commençait à rougir.
Les feuilles craquaient en répandant une odeur aigre avant de ramollir sous l'effet de ma sueur fiévreuse et je me suis endormie ainsi, habillée de chou. J'étais comme une fleur au soleil, une fleur chaude et vivante dont mon petit garçon voulait pomper le nectar.

Ted a passé la tête par l'entrebâillement de la porte de ma chambre de malade en déblatérant à propos de la première partie de pêche de l'année, qu'il ne voulait manquer à aucun prix.

– J'aimerais tellement aller à la pêche !

Voilà comment il a formulé la chose.

– Est-ce que c'est ok si je vais à la rivière Taw avec Andy ?

Andy, la composante qui ferait que je ne pourrais pas dire non.

J'ai souri, un faible sourire fiévreux.

– Mais oui, vas-y, mon amour.

Ma chemise de nuit collait aux oreillers amoncelés dans mon dos. L'instant d'après, il s'était volatilisé avec sa canne à pêche.

Quand je me suis levée, mes cuisses étaient gluantes ; je me suis traînée jusqu'aux toilettes et j'ai arraché de ma culotte la serviette hygiénique saturée de lochies brunâtres. L'odeur était écœurante. Nouvelle serviette... et Nick criait déjà depuis le lit. Quelqu'un devait s'occuper de Frieda, je n'avais pas la force de faire cela en plus du reste et pourtant, donc : *aller à la pêche.*

Aller à la pêche, comme si c'était déjà la saison.

À la pêche, comme si la rivière l'attendait sans délai.

À la pêche, comme si ce dont la famille avait besoin dans l'immédiat était du poisson.

Je sentais déjà le poisson pourri pour deux. JE SENTAIS DÈJÀ LE POISSON POURRI POUR DEUX, voilà ce que j'ai pensé le temps de retourner à mon lit (mon temple, ma forteresse, ma montagne, ma mer, ma mare aux canards, la prison, la vie), à Nick et Frieda roulés en boule à mes pieds comme des phoques de taille différente.

À côté des oreillers : du vieux chou. Deux pâles rosaces ramollies par la chaleur de mon corps et flasques comme des bouts de cadavre. Frieda, qui était pourtant un vrai petit agneau, avait gagné en dureté et soudain, elle a pris son élan et asséné un coup de poing à mon nouveau-né, en plein dans le ventre. Une rage inattendue s'est emparée de moi. Avait-on le droit de se fâcher à ce point contre un enfant ? J'ai projeté ma main en avant et empoigné la sienne avant qu'elle ne recommence, car c'était ce qu'elle s'apprêtait à faire, avec une grimace espiègle.

– Arrête, Frieda ! Je ne veux pas que tu le tapes !

Pendant tout ce temps, j'entendais en arrière-fond la voix de Ted : aller à la pêche. C'est ok si je disparais un moment ? J'ai envie de pêcher !

La fièvre montait, que pouvais-je faire, bordel, alors qu'elle montait, merde ?

Il n'y avait plus qu'à s'abandonner à la panique.

– Frieda, ai-je dit, d'une voix faussement stable qui s'est brisée comme un bol en verre lâché sur le sol.

Je voulais donner l'impression d'être dépositaire de l'autorité.

– Voilà, écoute, Papa est parti, et moi j'ai de la fièvre.

Comme si une gamine de même pas deux ans pouvait comprendre. Comme si elle savait ce qu'était la fièvre. Tel un robot-jouet, elle gigotait sur le lit, à croire que quelqu'un la remontait avec une clé dans le dos chaque fois qu'il prenait à Ted l'envie de s'en aller.

– Oui, et alors toi tu dois te tenir tranquille, tu piges ? Tranquille.

Quand Ted est rentré, je reposais, apathique, immobile sur l'oreiller. Les heures m'avaient traversée à la nage comme un mucus épais, je n'étais plus responsable de la maison ni de quoi que ce soit. Nick dormait tel un enfant kidnappé qui s'endort parce qu'il n'a pas d'autre choix. Frieda devait roupiller quelque part, la maison était silencieuse.

Je voyais son ombre se déplacer dans la chambre mais je ne voulais pas ajuster ma vision, mon regard devait rester vide et désemparé pour que lui, avec son bon sens, sa force et sa virilité, s'aperçoive avec effroi à quel point nous frôlions la catastrophe quand il me laissait seule en proie à la fièvre alors que je venais d'accoucher.

N'aurait-il pas pu aller à la pêche à un autre moment ? Bon Dieu ! Qu'est-ce qui pouvait être plus important dans l'immédiat que la santé de sa femme et de ses enfants ? Si j'avais été plus en forme, j'aurais tout écrit sur un bout de papier, pour lui faire comprendre sous la forme d'une liste de points. J'avais lu dans un livre bouddhiste qu'*aimer c'est comprendre, et être aimé c'est être compris.* Ne me donnait-il donc pas la preuve chaque jour qu'il ne m'aimait plus ? Puisque, à l'évidence, il ne me comprenait pas.

– Ted, ai-je gémi.

C'était un énième épisode dans la série des effondrements signés par moi. Ted allait-il attribuer de l'importance à cet effondrement précis ? Allait-il me reprocher de piquer une crise, de ne pas être capable de rester seule avec nos petits ? Ou allait-il capituler devant mon chagrin, rendre les armes et m'embrasser les pieds dans un crépitement d'amour jusqu'à ce que sa salive n'y suffise plus ?

– Sylvia. (Voix de Ted, veloutée.) Comment vas-tu, mon amour ? Ma Pussy.

– Arrête, ne m'appelle pas comme ça.

– Est-ce février qui arrive avec ses batailles pour toi ?

– Arrête.

– Tu tombes toujours malade en février.

Il s'est insinué jusqu'à moi dans le lit, il semblait en pleine forme, mûr et rempli de pensées, la partie de pêche scintillait dans son regard comme s'il s'était rincé les yeux de toute forme de pleurs.

– Se casser la jambe en février, souffrir de sinusite, être à l'HP jusqu'en février, faire une fausse couche et une appendicite en même temps... en février.

– Arrête !

– Février, c'est ton mois, ma chère, a dit Ted en déposant un baiser sur mon épaule d'où la chemise de nuit avait glissé.

Aucun doute, il était comblé par sa partie de pêche, par sa liberté.

– Du calme, du calme, nous allons survivre à ce février, a-t-il ajouté et j'ai soudain eu l'idée de me radoucir et de lui donner raison, d'accueillir, mais oui, le réconfort qu'il m'offrait.

Mon silence donnait plus de timbre à sa voix.

– Et je peux continuer à l'infini. Un engorgement en février...

Ma tête reposait entre ses bras.

– Rencontrer Ted Hughes en février...

J'ai soufflé dédaigneusement par le nez ; la morve a atterri sur mes genoux. J'étais douce à présent. Douce. Je riais de sa vanité, de son égoïsme, avec lequel nous vivions tous comme avec un troisième enfant invisible.

– Oui, peut-être aurais-je mieux fait de m'abstenir ?

Nos regards se sont croisés pour de vrai, Ted m'a ébouriffé les cheveux puis il a ramassé notre fils endormi, l'a déposé dans son berceau et s'est arrangé les cheveux devant le miroir. Debout, les mains dans les poches, les yeux sur moi :

– On n'a pris aucun poisson.

– Dommage.

– Je veux retourner à la mer avec toi. À Woolacombe.

– Tu ne comprends pas que je suis malade ?

– Je veux t'emmener à Woolacombe. Et ensuite je veux aller avec toi en Australie.

Ted avait des rêves plein les yeux, c'était comme si une folie était entrée dans son regard. L'Australie ? Maintenant ? Qui pouvait avoir même l'idée de l'Australie en ce moment ?

– J'ai un mal de crâne à tout casser, va me chercher de l'aspirine.

Ted a levé les yeux, surpris. Comme s'il s'était jusque-là adressé à une personne imaginaire.

Mais sa remarque sur février m'a fait réfléchir toute la nuit. J'étais couchée à la lueur des lampes que je n'avais pas eu la force d'éteindre après avoir allaité. J'avais fini de transpirer, la fièvre était partie, à présent l'air frais entrait dans mon corps et me permettait d'espérer.

Février avait quelque chose de spécial. L'immobilité gelée. Une renaissance qui devait avoir lieu, comme un nettoyage de l'année écoulée. Quelque chose en lien avec le fait que j'étais ADVENUE en février, moi qui étais née fin octobre. Février était mon destin. J'avais été hospitalisée en février. Je me souvenais d'un autre février quand j'avais dix-neuf ans, ma jambe immobilisée en l'air et enveloppée de bandages immaculés. Février, moi. Moi, février. J'avais paniqué avec abandon, cette fois-là, cet accident qui touchait ma jambe, comme quand j'avais sept ans et que l'orteil de mon père était devenu bleu et qu'il avait fallu l'amputer. Dans ma jambe, je voyais celle de mon père. La nuit, dans la pénombre laiteuse de la chambre d'hôpital, je fantasmais que la jambe sous le plâtre se teintait de bleu pendant mon sommeil. Et quand on m'a enlevé le plâtre, j'ai eu tellement peur en la voyant, on aurait dit qu'elle était morte. Je contemplais fixement cette horreur, la jambe de mon père à la place de ma jambe. La peau était pâle et spongieuse comme celle d'un cadavre, les poils avaient poussé, longs et épais, et sous cette peau morte la chair s'était ratatinée comme si cette jambe n'avait plus l'intention de vivre. Rabougrie, dégoûtante, et tout cela m'appartenait aussi.

Moi, la fille brillante, jeune assoiffée de vie, amoureuse, rieuse, belle, précieuse, stylée, blonde. Moi, qui n'avais jamais cru que je pourrais mourir, pour de vrai, mourir, pas la moindre petite parcelle de moi n'était autorisée à mourir. J'en avais eu pour mon grade cette fois-là. Je n'avais pas eu d'autre choix que de rire à la face de mon moi invincible.

Soudain, mon fils s'est réveillé avec sa minuscule plainte adorable et je l'ai attiré contre mon sein douloureux. C'était si enivrant, si merveilleux quand il tétait. Son poids en or, infiniment lourd, avec cette odeur sucrée.

– Quelle chance j'ai de vous avoir tous les deux, ai-je murmuré en embrassant son front duveteux de nouveau-né. Oui, évidemment, j'ai aussi mon incapable de Ted, mais quelle chance j'ai d'avoir votre amour, ai-je murmuré un peu plus fort.

Ted dormait de toute façon.

Et j'ai continué à penser à février tout en allaitant le garçon.

En février de l'année dernière, je m'étais sentie intensément purifiée.

J'avais fait une fausse couche et une appendicite en même temps.

J'avais de nouveau été autorisée à me coucher dans une chambre d'hôpital, à garder le silence et à ne pas être mêlée à la moindre affaire familiale.

Chaque femme aurait mérité cela. Rester allongée ainsi, en silence, protégée du monde, sans aucune pression extérieure. Je n'étais obligée de me montrer à personne.

Là, je pouvais advenir, encore. Naître, encore. Être créée, encore. Ted avançait vers moi, dans les longs couloirs déserts interminables, exactement comme l'homme qu'il était quand il m'avait rencontrée. Grand (1,86 mètre), le regard acéré sous la frange, plein d'admiration pour moi et mon intellect. M'avoir à distance, oui. C'était ainsi qu'il pouvait vivre au mieux avec moi. Peut-être était-ce vrai. Que pour vivre avec moi de la manière que nous désirions tous les deux, il devait garder la distance d'un porte-avion. Disposer d'un long couloir à travers lequel venir à ma rencontre. Comprendre que cela m'attristait. Mais peut être en était-il de même de mon côté. J'avais besoin de la page blanche, et d'avoir de la place, de l'espace, et un lieu à moi, loin de lui, pour vivre.

J'ai arrondi la main autour de la tête de Nicholas, si douce, si intacte, il n'y avait rien de mauvais en lui, aucune ruse, aucune traîtrise. Ses paupières, deux minces feuilles de lilas tressaillant sous la brise. Pourvu qu'il ne change jamais.

En pensée, je revenais à Ted et moi à l'hôpital, février 1961. Il avançait en tenant Frieda par la main, la petite galopine dont il réussissait si étonnamment bien à s'occuper seul. Incroyable. Je m'étais crue indispensable, mais ça marchait du tonnerre, elle adorait être avec son père. À l'hôpital, tout m'était épargné, les escalades de Frieda qui s'agrippait à mon corps comme un bébé singe et toute la logistique qui reposait sur moi. Tout m'était épargné. Et c'était une bénédiction car j'étais à bout, consumée, il ne restait rien de moi après une longue année d'allaitement, de nourrissage, de portage ; mes bras, mes ressources inépuisables, ma force, tout ça était anéanti.

Et le cosmos répondait en m'offrant une fausse couche et une appendicite.

La semence de Ted en moi, une erreur, refus de la nature, faire le ménage dans mon corps, le nettoyer. Saigner haut et clair.

Les infirmières circulaient entre les chambres dans leurs tenues anonymes et j'étais tellement foutrement heureuse de ne pas devoir être l'une d'elles.

J'étais celle dont il fallait s'occuper.

J'étais celle qui devait avoir une chambre individuelle.

J'étais celle qui recevait les visites de son mari écrivain.

J'étais celle qui allait écrire tous les livres.

J'étais celle à qui il fallait prêter attention.

J'étais celle qu'il fallait soigner, choyer, dorloter.

Tel était le contrat. Voilà ma valeur. L'argent de la Sécurité sociale anglaise et mon corps. Voilà tout ce dont j'avais besoin pour me recatapulter vers moi, retrouver ma voix et recommencer à écrire. C'était le coup de départ. Février, les maladies, le sang, ma convalescence, les tulipes rouges sur la table. Voilà l'histoire, semblaient me susurrer les pages blanches. Voilà ta voix. « Un livre n'est pas un livre, mais deux livres, c'est une tradition », m'avait dit Luke, ami de Ted, sur un ton légèrement acide alors que l'attente après mon premier livre se prolongeait trop à son goût. (Bon Dieu, comment tous ces gens pouvaient-ils être aussi pressés ?) J'allais lui montrer. De nouveau.

Car alors - alors ! - j'ai commencé à écrire. Je suis rentrée à la maison, toute gonflée de nouvel oxygène, de feuilles vides sur lesquelles graver les expériences de ma mémoire ; j'avais la force, j'avais l'envie, j'avais une putain de niaque et j'avais eu l'occasion de respirer un coup. C'est alors que j'ai commencé à écrire *La Cloche de verre*. Et maintenant ? Qu'allait-il se passer ?

Quel texte l'engorgement et la convalescence dans la chambre de Court Green allaient-ils, en ce mois de février, m'apporter sur un plateau ?

C'était quoi, la nouveauté qui m'attendait ?

Je me suis endormie cette nuit-là, épuisée à force de réflexions, de ruminations, et de ces pensées qui m'arrivaient humides et transparentes comme des gouttes de rosée. Nick avait fini de téter et reposait, gonflé comme un bouddha, sur sa couverture. Je l'ai enveloppé dedans, puis j'ai embrassé la joue mal rasée de Ted. Il dormait profondément, il ne se réveillerait pas, de toute façon.

J'avais dormi sur le cheval en plastique de Frieda. Je l'ai flanqué par terre. C'était vendredi, j'étais rétablie, le soleil de printemps était arrivé, j'attendais de la visite. Demain, les enfants seraient baptisés.

J'ai jeté sur mon épaule Nick emmailloté dans sa couverture. Debout sur la marche d'accès à la terrasse, j'ai absorbé l'atmosphère du jardin. Tout était là, je voyais notre avenir, et j'ai aspiré l'air frais en pensant : Oui, j'ai surmonté le temps des couches ; non, je ne saigne plus ; oui, je suis une femme respectable ; oui, je me tiens ici au beau milieu de ma vie de rêve. Et j'ai eu envie de faire venir un photographe.

C'est alors que j'ai découvert Ted, déambulant tel un cheval sombre dans les allées en déversant la dose printanière de poison contre les escargots. Il avait aussi un sachet de fumier de poule qu'il a réparti sur les parterres réservés à nos fraisiers. Ted avait consacré tout le printemps à ces préparatifs, à enfouir les graines dans de grandes caisses remplies de terre noire, les seuls livres sur lesquels il se penchait désormais étaient des manuels de jardinage. Il avait pris beaucoup d'avance sur moi de ce point de vue. Moi, je n'en avais pas eu le temps, j'étais à peine sortie de la grande maison blanche. J'avais été la maison même.

Il ne nous voyait pas. J'aurais aimé avoir un outil que j'aurais pu allonger à travers le jardin pour ramener Ted, une sorte de râteau. Si seulement il existait un sifflet qui lui fasse dresser l'oreille et dont le sens serait : « Voilà ta chère Sylvia qui t'appelle ! », si seulement il voulait se retourner avec amour chaque fois qu'il entendait le son de ce sifflet.

J'ai essayé avec ma voix.

– Ted ?

Il ne m'entendait pas, ou alors il faisait semblant. Je ne voulais pas nous donner en spectacle devant les voisins, je ne devais pas prendre l'habitude d'appeler mon époux comme s'il m'appartenait, ou comme s'il était l'un de mes enfants. Ted m'avait vraiment mise à distance, il était dévoué au jardin corps et âme. C'était important pour lui que notre maison de rêve devienne aussi belle que nous l'avions imaginée - de la lavande en longues rangées, de la clématite par-dessus le mur, qui allait devoir s'entendre avec le vieux lierre, de nouveaux framboisiers, jeunes et vifs, pour concurrencer ces horribles fourrés de ronces. Sir et lady Arundel n'avaient-ils vraiment rien tenté pour remédier à l'état d'abandon de ce jardin du temps où ils vivaient là ?

Ted était fait pour la vie. Si compétent avec la terre, les animaux et tout ce qui nous retenait au sol, tout ce qui était consistant et durable, si habile avec les outils. Il était en son pouvoir de nous assurer une fondation solide, nous qui avions voleté de-ci de-là dans la vie fourmillante de Londres, avec notre jeunesse, notre beauté, nos talents littéraires. Ici, à North Tawton, la vanité avait zéro valeur !

Je suis rentrée par la porte de la terrasse et j'ai appliqué du rouge à lèvres abricot pour fêter le printemps.

Nick dormait dans son landau que je faisais rouler dans un sens puis dans l'autre sur le gravier dur ; j'aurais aimé que Ted vienne et nous prête attention, qu'il s'abîme dans la vision de son fils et moi, comme je m'abîmais en lui, que notre réalité soit égalitaire d'une manière ou d'une autre, que nous partagions un intérêt égal l'un pour l'autre.

J'ai baissé les yeux vers le bout de pâte à modeler dans le landau. C'était comme si l'existence me glissait des mains, le temps et la vie ne valaient rien quand j'étais ainsi seule, inobservée, deux mois maintenant depuis l'accouchement, j'étais prête à être contemplée, à me sentir femme devant mon homme, à être embrassée sur mes lèvres toutes douces de rouge à lèvres abricot.

Mais j'étais plantée là et je roulais le landau en vain.

Je voulais trouver une manière d'expliquer à Ted que cet isolement me faisait mal. Que lorsque je n'étais pas autorisée à être seule en sa compagnie, cet isolement me transformait en un morceau d'être haïssable, une semi-créature bonne à servir de personnage dans un roman dystopique sur les orques. Non vivante. À demi morte.

J'avais besoin qu'on m'assure que j'étais vivante, que j'étais au centre de l'histoire, que je méritais un rouge à lèvres et un bonjour.

Soudain Ted est venu vers nous de son pas lourd, avec ses bottes qui laissaient d'énormes empreintes dans la boue. Il s'est débarrassé de ses gants et il a tendu les bras vers Nick.

– Vous êtes réveillés depuis longtemps ?

J'ai regretté mon rouge à lèvres, j'ai regretté d'avoir eu le désir d'être photographiée. Envieuse, j'ai vu Ted accaparer notre pantin de deux mois, l'embrasser sur le ventre et l'élever doucement vers le ciel. J'ai étouffé mon impulsion d'intervenir avec reproche : Arrête ! Tu sais bien que sa nuque n'est pas encore assez solide.

– Pourquoi ne réponds-tu pas ? a dit Ted en se tournant vers moi.

– Pour rien. Je vous regardais.

Ç'a été ma seule réplique ce matin-là : *Pour rien. Je vous regardais.* Ensuite on a parlé poison anti-escargots.

– Veux-tu m'épouser ? a demandé Ted quand nous nous sommes couchés, tard, ce soir-là, en donnant de petits coups de museau contre mon visage. Vas-tu me laisser ma chance ? Veux-tu épouser un fumiste, un petit poète anglais sans avenir ?

Il sentait encore le jardin, la mer et le mouton.

– Toi, pas d'avenir ? Tu te fous de moi ?

– Comparé à toi, non. Tu es ma reine d'écrivaine de génie.

Sa déclaration s'est mise à germer comme un petit haricot qui cherche la lumière, et ce désir de pouvoir à nouveau écrire a grimpé, grimpé à l'intérieur de moi. Le lendemain, d'un pas décidé, j'ai quitté la table du petit déjeuner, je lui ai remis le Fils et j'ai dit, avec un visage impassible, que je devais monter écrire maintenant, tout de suite, même si c'était le jour du baptême des enfants. Cela n'avait rien d'extraordinaire, au fond, si ? Ted n'aimait pas les cérémonies de toute façon.

Alors, même si j'avais en réalité un puissant désir lié à ce baptême, une lumière en moi qui, se précipitant par-dessus l'Atlantique, illuminait ma mère au loin et lui déclarait « Oui, tes deux petits-enfants vont être baptisés aujourd'hui, la morale et la respectabilité seront enfin honorées », je m'étais malgré tout adaptée au souhait de Ted : une cérémonie TOUTE SIMPLE, comme pour notre mariage, un petit machin à l'église avec d'autres enfants du coin qui allaient être baptisés le même jour. Oui, nos enfants seraient baptisés ainsi. En passant.

À la manière de Ted.

Alors ça n'avait peut-être rien de scandaleux, après tout, si Maman Sylvia choisissait de s'extirper du petit déjeuner et de disparaître en fumée sous les yeux de la famille avec ces mots :

– Je dois monter écrire, je te laisse ranger la cuisine, les tenues de baptême sont à côté du lit, n'oublie pas de brosser les cheveux de Frieda.

Un profond silence a résonné dans la pièce après ces paroles. Ted mâchonnait son petit déjeuner comme du fourrage et je savais que j'avais déjà loupé les heures les plus précieuses de la matinée, celles pour lesquelles nous nous battions toujours - lui pour aller pêcher, moi pour écrire - mais là, je ne pouvais plus prendre en charge les états d'âme de Ted. Je devais m'en aller, point barre.

M'en aller, avec le sentiment fou d'avoir dérobé paix et normalité à ma famille à cause de cette pulsion en moi : partir en fumée, m'évaporer dans les airs, quitter le sol, devenir esprit et texte et ne plus être Mère.

Respire lentement, sur la chaise devant le bureau, laisse tomber les épaules, convaincs-toi que tu n'as pas commis un crime.

J'ai trié mes papiers recouverts de poussière, ces feuillets, ces pages qui étaient faites de moi, de ma chair convulsive, de mes idées effroyables.

Elles me procuraient un tel bien-être !

Elles étaient tapies là et se matérialisaient sous ma main quand celle-ci se déplaçait en feuilletant ces minces choses noircies, fines comme de la soie. Voilà. D'abord les parcourir du regard, ensuite s'assurer une énième fois que ce n'était pas un mensonge, les chapitres étaient là, les titres bien corrects ; l'intrigue du premier échec et du premier effondrement de ma vie.

Il m'avait fallu deux mois bruts pour l'écrire, et ç'avait été comme ouvrir un lieu condamné dont le contenu aurait longuement mûri jusqu'à atteindre la perfection pure, et je n'avais rien eu à faire sinon permettre au matériau de sortir et prendre forme de lui-même. J'avais consacré les six derniers mois à faire le tri, réécrire, modifier des pages qui pour moi étaient devenues des pages perdues, simplement *de trop*. J'avais revu l'ensemble, modifié les noms, j'avais craint le regard de ma mère, j'avais envisagé de tout brûler, mais le texte cognait en moi comme un cœur la nuit. Et qui arrache un cœur la nuit pour le déposer sur le feu ?

C'était de ce texte que nous vivions, c'était ce texte qui, de fait, fournissait un surcroît de vie à ma famille, à Ted, Nick, Frieda. Il parlait aussi de nous. Car il nous restait encore un peu de l'argent de la bourse de *La Cloche de verre*. Celle-ci devait permettre d'écrire une œuvre *au cours de la période pendant laquelle on touchait effectivement la bourse*, une année en tout, j'avais eu honte de ma ruse et voilà pourquoi personne n'avait eu le droit de cafter. Chaque fois que je leur envoyais un morceau de texte - de ce texte écrit déjà depuis bien longtemps -, je me faisais l'effet d'une criminelle notoire qui commet un nouveau forfait au moment même où elle prétend expier l'ancien.

Je l'ai un peu remanié, voilà ce que j'ai fait ce matin-là. Je devais pouvoir le relire, le parfaire, vérifier qu'il tenait la route. Je devais redonner vie en moi à quelques pages pour être sûre que le récit respirait, qu'Esther Greenwood était vivante, avec son tempérament, son regard sur le monde, ses idées, tout son désir profond, ardent. Esther ne s'était pas brisée sous prétexte que je ne l'avais pas effleurée depuis quelques jours. Esther était apparemment ma création, et quels que soient mes sentiments d'amour vis-à-vis d'elle (peut-être ne l'aimais-je pas, en réalité, peut-être portais-je en moi une pointe de chagrin à cause de ce qu'était devenu ce texte qui parlait d'elle, un travail d'amateur et un divertissement), elle avait droit à l'existence, elle vivait et, par elle, un morceau de moi, un bout de chair ô combien important acquérait plus de vie sur ces pages tout à fait indépendamment de moi, alors si quelqu'un devait ramasser une page du manuscrit et commencer à la lire, il lui arriverait quelque chose : Esther. Moi. Grâce à nous, quelque chose serait transformé dans le monde pour toujours. Et ce frisson dans le dos en valait bien un autre.

Mes enfants allaient devenir purs devant Dieu. Je voulais juste qu'on en finisse. Un jeune garçon du village jouait une sonate pour piano de Haydn comme une fugue de mort, et le pasteur versait l'eau sur la tête des enfants avec autant d'indifférence que s'ils avaient été des melons. Je pleurais, debout sous mon chapeau, en pensant : Qu'ai-je fait ? Qui suis-je, moi qui accepte cette cérémonie minimaliste ? J'avais évidemment imaginé une journée ensoleillée éblouissante, une sublime meringue-chantilly, des invités débarquant en voiture avec des cadeaux merveilleux et ma mère embrassant tout ce monde sur la joue d'une manière en quelque sorte continentale qui me représenterait *moi*, qui expliquerait aux invités qui j'étais, leur montrerait d'où je venais.

Qui étais-je, moi qui autorisais tout à devenir un compromis vaseux entre la froideur celtique glaçante de Ted et ma propre fibre américaine grandiose ?

J'ai levé les yeux vers la coupole grise du plafond de l'église. Je faisais tout pour tenter d'unir nos deux mondes mais ça se terminait toujours de la même façon : par la victoire de Ted. Car nous vivions ici, dans cette grisaille sinistre, et ça ne deviendrait jamais plus amusant, plus brillant, plus divin que ça. J'aurais voulu passer la chanson *Love Me Tender* du film *Le Cavalier du crépuscule*, avec Elvis Presley, j'aurais voulu que ça swingue. Il n'y avait rien de ma chaleur ni de ma fantaisie dans cette cérémonie, rien de ma bonne humeur. Rien n'avait le droit d'être gai. Pourquoi ?

Voilà, Nicholas avait été baptisé de la main du pasteur. Au son de sa voix monocorde, la petite Frieda s'est précipitée vers le baptistère et hissée sur la pointe des pieds pour attraper de l'eau et s'en verser elle aussi sur la tête. Ça, c'était drôle ; là, même Ted a ri ; ça, c'était un sujet de réjouissance. Mais pour le reste, une journée de déception, insipide et sans relief. Aucun loup en moi, aucun mouvement, aucune espérance, alors même que nos enfants étaient angéliques, illuminaient l'église et ne se sont pas plaints une seule fois ; seuls les enfants des voisins, ceux qui se faisaient baptiser en même temps que les nôtres, se montraient grognons. Tout était austère, et Ted n'avait pas pris la peine de repasser sa chemise.

– Nous entendons absolument *tout* ce qui se passe à Court Green, s'est exclamée Rose, la voisine, une fois dehors devant l'église, sur le gravier qui crissait sous nos semelles.

Frieda zigzaguait dans l'herbe entre les pierres tombales inclinées, elle se croyait dans son jardin.

– Nous entendons absolument tout ! Et voilà que la meilleure des saisons commence.

Je n'ai su que répondre à cette affirmation étrange. La voisine voulait-elle me signifier quelque chose ? En un instant, le baptême était oublié.

– Nous n'avons rien à cacher ! ai-je pépié avant de prendre la direction des opérations en saisissant Ted par le bras. Tu veux bien aller chercher Frieda ? J'ai peur qu'elle ne renverse une pierre tombale et se retrouve coincée dessous.

En une seconde, Ted était aux côtés de Frieda. Sous un grand arbre, il l'a soulevée jusqu'à la première branche, où courait un écureuil qu'il lui montrait du doigt, tout excité. Ce truc avec les animaux, pensais-je. C'est quoi cette faiblesse de mon mari pour les animaux ? Rose avait disparu ; d'ailleurs toute la compagnie s'était dispersée sans vraiment dire au revoir. Je voulais rentrer auprès de mes textes. Les mêmes oiseaux volaient au-dessus du cimetière et de notre jardin.

Avril était là, la plus belle des saisons en Angleterre, une épiphanie dans notre jardin, que des centaines de narcisses et de jonquilles épanouies transformaient en vision de rêve. Les gens sortaient de chez eux pour venir l'admirer, c'était apparemment la tradition à North Tawton, vu que les autres maisons étaient si ternes. Et bien sûr, c'était ce dont nous avions parlé tout l'hiver, exactement cela, alors maintenant que notre fécondité portait ses fruits, nous allions devoir convier généreusement les autres à la partager. Be careful what you wish for, m'avait dit ma mère d'une voix étouffée, chez nous en Amérique, *fais attention aux vœux que tu formules*, et comme c'était ma mère je ne l'avais pas vraiment écoutée.

Mon poulet au gingembre en poudre et au miel rôtissait dans le four et les pommes de terre épluchées étaient réunies dans un saladier. J'ai emporté sur un plateau pour mon époux un café et deux morceaux de chocolat. Il a levé les yeux de sa bêche, s'est passé la main dans les cheveux et a dit d'une voix forte :

– Ô, Sylvia, tu es un génie : on devrait baptiser un après-midi en ton honneur.

À peine l'a-t-il dit et à peine ai-je senti la chaleur familière pleine de fierté me traverser fugacement, qu'on a frappé à la porte de l'autre côté de la maison. Ted s'est absenté longtemps, si longtemps que le café a refroidi et que je suis retournée à l'intérieur pour voir qui c'était.

La petite fille, la Lolita, comment s'appelait-elle déjà ? Charlotte ? Scarlett ? Son prénom m'échappait. Ah oui, Nicola, voilà. La fille des voisins. Elle.

Nicola était de retour de son école d'Oxford pour les vacances et la voilà plantée sur notre perron avec Ted qui tenait à la main un livre et quelques 78 tours qu'il semblait vouloir lui prêter. Quand j'ai surgi derrière lui, elle a reculé d'un pas et m'a regardée d'un air désemparé.

– Il vaut peut-être mieux que je parte ? C'était peut-être un mauvais moment ?

– Mais enfin, ai-je dit. Ça te fait donc si peur de me voir ? Je venais seulement vous demander si vous vouliez un peu de café, tous les deux. Je viens d'en faire.

– Nicola a envie de lire mes livres, a dit Ted à voix basse, alors j'ai pensé que je pouvais les lui donner.

Il cherchait l'autorisation dans mon regard. Mais enfin, c'est absurde, ai-je pensé, que veux-tu que ça me fasse à qui tu offres tes livres ?

Nous avons traversé la cuisine qui sentait le poulet au gingembre et où Ted a ramassé un stylo au passage. Nous sommes sortis au soleil et je leur ai versé le café.

Il a signé ses livres pour elle, une dédicace dans chaque volume. Elle a souri en croisant les jambes et en ramenant celle du dessus vers son propre sexe, elle croyait manifestement que je ne voyais rien. J'ai dû écouter leur conversation qui devenait étrangement intime plus elle se prolongeait, s'approfondissait, en quelque sorte, et je savais que Ted aimait les femmes, ça, je le savais. Je le voyais faire un truc avec sa frange, avec ses yeux, qui le rendait irrésistible. Et puis il était poète. De plus en plus célèbre chaque jour qui passait. Je devais m'y habituer.

Voilà ce que c'était que d'être l'épouse d'un poète apprécié.

Quelques jours plus tard, la même scène s'est rejouée dans notre jardin. Une journaliste suédoise s'était soudain manifestée, sauf que cette fois c'était pour moi. Elle voulait m'interviewer, nous avions été en contact par courrier, elle m'avait lue dans l'anthologie *New American Poets* et souhaitait traduire mes poèmes en suédois. Pourtant, c'est entre elle et Ted que quelque chose s'est emballé.

Elle jouait avec ses cheveux, qui étaient blonds et courts (mais il était malgré tout possible d'en jouer), prenait l'air intéressé, avec son nez crochu, hochait la tête sans arrêt, posait de nouvelles questions, demandait poliment à Ted d'expliquer ce qu'il entendait par telle formule. Soudain elle nous a demandé :

– Comment est-ce de vivre ensemble en tant que deux poètes ?

Plus elle s'attardait dans notre jardin - tant et si bien qu'elle a même vu mon téton (elle était suédoise, elle s'en fichait) -, plus j'ai compris que c'était précisément ce que je ne pouvais pas faire : je ne pouvais pas vivre en tant que poète, c'était une vue de l'esprit, une pure illusion. Un vague goût de fer dans la gorge, comme si je saignais de quelque part. J'ai pris la parole et j'ai dit à voix haute que ça se passait on ne peut mieux, nous écrivions en alternance, d'abord Ted, ensuite moi, un peu plus tard dans la matinée - Ted est un tel lève-tôt ! Je lui ai tapoté la joue et il a eu un mouvement de recul puisque Siv Arb en était témoin, ce qu'il ne souhaitait pas, car devant Siv Arb comme devant les autres femmes qui approchaient notre maison, il souhaitait paraître vierge.

C'est à cet instant précis que j'ai vu que mes mains étaient gluantes, poisseuses d'enfants et de lait maternel. J'étais repoussante.

– Ça marche vraiment très bien en ce moment, Ted écrit du théâtre et des pièces radiophoniques pour la BBC et moi je vais commencer à travailler comme critique de littérature enfantine pour l'*Observer*.

Siv Arb prenait des notes dans son cahier, même si je ne disais rien d'important et qu'elle savait déjà tout ça.

Pendant ce temps, Nick escaladait mon ventre.

Je voyais au maintien de Ted qu'il aurait voulu défaire les agrafes qui le retenaient à moi et à nos enfants. Il se tortillait. Était-ce parce que nous n'avions pas fait l'amour depuis longtemps ? Oui, ce devait être ça, il n'y avait pas d'autre explication. Et là, d'un geste large, Siv Arb a montré notre propriété et proféré un commentaire acide comme quoi ce devait être inhumain de s'occuper seuls d'un si grand jardin. Avions-nous un jardinier ? Alors j'ai pensé : Fais gaffe, fais gaffe, ô toi femme scandinave arrogante qui ne comprends pas ce que c'est que de vivre dans le monde réel. Ceci est l'Angleterre, ceci est Sylvia Plath et Ted Hughes, tu le comprends, ça ? Et j'ai senti que je voulais la chasser de notre jardin à coups de bêche. Et que je voulais garder Ted pour moi seule. Si pas maintenant, alors quand ? Si pas maintenant, alors que nous venions d'avoir un petit bébé, un nouveau-né sur lequel veiller, alors que notre amour aurait dû être à son apogée... Si pas maintenant, alors quand ? Mais je me suis contentée d'avaler le sang imaginaire qui ne cessait de me couler dans la gorge. Je lui ai montré la différence entre fleurs de cerisier et fleurs de nectarinier pendant que Ted débarrassait la table et ensuite, j'ai pris la main dure et anguleuse de cette femme dans la mienne et je lui ai dit adieu.

Et comme si ça ne suffisait pas avec toutes ces femmes qui envahissaient notre jardin, les voisins nous rendaient également visite et, eux, c'était moi qui devais m'en occuper. Les voisins ! Si on vit en tant qu'être humain en ce monde, on ne peut pas faire autrement que d'avoir des voisins. Et aussi un corps, et un compte en banque, et une voiture - oui, il y avait des détails pratiques auxquels on n'échappe tout simplement pas. Même quand on est poète de métier.

Nous nous étions habillés de blanc afin de nous prendre en photo dans la lumière printanière au milieu des jonquilles et des narcisses. Un portrait de famille à envoyer à ma mère, à Aunt Dotty, à Edith & Co. dans le Yorkshire, ainsi qu'à Olwyn. Ted et moi sous l'énorme lierre qui escaladait le mur et les arbres qui commençaient à empêcher les voisins de nous voir depuis que leurs feuilles bourgeonnaient. Car c'était ainsi que je nous voulais : libres, et pourtant emmurés. Je voulais avoir mon chéri pour moi, et ceci était un moment infiniment solennel, où il allait se placer derrière l'appareil et me voir dans une lumière diaphane quasi divine, doublement concentré sur moi à travers l'objectif. Moi. Exposée. Au regard le plus puissant de North Tawton.

Pendant que j'étais assise là au milieu des fleurs printanières avec Nick dans les bras et Frieda à côté et que Ted nous photographiait, Rose est apparue en jacassant comme un oiseau par-dessus le mur, pour nous informer que Percy était mourant, il était tombé malade, une sorte de crise cardiaque. Naturellement, je n'ai pas eu d'autre choix que me lever, lui proposer d'entrer, lui servir un thé chaud. Tout ce à quoi j'étais capable de penser pendant qu'elle parlait, c'était aux scènes délicieuses qui venaient de se dérouler dans notre mer de narcisses blancs et jaunes, désormais capturés par l'objectif et je me demandais avec quelle mine j'avais été immortalisée et à quoi ressemblait mon sourire...

Presque sexuel, se laisser photographier ; une sensation puissante d'excitation montait en moi pour la première fois depuis la naissance de Nick et pile à ce moment-là, le torrent d'informations de Rose s'est tu. Elle attendait ma réponse.

– Oui, bien sûr, lui ai-je asséné. Vous pouvez compter sur nous si vous avez besoin de quoi que ce soit.

En ressortant dans le jardin, j'ai vu Ted ajuster la position de Frieda dans l'herbe. Elle tenait une jonquille qu'elle venait de cueillir. Il a pris quelques clichés rapides avant qu'elle ne recommence à courir.

– Bon, eh bien, nos salutations les plus chaleureuses à Percy, pauvre de vous, ai-je dit avant de prier Rose de partir.

Mon énergie était épuisée, je n'avais pas la force d'être aimable avec le monde entier et ensuite aussi avec Ted. Nick voulait de nouveau téter, sans arrêt il réclamait le sein. Il y avait un seul problème : je n'avais pas l'ÉNERGIE.

Je l'ai dit à Ted, plus tard, pendant que nous mangions les restes de poulet de la veille.

– Je n'ai pas l'énergie, ai-je dit. J'y arrive pendant dix minutes et après c'est comme si...

Je n'arrivais à rien avaler, seulement à pleurer, et j'avais l'impression que ma peau s'était absentée, que mon sang était en accès direct.

Mon squelette était du bois brûlé.

– N'aie pas l'énergie alors, a dit Ted. N'aie pas l'énergie. Moi, je l'ai.

– Mais je suis obligée ! Je n'ai pas le choix !

– Tu as l'énergie que tu as, non ?

J'ai préparé l'engueulade en disant que l'équation était intenable s'il s'en allait sans arrêt à Londres alors que moi je devais rester là et divertir Frieda avec des histoires sur les vaches de la ferme et le bruit qu'elles font, tout en nourrissant Nick...

– Le nourrir de ma propre chair, tu comprends ? C'est moi qui aurais besoin d'une bouteille de fertilisant comme celui que tu verses sur tes plantes, mais personne ne m'en donne ! Jamais ! Tu m'entends ? Personne !

Ted rongeait ses os de poulet en silence. Laisse-moi donc réfléchir, me semblait signaler son code corporel ; je réfléchis, alors tais-toi, ok ?

Des hectares de terre à cultiver et une tonne de réparations et deux mini-humains dans la maison, bon sang, Ted, étais-je sur le point de lui dire, capitulons donc avant qu'il ne soit trop tard !

Mais aucune voix ne portait jusqu'à ma bouche, c'était comme si tout ce que j'avais dans le ventre, c'était de la terre noire, noire et silencieuse.

Nous avons continué à mâcher et à déglutir, nous n'avions pas l'énergie de nous disputer.

– Tu pourrais faire gaffe à mes seins ?

Ted était couché, une main sur mon téton dans le clair de lune. Je ne voulais pas le perdre mais je devais quand même le lui dire, mes seins appartenaient à Nick maintenant, ce n'était plus une zone érogène. Mon mari avait entrepris de me grimper dessus pile au moment où je m'endormais. Ses baisers étaient rapides, intenses, et je faisais des efforts pour en être. J'essayais de me souvenir du passé, quand nous faisions souvent l'amour, de toutes les manières possibles, dans différentes positions. J'ai déplacé Nick.

– Tiens, dors dans ton berceau, ai-je murmuré en caressant son front duveteux.

Puis j'ai décidé de me laisser aller, je devais moi aussi vouloir faire l'amour.

Dehors la lune s'était remplie de lumière et dirigeait son projecteur jusque dans la chambre. N'étions-nous pas que des animaux nous aussi ? Ted n'avait-il pas raison, tout compte fait, de mettre l'animal et l'humain sur le même plan ? Qu'étions-nous donc d'autre que chair et voracité ?

C'était la première fois depuis que mon fils avait entrepris son voyage vers la vie à travers mon corps que j'écartais les jambes pour quelqu'un d'autre. Cette première fois a semblé incroyablement jouissive pour Ted, alors que pour moi elle s'est révélée éprouvante et incertaine. Ma vulve était distendue et j'ai dû prendre appui sur mes jambes pour contraindre l'endroit qui l'enveloppait à se contracter en un fourreau étroit et agréable. Mais c'était encore trop large, dilaté, sensible, et lui, débordé par un désir brutal qui ne correspondait pas au mien, s'est abandonné avec un cri sauvage, ses membres lourds se sont contractés et il s'est vidé en moi en bramant vers le plafond, pendant que je regardais Nick tressaillir sans se réveiller pour autant. Il avait donc joui sans moi, sans m'attendre, sans que je fasse le moindre bruit, sans un échange de regards.

Il m'a embrassée sur la bouche, l'air désespéré.

– Ah putain, ce que tu es bonne, Sylvia. Ah, j'en avais besoin. C'est la meilleure chose qui soit arrivée depuis longtemps. Waouh, Pussy. Tu es de retour.

J'ai fait un petit bruit, j'ai renfilé ma chemise de nuit. J'étais encore canon, juste un peu ramollie du ventre, ramollie du bas, mais ça allait se resserrer, je le savais, encore un petit moment et je serais complètement reconstituée.

Nick s'est réveillé et je l'ai allaité, en pensant, pendant que le lait montait et que les ronflements de Ted traversaient les murs, que j'avais été Siv Arb ou la petite voisine Nicola – c'étaient elles qu'il avait baisées ce soir, elles qui avaient allumé le désir de mon mari. Un nez journalistique suédois crochu et une paire de collants boudinés en minijupe. Le fait de comprendre ça m'a déclenché un effet aspirateur entre les jambes, mélange confus de pulsion sexuelle et de dégoût pur et simple.

Le mois de mai en Angleterre était vraiment tout ce qu'on m'en avait dit : bouillonnant, érotique, créateur ! Ted tondait la pelouse, Frieda le suivait avec sa tondeuse en plastique. Des myriades de petites fleurs faisaient craquer leur enveloppe et s'épanouissaient à toute vitesse dans notre jardin en répandant un parfum enivrant. J'ai passé un moment sur le fauteuil près de la porte-fenêtre à donner le sein à Nicholas jusqu'à ce qu'il se calme ; je voyais Ted penché sur sa machine, profondément absorbé comme toujours dans ses pensées. J'ai suivi ma propre pensée jusqu'au bout : les hommes, et leurs machines ! S'il savait combien ça me fatiguait de rester ici à allaiter, soigner, consoler, planifier les repas. N'était-ce pas infiniment plus simple de marcher derrière une machine ? Mais quand j'avais essayé, l'automne dernier, en en faisant tout un plat - nous allions échanger nos occupations, pour moi ce serait l'occasion de briller, d'être « Femme moderne », j'allais promener la tondeuse à moteur et charcuter l'herbe d'automne *tchac, tchac* -, au bout de vingt secondes ça m'avait semblé si lourd, trop lourd pour mes bras, mon corps de femme enceinte, que je n'avais pas eu la force de continuer. « Je n'ai pas la force », avais-je été contrainte d'avouer à Ted, qui avait soupiré en marmonnant « C'est bien ce que je te disais », avant de sortir dans le crépuscule mouillé finir le travail que j'avais laissé en plan. Ted détestait les projets inachevés, ça lui faisait peur. Les projets inachevés lui donnaient le sentiment qu'il était seul en charge de tous les trous qu'il fallait reboucher dans l'existence.

Les hommes, et leurs machines ; et ensuite, ils veulent manger, et Ted n'était pas meilleur qu'un autre. De mon fauteuil, je m'irritais aussi à la pensée de ses joues mal rasées. Lui qui s'occupait de la pelouse pour la rendre lisse et unie, il aurait pu faire l'effort de raser sa barbe de trois jours. Je voulais lui demander de le faire, mais alors, évidemment, ce serait tout de suite le scandale, Ted détestait que je me mêle de ses petites habitudes. Et moi, j'avais tellement peur de lui quand il se vexait ; moi qui avais eu l'intention de l'inonder d'amour sur sa joue douce et bien rasée... C'était *désagréable*, la barbe de trois jours, comme les orties, les mauvaises herbes, et d'ailleurs j'adorais que Ted soit si compétent au jardin ! N'était-ce pas fantastique d'avoir un homme qui se préoccupait à ce point de choses fragiles telles que la végétation, la nature et les animaux ?

Nick a vomi sur mon épaule.

Ted est arrivé avec ses grosses bottes sur le lino dont nous avions enfin obtenu que les ouvriers, des types mal dégrossis, le collent par-dessus les planches pourries de l'entrée, et il a essuyé sur un mouchoir la sueur de son front.

– Je veux écrire, a t-il soufflé. Je me dessèche, je manque d'air.

– Bois un verre d'eau.

– J'ai besoin d'écrire.

Ted a avalé en trois gorgées le verre d'eau que je lui tendais et l'a reposé avec fracas sur la table. Des gouttes d'eau coulaient de ses commissures.

– Je finirai de tondre la pelouse tout à l'heure.

Je me suis approchée de la fenêtre ; Nick dormait sur mon bras, ça commençait à faire lourd, j'allais bientôt le coucher.

– Ah bon, tu n'as pas fini ?

Mon cœur a accéléré.

Ted a secoué la tête.

– Je vais écrire.

– Mais la pelouse... D'habitude tu ne la laisses pas en plan... Je peux aller me promener avec Nick pendant que tu termines le travail, il vient de s'endormir, comme ça on pourrait déjeuner après ?

Ted a secoué la tête, l'air vacant, son regard était comme évidé.

– Je vais me débarbouiller, et ensuite j'irai faire un tour, puis je monterai un moment dans mon bureau. J'ai besoin... Sylvia. J'sais pas. J'ai besoin de quelque chose.

– Tu ne te sens pas bien ?

Frieda était restée dehors du côté des framboisiers et faisait gicler la terre avec une cuiller.

– Sylvia, je suis un homme qui a des pensées. J'ai besoin de penser maintenant. C'est tout, rien d'extraordinaire à ça. Il me faut un peu de solitude, voilà tout.

J'ai jeté un nouveau coup d'œil au jardin, où Frieda venait de se retourner, à la recherche du regard de quelqu'un. Sa bouche était maculée de noir comme si elle avait avalé des kilos de terre.

– Elle mange la terre ! ai-je crié, avant de me précipiter dehors en chaussettes et de la happer par le bras.

Après le retour de Ted, j'ai appelé Winifred Davies, la sage-femme. La seule instance droite en cet instant, la seule à m'apparaître comme une possibilité de sauvetage. Le combiné du téléphone pesait, réconfortant et lourd dans ma main. Ted était monté au grenier, ombre fugitive. Il avait réussi à endormir les enfants, n'était-ce pas merveilleux ? Après dix sonneries, ma sage-femme a répondu d'une voix maussade, qui s'est illuminée en reconnaissant la mienne.

– Sylvia... Oh, Sylvia ! Comment ça va chez vous ? Comment va notre petit Nick ?

– Notre...

J'étais abasourdie par la chaleur avec laquelle elle l'avait dit - *voilà* comment agit une personne de cœur, une personne qui a le sens pratique et l'amour de la vie, OUI ! *Notre Nick* - et je me suis rappelé la folle nuit de janvier de sa naissance, quand j'étais en colère contre Winifred Davies car elle avait oublié que j'étais quelqu'un qui exigeait BEAUCOUP d'oxygène. Mais je lui avais pardonné à présent.

– Il est merveilleux, Winnie, simplement merveilleux. Pas du tout aussi vif que Frieda, heureusement pour nous. Il est calme et poétique, il ressemble à son papa, et toujours colossal, il me pompe toutes mes réserves.

– Il faut bien manger, surtout, que Ted te prépare de bons repas, que tu aies suffisamment de toutes les vitamines et de tous les minéraux, tu vas en avoir besoin quand tu recommenceras à saigner.

– Oui...

– Tu as déjà recommencé à saigner ?

– Pas de règles à ce jour, heureusement.

– Et la vie intime ?

Je tortillais le cordon du téléphone en regardant l'escalier conduisant au studio où se trouvait Ted.

– En attente, je dirais. Ted a beaucoup à faire. Nous avons un jardin entier à fertiliser et à entretenir...

J'ai ri, et Frieda a compris que quelque chose se préparait, quelque chose d'insouciant et de joyeux dans cette maison ; en entendant sa maman rire elle s'est réveillée et elle m'a appelée.

– Maman ! Maman !

– Bon, il faut que j'aille m'occuper de Frieda. Juste une chose, à propos du jardin...

– Oui ? Quoi ?

– Voilà, nous avons pensé que nous aimerions beaucoup avoir des ruches. Une idée folle naturellement...

– Mais c'est formidable ! s'est écriée ma sage-femme et, aussi vrai qu'elle avait eu ses doigts au fond de moi, j'ai senti mon sexe envahi d'une étrange lourdeur, une chaleur, comme de sororité. Pouvait-elle être la sœur, la mère chaleureuse que je n'avais jamais eue ?

Je me suis sentie sourire.

– Oui, on va le faire ! Les abeilles. Je veux nous offrir un petit quelque chose en plus. Et puis ça m'apparaît comme une sorte de responsabilité... vis-à-vis de la nature. Je ne sais pas. Ted sera sûrement content.

– Tu es sur la bonne voie. Rien n'est aussi passionnant que de s'occuper des abeilles. Vous avez une ruche ?

– On n'en est pas encore là.

Frieda était arrivée et me tirait violemment par la manche.

Aurait-il fini d'écrire bientôt ? Deviendrait-il vivant bientôt ?

– Retrouve-moi à la réunion du club des apiculteurs en juin. Ça va arriver plus vite qu'on ne le croit ! Oh, et comment est le jardin maintenant ?

– Je dois raccrocher. Le devoir m'appelle.

– Alors on se retrouve à la réunion des apiculteurs. Ah oui, et d'ailleurs...

Winifred Davies souhaitait me raconter quelque chose, elle ne voulait pas mettre un terme à la conversation, elle ne voyait pas la manière dont Frieda m'agrippait de toutes ses forces.

– Oh, je dois raccrocher maintenant, ai-je crié, car le combiné n'était plus calé contre mon oreille.

Dehors, la chaleur frémissait dans l'air printanier, et Frieda m'a montré comment planter des rhubarbes : il suffisait de creuser la terre le plus profond possible avec sa cuiller en argent et d'y lâcher le pied de rhubarbe, voilà comment avait fait Papa.

Je ne voyais que les poêles grasses abandonnées sur la table du jardin et Nick, qui sommeillait sous le cytise en fleur mais qui allait se réveiller d'une seconde à l'autre, et alors il faudrait que Ted soit là. Mais il allait naturellement devoir finir de tondre la pelouse d'abord, alors ce serait quand même à moi de m'occuper de Nick. J'ai senti son cri imminent démarrer en moi, presque comme si nous étions en symbiose ; quand il sentait la présence flottante de mon corps près du sien, aussitôt il voulait s'évaporer de ce qui l'avait tant absorbé jusque-là - par exemple son propre sommeil - et devenir moi, devenir un pendentif à mon sein, *se fondre*. J'ai murmuré à Frieda :

– C'est bien, ma chérie. C'est bien.

Frieda avait deux ans, elle ne comprenait pas qu'elle devait baisser la voix.

– TOI tu 'as faire, Maman !

Dans ma tête, ça bourdonnait d'abeilles, d'activité, d'essaims, de ruches qui allaient être installées et générer du miel sucré, des livres de jardinage que Ted avait lus jusqu'à plus soif et que j'allais lui jeter à la tête un de ces jours. (REDESCENDS SUR TERRE ! N'EST-CE PAS POUR ÇA QUE NOUS AVONS EMMÉNAGÉ ICI ? POURQUOI PASSES-TU TON TEMPS À LIRE ? FAIS QUELQUE CHOSE ! MA MÈRE ARRIVE BIENTÔT !) Et il répondrait : « Aha, c'est *ça* qui te pose problème. Tu voudrais que tout soit fin prêt pour ta maman. En fait, tu t'en fiches que la pelouse soit tondue. C'est parce que ta maman doit venir en juin que tu te sens obligée de tout arranger et de tout décorer à la perfection. Tu sais quoi, Sylvia ? Je t'emmerde. »

Toutes ces idées et bien d'autres prenaient racine et grandissaient à toute vitesse dans ma tête pendant que Frieda criait en projetant de la terre noire vers les rhubarbes. Le vent a soulevé la nappe de la table et je l'ai débarrassée de quelques perce-oreilles qui s'y étaient fourrés. Des perce-oreilles, des tipules énormes et des poêles grasses, voilà toute la récompense qu'on recevait ici. Et *vlan* ! le cri du bébé, *vlan* ! ma conversation avec Winifred était finie, mon projet d'apiculture lascif, mon idée d'aller peut-être faire un tour : tout était anéanti, Nick était réveillé et voilà que, tel un retardataire mollasson faisant son entrée dans notre vie, Ted est apparu sur le perron en se frottant les yeux comme s'il se réveillait d'un lourd sommeil.

– Bienvenue dans la réalité ! ai-je lâché sur un ton acide.

Cette fois, je m'en fichais si les voisins nous entendaient.

Ted a démarré la tondeuse d'un geste exaspéré, sans me répondre, et s'est mis à la manœuvrer à une vitesse démente, avec des mouvements brusques. Dire que lui et moi avions fait l'amour hier ! Pouah ! Saloperie de mégère du diable, comment ai-je pu épouser une pisse-vinaigre pareille ? Je *savais* qu'il le pensait, je le *savais*.

– Je monte écrire ! lui ai-je crié.

J'étais assise avec le manuscrit qui s'étalait sur toute la courtepointe et jusque sur mon corps.

Ted avait raison : j'avais senti le souffle de ma mère sur chaque bourgeon éclos au jardin ce printemps-là. Dans chaque bouquet de jonquilles d'un jaune furieux que j'avais coupées et égalisées aux ciseaux pour obtenir de belles tiges. Dans chaque bouquet que j'avais lié et enveloppé dans un voile blanc de papier cristal.

Dans chaque pile bien rangée de dix bouquets que je réservais pour la vente au marché. Dans chaque préparatif de la terre pour verdoyer et fleurir en complicité avec le soleil. Partout elle avait été présente. Aurelia.

Maintenant je pensais à elle à chaque pas que je faisais.

Mais au fond, pourquoi m'inquiéter ? Rien ne pouvait nous troubler à présent. Nous l'avions, notre vie de rêve, j'avais mis une famille entière entre ma mère et moi - ma propre famille, issue de mon propre sang, de ma propre volonté, capacité, intention. Tout cela nous avait donné le bonheur. Tout cela, tout ce que j'avais contribué à créer, *moi*, pas elle. J'étais délivrée d'elle, je n'étais pas le larbin de ma mère, ni son souci, ni son faire-valoir, elle ne savait rien de moi.

J'avais mon propre jardin maintenant, j'avais un mari à moi, un grand mari en rut qui se couchait la nuit dans mon lit conjugal telle une planche taillée dans le plus beau tronc de noyer. J'avais un homme qui savait se servir de ses mains, un homme doué pour la musique, un homme-qui-avait-voyagé-et-qui-s'intéressait-à-l'art-culinaire, un poète, un beau mec, un mari meilleur-papa-du-monde, peu importe ce qu'Aurelia Plath avait pensé de lui au mois de juin 1956 quand nous nous étions mariés et qu'elle avait été, hélas, notre unique témoin. Quoi qu'elle ait pensé de son nouveau gendre, son premier gendre, quels que soient les reproches méchants que je l'avais vue décocher avec ses yeux à cette occasion ; quelle que soit la perfidie des commentaires fielleux qui pulsaient sous sa pieuse indifférence et ses tics tordus de pseudo-martyre lors de notre départ en voyage de noces, cela ne pouvait plus me retenir, cela n'avait plus aucune validité.

Si seulement j'inspirais bien à fond et démontrais à ma mère, pour de vrai, combien la vie à North Tawton était fantastique, nous ne risquerions pas d'approcher de la moindre zone de danger. Elle verrait que le rêve était pour de vrai ; je ne l'avais pas concocté dans mon imagination, pas cette fois, il ne vivait pas seulement dans une lettre heureuse expédiée vers l'Amérique.

Dehors le jour se levait, une lumière atlantique jaune et fluorescente. Assise sur le bord du lit j'étais comme illuminée tout entière, un projecteur braqué droit vers mon cœur. Sur mon bras, une boule de pâte claire et chaude tétait. C'était le soleil de mai, aurait dit Ted, mais je savais faire la part entre ce qui était soleil de mai et ce qui était différence dans ma vie. Ted s'était donc rendu à la boîte aux lettres ce matin-là, et il en avait extrait ce qui allait faire la différence.

Je devais rester assise, ralentir le mouvement, ne pas trop réagir, m'humecter les lèvres, neutraliser, d'ailleurs je devais continuer à allaiter, que ce bébé soit bien gonflé.

ILS M'ÉCRIVAIENT QU'ILS VOULAIENT LE PUBLIER EN JANVIER, ils disaient enfin qu'ils voulaient le publier en janvier. J'étais sortie de la maison, à la rencontre de Ted et de sa moisson de lettres, je lui avais arraché l'enveloppe des mains, j'avais lu le télégramme assise sur les marches du perron, les genoux repliés contre la poitrine et puis les larmes avaient coulé comme le font les larmes acceptées, les larmes d'écrivain, quand tout le labeur, tout ce à quoi on a voulu donner une forme, tout ce avec quoi on a cherché à se réconcilier, fait soudain sa sortie dans le monde et proclame : Concluons la paix, la guerre est finie.

(Citation du livre sur le bouddhisme de Ted : *Est en souffrance celui qui a besoin d'être écouté.*) C'était clair à présent : on allait m'écouter. Chez Heinemann, on avait fini de lire mon bidouillage américain et on l'avait enfin validé. Ah, ces nunuches dans leurs maisons d'édition anglaises, qui barbotaient dans les manuscrits jusqu'aux genoux et prononçaient des verdicts définitifs sur de pauvres diables anonymes comme moi ! Elles avaient repêché mon texte dans la mer, telle une grosse méduse, elles l'avaient débarrassé de ses grains de sable et avaient constaté : Mais voilà du potentiel ! Voilà quelque chose qu'elles allaient pouvoir fourguer ! Enfin ! Les poèmes, on ne savait jamais quoi en penser, mais l'art du roman, la prose, le nec plus ultra, la crème de la crème, là, on pouvait avoir confiance, ça marcherait du feu de Dieu !

D'ailleurs, j'avais quand même intégré une bonne dose de poésie chantante dans mon livre.

Oh… Esther G… Je l'adorais… Je la voyais… Si seulement elle savait… Je m'adorais aussi moi-même… C'était moi qui l'avais créée après tout…

Nick a interrompu ma rêverie avec un renvoi dont le bruit évoquait plutôt un vomissement, et je m'attendais à trouver une mare sur mon épaule, mais non, rien du tout, c'était juste mon effroi pétrifié devant tout ce qui était blanc et aigre ; tout ce qui était sécrétion.

Ted m'avait hissée des marches où j'étais assise et serrée dans ses bras osseux. Il avait voulu m'entraîner, un petit tour de danse sur le plancher.

– Espèce de queen, espèce de génie, toi ! Je le savais !

Feu de lion dans les yeux. (Je n'étais pas prête pour ça.) Et me revoilà sur le bord du lit, à transpirer en mordillant mes doigts grêles et en me demandant comment j'allais bien pouvoir faire pour minimiser les dégâts, les répercussions, les effets d'après-coup.

Comment pouvais-je en vérité publier un roman tel que *La Cloche de verre* ? Comment en masquer le contenu ? Comment l'envoyer dans le monde sans être tenue pour responsable de ce qu'il racontait ? C'était en train de devenir réalité. Et moi qui avais été si à l'abri derrière ma machine à écrire !

J'ai baissé les yeux vers Nicholas, couché sur ma cuisse, entre mes paumes. C'était tout à fait comme un enfant... Publier un livre... Tout à fait comme de porter un enfant dans le monde, pourvu que cet enfant ne cause de tort à personne, pourvu qu'il vive sa vie sans être embarrassé de moi et de mes défauts, moi qui suis si tordue, si défaillante, que Dieu aide mon fils à se débrouiller sans moi ! Pourvu qu'ils ne voient pas en le regardant qu'il porte mes ténèbres, qu'il a mon âme !

Pitié, laissez-le être pur...

La Cloche de verre.

Comment épargner à Ted d'être dévasté par mon succès ? Comment allait-il le supporter ? Tous aux abris... Un moustique a plongé dans ma chair, je ne voulais pas réveiller Nick, je suis restée immobile à regarder le petit corps se remplir de sang avant de poser adroitement un doigt sur la bestiole, laissant le sang jaillir sur ma cuisse. Mon sang, mon sang à moi. Le mouvement a réveillé Nick, bien sûr, et ça m'a donné un prétexte pour rester sur le lit et finir de trier mes pensées, puisqu'il fallait bien le rendormir, puis l'allaiter, puis le bercer...

Le saumon mariné de Ted s'étalait sur le plat de service au milieu des radis et des tiges de ciboule. Il a pris une longue fourchette et l'a plantée dans le filet rose. Elle s'y est enfoncée comme dans la vase ; une bouillie rose est remontée autour des dents de la fourchette. J'ai observé Ted, son air soucieux, frappé de honte.

– Qu'est-ce que c'est que ça ?
Comme si le saumon ne lui rendait pas justice.
J'ai tué une fourmi qui grimpait le long de ma jambe.
J'ai déplié ma serviette et je l'ai posée sur mes genoux.
– Ce n'est pas grave, ai-je dit. Ce sera sûrement très bien.
J'ai pris l'assiette de Frieda.
– Frieda, tu veux que je te serve ?
Elle s'est mise à crier :
– Beurk, non, dégoûtant !
Nous avons attaqué le saumon en silence, Ted par un bout, moi par l'autre. Il y avait eu de l'attente dans l'air ; le silence pesait étrangement. Je n'osais pas dire que ça sentait mauvais. Ted était passé en-dessous de moi, côté concurrence, il occupait désormais un rang inférieur dans notre maison d'écrivains.
– On va fêter Maman, avait-il dit.
Et saumon poché ou pas, qu'était-ce donc à l'intérieur de moi qui ne pouvait être fêté ? Qui se haussait du col, qui était rattrapé par l'angoisse de se hausser du col et qui aurait voulu revenir à hier, quand aucune lettre n'était encore arrivée pour me jeter hors de mon existence de reine de la littérature en devenir, consciencieusement en devenir, pleine d'efforts et de volonté, la reine de la lutte, et me propulser de l'autre côté, parmi les auteurs bientôt établis.
Voilà ce que j'allais devenir :
Établie.
Je jouais avec mes cheveux en pensant qu'il était juste et bon que le saumon poché n'ait rien donné et que Ted soit là, boudeur et laid, sur sa chaise à barreaux dans notre cuisine sale, notre vieille cuisine de ferme que nous étions en train de conduire vers l'avenir, vers la modernité des années 1960, en train de tripoter son poisson écœurant de la pointe de la fourchette.

– Il aurait dû rester plus longtemps au four, a-t-il dit sur un ton plaintif. Saloperie de recette. Saloperie de poisson norvégien !

Il grognait comme un animal.

– Les Norvégiens ne sont pas des gens fiables. J'aurais dû le pêcher moi-même. C'est la matière première qui ne va pas, le poisson poché ne doit pas ressembler à ça. C'est énervant... quand on y a mis tant d'efforts.

Il nous a parlé de la marinade dans laquelle le poisson avait poché longuement : rondelles de carottes, graines de fenouil, poivre blanc et tiges d'aneth.

Comment cela pouvait-il donner un mauvais résultat ?

Je n'avais absolument pas faim, j'étais remplie à l'intérieur de gros nuages blancs tout doux.

Frieda faisait tourner sa pomme de terre dans son assiette. Elle a récupéré un morceau de beurre sur son index et s'est mise à le lécher.

– Je vais tout de suite écrire à Al Alvarez pour lui annoncer la nouvelle, ai-je dit.

Je me suis essuyé les lèvres sur la serviette que j'ai fait claquer sur la table. C'était trop vaste, trop grandiose pour se laisser abattre par un bout de saumon poché répugnant. Il pouvait rester là tant qu'il voulait, mon mari, à s'irriter les gencives en grignotant des tiges de ciboule. J'ai quitté la table familiale. Le simple fait de me lever ainsi m'a inspiré un sentiment de triomphe mêlé de culpabilité, car n'était-ce pas une forme d'agression contre ma famille ?

– Je l'invite à passer nous voir ! ai-je crié depuis la table basse du séjour où j'étais penchée sur ma lettre impulsive. J'invite notre cher critique à venir en juin quand il voudra. C'est bien, n'est-ce pas, Ted ?

Je n'ai pas dormi cette nuit-là. Les pensées crissaient comme du gravier dans ma tête, où que je les emmène, ça crissait et ça grinçait et je n'avais pas un instant de répit. Comme si quelqu'un avait allumé l'un des nouveaux tubes fluorescents qui attendaient d'être montés dans la cuisine. Quelqu'un me les avait évidemment greffés dans le cerveau et me voilà couchée, sans corps, un gastéropode, et c'était comme si on m'avait débitée à la hachette.

Moi. Et mon corps.

N'était-ce pas moi qui me l'étais amputé de mon plein gré, ce corps, de manière à pouvoir enfin échapper à tout ça, pour que la seule chose qui me relie à la terre, au temps, au présent, aux heures soit ce cerveau grandiose, cette lumière monstrueuse désormais vissée sous mon crâne ? Dans ma tête : une symphonie. Tout le reste était éteint. *La Cloche de verre*... En moi j'avais les mots de la première page, tantôt je la réécrivais dans ma tête, tantôt j'étais aveuglée par le caractère remarquable de ces mots-là. Voilà. Fantastique. Moi. J'étais ! J'avais écrit ça ! Ma mère n'en croirait pas ses yeux.

L'instant d'après, autre pensée réduite en gravier, je voulais me recroqueviller en position fœtale, et je l'ai fait ; j'ai remonté mes genoux, le long du drap rugueux, je les ai remontés jusqu'à mon ventre en me tournant sur le côté et en m'entourant de mes propres bras. (Nick dans le berceau à l'aise et tranquille comme un cochon.) Maman, serre-moi, je vais publier un livre. Maman, fais-moi renaître, je vais publier un livre. Maman, épargne-moi, sauve-moi de cette vie, de cette grande chose anguleuse que je ne comprendrai jamais, aide-moi, fais-moi dormir, endors-moi.

La pluie est arrivée sur cette pensée-là, ça crépitait contre nos carreaux et moi, dans ma montagne d'os, de membres, de chair, de peau, j'étais seule à l'entendre, à l'enregistrer et à penser ce mot-là : *pluie*.

Comment pouvais-je être géniale au point de réussir en une première phrase - une seule, rien qu'une - à faire exister une conscience, un lieu, une époque, une saison, un moi, un sentiment, et un dilemme politique ? Et une intrigue ?

C'était époustouflant, en gros.

Époustouflant.

J'étais époustouflée et avec cette pensée je me suis éclairée moi-même, le gravier ne crissait plus, il me semblait entendre la pluie, rien que cette pluie qui se brisait contre le toit de chaume et les vitres de notre maison, j'entendais les ailes des oiseaux sous l'avant-toit, comme elles se repliaient loin de la pluie comme je me repliais loin du temps et de l'univers quand j'étais couchée ainsi, délivrée, bercée par mes propres mots, ma propre perfection que, par un hasard mystique ou un simple hasard, j'avais pour ainsi dire créée, comme une rose qui s'épanouit l'été ; elle s'ouvre, c'est tout, quand la température est bonne, quand la terre a reçu la pluie, quand le soleil a percé et que les gens sont en vacances, prêts à plonger le nez dans des roses épanouies et à respirer leur parfum. Mon génie était apparu de la même manière. J'avais travaillé dur pour anoblir mes qualités, je les avais bouturées, croisées, cultivées, arrosées, taillées, j'avais lutté et puis, un jour, quand le soleil s'était levé sur un été intérieur brûlant comme celui où l'on avait exécuté les époux Rosenberg, l'idée m'était venue d'écrire toute cette histoire et maintenant elle appartiendrait bientôt au monde. Je le savais, au monde. Le monde serait atteint par cette histoire. Je me suis endormie, j'ai dormi...

On a fait l'amour de façon brûlante et bestiale sans se regarder, sur la couverture dans la chambre de Frieda. Ted parlait de l'importance d'avoir une attitude fuck you ; tu as besoin d'une attitude fuck you, Sylvia, tu en auras besoin quand le livre sortira, car je ne cessais de me plaindre de tout ce qui était autobiographique dans le roman, comment donc cela allait-il finir avec ma mère ? Avec Prouty ? Avec Buddy Willard ? Avec ma réputation ?

Ted reposait, sur mon bras.

– Heinemann me donne le vertige, ai-je dit d'une voix geignarde, mais c'était la pure vérité. Un jour ils écrivent que tout est bon, le lendemain je reçois un coup de fil d'un rédacteur inquiet qui m'explique une fois de plus qu'ils doivent se concerter avec un avocat pour savoir si c'est moi la responsable éditoriale de l'ensemble du contenu, ou si la maison d'édition va en endosser une partie.

– Mais reprends ton pseudonyme alors.

– Victoria Lucas ?

– Le prénom de ta précédente héroïne.

– Oui, bien sûr, je peux faire ça. Mais en même temps, j'ai ce sentiment de vouloir continuer à être Sylvia.

– Tu le seras quand même, a-t-il dit en se hissant sur un coude pour déposer un baiser sur mon front. Tu seras toujours Sylvia Plath. Une œuvre, ça prend du temps à se construire, ça n'est pas toujours possible à contrôler.

Il a glissé un pied dans une jambe de son pantalon, puis l'autre ; le bruit quand il a bouclé son ceinturon, un cliquetis familier. Lentement, je me suis redressée en position assise et je suis allée au lavabo me rincer de ses ravages en moi.

– J'ai aussi invité Assia et David Wevill, ai-je dit en m'arrêtant un instant dans le séjour.

Je tenais un plateau de vaisselle sale. Ted lisait, allongé sur le canapé.

– Pardon ? Tu as fait quoi ?

– J'ai pris cette liberté. De leur demander s'ils avaient envie de venir.

Lentement, Ted a posé son livre, ouvert, sur la table basse et s'est redressé en position assise.

– Mais tu ne voulais pas d'autres intrus.

En me regardant. Un long moment d'isolement intense.

Mes vêtements me grattaient, c'étaient les piqûres de moustique, et comme je tenais le plateau dans les mains, je ne pouvais pas calmer les démangeaisons.

J'ai haussé les épaules.

– Ce n'est pas la première fois que l'idée se présente et voilà, je suis passée à l'action.

Il s'est laissé retomber sur le canapé et il a levé une main.

– Je ne te comprends pas. Nous avons Olwyn et Edith & Co qui doivent venir en juin, Dieu nous garde, nous avons ta mère - ta MÈRE, Sylvia -, et nous avons Al Alvarez que tu as aussi « pris la liberté » d'inviter hier sur un coup de tête.

J'ai déplacé le poids de mon corps sur l'autre pied, j'ai senti un espace se creuser en moi.

– Et maintenant nous avons deux invités de plus.

Mon timbre avait changé, ma voix était convaincante.

Je me suis avancée jusqu'à la table basse et j'ai posé le plateau ; les verres gras glissaient les uns contre les autres.

– Assia et David sont écrivains, ai-je dit en croisant les bras. Ça fait longtemps qu'ils veulent venir. Nous avons souvent dit que nous allions leur montrer notre maison. Où est le problème ?

Ted a poussé un soupir.

– Bon, j'imagine qu'il n'y en a pas.

Il a marqué une pause et s'est tourné vers le mur en laissant courir son doigt sur le papier peint.

– Seulement ne viens pas me voir après pour demander grâce, ne viens pas ramper à mes pieds une fois les invités partis, ne te plains pas, ne te fatigue pas trop en cuisine, évite de multiplier les gâteaux et, pour l'amour du ciel, que tout reste simple. Ok ?

Impossible d'arrêter mes yeux, j'étais déjà hypnotisée, et c'est avec le sentiment de vouloir inviter le monde entier que j'ai repris la parole. J'ai dit :

– Ils pourront sûrement nous aider à désherber. L'échafaudage que tu devais monter, tu pourras peut-être le construire avec David ? Il faut leur demander de nous aider. C'est comme ça qu'on fait, dans la vie, on demande de l'aide pour les choses qu'on n'arrive pas à faire tout seul.

J'ai ramassé le plateau et je suis sortie.

Il était à Londres et je pouvais remplir le congélateur. Il ne remarquerait pas que j'avais tout préparé à l'avance. Il n'aurait aucun moyen de pression, aucun indice pour flairer mon angoisse. Voilà pourquoi j'aimais tant cuisiner et pâtisser, et cette simple devise aurait mérité d'être notée un jour par quelqu'un pour que je puisse la conserver en vue d'un futur livre de cuisine écrit par *moi* :

« NOURRITURE : parce que les préparatifs sont de la poésie, la préparation elle-même un recueillement et le fait de manger du sexe. »

Mes cuticules étaient rouges à force de dénoyauter des cerises.

Frieda s'était endormie pour la nuit et Nick était couché, tout bouffant et mignon, dans le landau près de moi, dans la cuisine. N'était-il donc pas fantastique que je sois capable en un tournemain de lancer une quiche, de confectionner la pâte pour un pain de mie qui passerait la nuit au frigo et, pour couronner le tout, dans le plus profond secret, mon cercle de solitude le plus intime, de dénoyauter un kilo de cerises du marché de Crediton pour les verser, *tchac*, *tchac*, *tchac*, dans un grand moule à tarte ?

Tout ça pendant que Nick regardait le plafond.

J'ai léché un doigt couvert de pâte, j'ai pris le rouleau à pâtisserie et j'ai donné tout mon poids au mouvement rythmé. La pâte s'étalait sur le plan de travail fariné, elle devenait ronde, délicieuse, puis j'ai ramassé la loupe de Ted sur le rebord de la fenêtre, ronde et délicieuse elle aussi, sauf qu'elle était petite, et je l'ai pressée contre la pâte pour y découper des cercles.

Tout serait prêt dans le congélateur, Assia et David n'en reviendraient pas - fleurs de cerisier épanouies sur les arbres et tarte aux cerises, *déjà* ? -, ils penseraient être arrivés au paradis, et cela me ferait rire, d'un rire amusé et exubérant, mais aussi généreux.

J'avais tant de recettes dans la tête, des recettes pour tout.

Ainsi j'allais pouvoir contourner Ted et sa manie de l'improvisation - c'est-à-dire de concocter n'importe quoi à partir de ce qui restait dans le frigo.

Ce serait un week-end idéal.

La loupe de Ted, qu'il utilisait parfois pour observer un papillon naturalisé ou le pied de Frieda quand il fallait lui retirer une écharde, était poisseuse de pâte, et cela avait en soi quelque chose de délicieux. Délicatement, sans rien abîmer, j'ai posé le couvercle sur les cerises. Et j'ai enfourné mon œuvre. De jolies cerises remontaient telles des bulles rouges à la surface à mesure qu'elles cuisaient ; j'ai passé un moment assise devant le four à regarder tout cela prendre forme.

C'était si triste et solitaire d'être à la maison sans lui, et j'avais beau me regarder dans le miroir, sous tous les angles, je n'en trouvais pas un seul capable de restituer pour de vrai celle que j'étais. J'allais devenir écrivain, bientôt ce serait à la romancière Sylvia Plath que les gens feraient la conversation, c'était possible de s'agrandir, d'enrichir son répertoire, poésie ET prose - je n'avais pas besoin de me limiter. J'ai placé Nick dans le porte-bébé et Frieda dans la poussette, nous voilà en route à bord du bus vers Crediton, et là, dans la petite boutique pour dames, j'ai trouvé une paire de sandales blanches avec des chaînettes dorées. J'ai hésité un moment, j'ai regardé plusieurs fois l'étiquette tout en tenant les poignets de Frieda d'une main ferme pour l'empêcher de démolir tout l'étalage. Les autres créatures humaines étaient-elles aussi influencées par la température que moi ? Dehors, j'avais eu froid, mais depuis mon entrée dans le magasin j'étais en sueur. Quarante livres - elles étaient chères, ces sandales - mais j'allais les acheter pour me célébrer moi-même : après tout, j'étais un écrivain accepté. Maintenant il y aurait un livre. Et peut-être au printemps une fête de lancement à Londres où je porterais des toasts avec des bulles et où on m'embrasserait dans le cou. Évidemment qu'un écrivain devait avoir des sandales avec des chaînettes dorées.

Parfois j'aurais aimé que les vendeuses se rendent compte en me voyant qu'elles avaient affaire à quelqu'un de spécial, mais je ne pouvais pas non plus expliquer à celle-ci tout en payant les sandales que j'allais publier un roman à l'hiver.

J'ai porté les sandales tout au long du trajet jusqu'à la maison, incapable de regarder Frieda dans les yeux alors qu'elle faisait pourtant tout pour attirer mon attention.

Suant comme une bête, j'ai laissé tomber le carton à chaussures dans l'entrée et j'ai repris mon souffle, porter des enfants dans les bus et les emmener dans des boutiques pour dames, ce n'était vraiment pas pour moi ! Alors pourquoi l'avoir fait ? Eh bien, parce que j'étais un écrivain, et un écrivain doit avoir des sandales avec des chaînettes dorées ! Frieda me tirait par la main, elle voulait des petits pois du frigo. Et maintenant alors ? Maintenant ? ai-je demandé au miroir. Maintenant peut-être pouvait-il tout de même refléter mon véritable moi ?

Quand Ted est rentré, je me suis débarrassée en deux coups de pied des sandales dans le placard et j'ai répondu de façon véridique à sa question « Alors, qu'avez-vous fait de beau pendant que Papa était à Londres ? », mais en omettant les sandales ; elles, je ne voulais pas en parler, elles allaient rester dans l'obscurité en attendant le bon jour.

J'ai écrit sur elle, ai-je pensé.

Dès l'instant où je l'ai vue devant ma porte, je l'ai reconnue : c'était elle, dans mon poème *Trois femmes*, celle à l'utérus de marbre. J'avais oublié à quel point elle était belle. La voilà à présent. Et c'était moi qui l'avais invitée.

L'époux David, derrière elle, renfrogné et gris.

Sa main, sans surprise, était froide. Nous nous étions déjà rencontrées, mais à cette époque l'heure de notre entrelacement n'avait pas encore sonné. À l'époque, à Londres, dans mon appartement adoré de Primrose Hill, elle et son mari écrivain David devaient prendre notre suite et nous avions parlé de choses qui passent, de choses sans conséquence. À présent la revoilà, dans notre nouvelle maison, notre nouvelle vie, notre existence qui s'était reformulée depuis la dernière fois où nous nous étions vues. Le lacet s'était resserré, surtout du côté de Ted, cela se voyait à son visage tandis qu'il la regardait tout en lui prenant son châle. C'était comme s'il avait voulu plonger sa truffe dans le tissu soyeux et en respirer le parfum. Mais j'avais les yeux braqués sur lui. À le brûler.

Je l'ai vue se dégager des brumes estivales, de nos regards sur elle. Entrer dans notre maison, devenir le personnage principal, se jeter sur un livre quelconque, ouvert sur la table de la salle à manger, en se déhanchant. Décocher une flèche d'amour dans ce qui était à nous et qui avait été, jusqu'à cet instant, si fermé au monde extérieur.

Et alors, dans un courant d'air, je me suis vue, moi-même : je croyais avoir lutté contre l'hiver et la maternité ; je croyais haïr mon isolement. Mais en réalité je collaborais avec lui, je le recherchais, j'adorais être abandonnée dans le froid, pleine d'amertume et de larmes. J'adorais rejeter la faute sur tout et n'importe quoi. J'adorais les nappes de brouillard, le flou, le fait de ne pas y voir clair, avec l'écriture pour unique délivrance.

J'avais tout faux. Faux, faux, faux, depuis le début !

On était à présent en mai, ce mois de presque été dont je m'étais tellement languie. Vu du dehors, tout était normal, comme d'habitude. Sauf qu'elle était arrivée. Elle était là. Elle, avec sa chevelure noire, elle, qui n'avait pas d'enfants, elle, dont l'utérus était une crypte marmoréenne. Elle, qui ne pouvait pas enfanter. Et belle, elle l'était, comme une de ces Françaises dégueulasses. Comme toutes les brunes du continent auxquelles je n'avais jamais pu me mesurer.

Assia Wevill.

Oh, comment avait-il pu m'échapper que c'était elle, la sorcière ! La fatale, celle que je ne devais à aucun prix laisser entrer dans notre maison. Comment avais-je pu me laisser aveugler la première fois, l'an dernier, quand nous allions leur passer notre appartement de Londres ? Maintenant qu'elle était lâchée chez nous, ma jalousie ne connaissait plus de bornes. Elle était lâchée en liberté, elle était le brandon, la flamme. Ted sur ses talons - il voulait faire visiter la maison à Assia.

Elle riait, de sa voix enrouée, sexy. J'avais les enfants dans les bras et au bout des doigts. Je les ai suivis, des larmes dans la gorge, que je réprimais de tous mes muscles.

Assia avait la lumière de l'été dans les jambes, dans les veines, un fil d'air la portait.

Son regard tourné vers Ted. Jamais vers moi.

La situation était vénéneuse.

Ted a montré mon studio à Assia. Elle en a fait le tour comme si elle était chez elle, en tripotant mes objets de ses tentacules longs et minces. J'ai perdu ma faculté habituelle de m'expliquer. Ses ongles étaient peints avec des rayures de tigre. Elle a planté ses griffes dans mon manuscrit.

– Oui, c'est mon nouveau livre, ai-je pépié. Oui, c'est mon nouveau manuscrit.

– L-a-C-l-o-c-h-e-d-e-v-e-r-r-e, a-t-elle épelé lentement.

Avant de lever les yeux vers Ted.

– Qu'est-ce que ça veut dire ?

Alors je me suis arrachée à mon poste de garde auprès de Frieda, en une seconde j'étais à côté du tas de pages et j'ai posé la main dessus au moment même où elle s'apprêtait à le feuilleter.

– Bon, enfin, ai-je sifflé. Fais gaffe !

Mon insolence comme une sonnerie, avec sa netteté et son odeur. Irrécupérable moi, vile créature, si inférieure à ces deux écureuils, ces deux tourtereaux, dont toute l'activité consistait à se rapprocher l'un de l'autre et à m'exclure.

– Mais pardon, a coupé Assia. Pardon, je n'avais pas l'intention de fouiller dans tes affaires.

– Désolée, ai-je dit, car il me semblait que le regard de Ted m'ordonnait de m'excuser pour mon comportement de dégénérée. Désolée, je suis un peu sensible quand il s'agit de mes manuscrits.

Ted est sorti. Il s'est courbé pour franchir le seuil, il avait un trou dans le dos, un trou allongé, noir charbon, qui attirait Assia, c'était comme si elle allait trouver à se lover là, dans son trou, comme s'il allait devenir enceint d'elle. Un nouveau couple. Un nouvel amour qui se constituait.

Je suis restée plantée là avec mes crayons, mes papiers et Nick au creux du bras, bien sûr, et j'ai pensé : Sylvia. Je cherchais mon nom à tâtons. Sylvia, qui veut dire esprit de la forêt. Forêt, air pur, feuilles mouillées, fragiles, et arbres, arbres, arbres. C'était moi. J'étais censée être quelqu'un à qui on pouvait s'accrocher. J'étais censée être la forêt de Ted, et lui était censé être tous les animaux. Voilà quel était notre lien. Ma flore luxuriante, sa vie. Mon terreau, ses caprices. Mes colonnes, son désir, ses impulsions, ses inspirations subites.

« Ted », qui signifiait don de Dieu. Je ne croyais pas en Dieu, mais je croyais en Ted. Voilà.

Il en avait toujours été ainsi.

Et à présent elle était là, elle le tenait déjà sous sa garde.

Il était déjà à elle.

Je le voyais.

Et j'avais écrit sur elle.

Assia !

Cette séductrice capricieuse qui déjà s'emparait de lui comme une flamme, cette flamme dont je manquais pour ma part, et qui lui permettait de connaître l'inspiration, le chemin de ses trouvailles subies, oui, dire oui, jouir d'un geste quelconque qu'elle venait d'esquisser, voir que les nuits pouvaient être illuminées, scintillantes, pas du tout sombres et silencieuses comme dans la forêt. Assia, femme moderne ! Londres et la vie que nous avions quittée ! Assia, gratte-ciel et joue de marbre blanc ! Assia, dans le regard de Ted, on voyait qu'il s'était déjà abandonné ! Il s'offrait. Je l'avais vu. Eux pendant ce temps étaient montés sous les combles, dans son studio à lui, il gesticulait tout en parlant. Depuis des mois je n'avais pas entendu la voix de Ted raconter autant de choses. Il lui donnait de son temps, de sa voix, de son regard, de tout ce que j'aurais tant voulu recevoir mais que j'avais si fatalement échoué à mériter.

Oh, folie... L'échec ! L'échec était mon lot et ma respiration ! Le malheur était là, l'échec et le malheur ! Nous en étions là. Et j'avais deux enfants de lui.

De retour en bas, dans la grande maison qui était notre paradis, notre Court Green, j'ai essayé de reprendre pied, de sortir les tasses et les petites assiettes, de proposer du café et du thé. J'avais le vertige, comme si quelqu'un m'avait droguée à mon insu. David, qui avait déjà lu la moitié de mon anthologie *New American Poets*, se montrait aimable et intéressé.

Sylvia, pensais-je, rappelle-toi que je suis Sylvia. J'ai donné naissance à ses enfants, ceci n'est qu'une invitation ordinaire.

Ted s'est dressé comme un animal vers Assia qui descendait gracieusement l'escalier sur ses hauts talons. Il a été autorisé à lui prendre la main pour franchir la dernière marche, en même temps qu'il se passait la main dans la crinière d'un geste vaniteux. Oh, laissez-le-moi une vie encore, ai-je pensé, que je puisse vivre encore au moins une de mes neuf vies avec lui.

Pleine lune sous le signe du scorpion. Mon signe. Mais la conversation était à eux, voilà le hic. Nous avions beau être quatre à table, Ted ne s'adressait qu'à elle et il a déclaré, droit vers le soir baigné de lune, et tandis qu'elle laissait une colonne de fumée monter entre ses doigts :

– S'il y a une chose qui me manque, ce sont les gens de Londres, le fait de pouvoir se tourner dans n'importe quelle direction et être séduit par n'importe qui. Là-bas on n'est pas obligé comme ici de chercher désespérément ce qu'on espère obtenir d'eux ; partout, ils surgissent et vous surprennent. Je me sentais si bien à Londres dans ce climat électrique et imprévisible. Je ne le savais pas au moment d'emménager ici. Je croyais être quelqu'un d'autre que celui que je me découvre être à présent.

Elle a ri.

– Alors comment te plais-tu, au fond, à la campagne ?

– Comme ci comme ça, à vrai dire. Si je dois être tout à fait franc - a-t-il ajouté en me fixant d'un air étrangement morose -, je m'ennuie plutôt. Je trouve les gens d'ici bizarres d'une manière ennuyeuse, ils ne me distraient pas, je trouve qu'il plane sur tout le village comme un manque d'intelligence. On dépérit un peu, intérieurement, faute de stimulation.

Assia a ri de nouveau.

– Alors il faut que vous rentriez à Londres et que vous vous installiez tout près de chez nous, a-t-elle dit de sa voix fine, fragile, enrouée, sa voix de sorcière.

J'ai ramassé les assiettes et les ai portées dans la cuisine. On était au mois de mai, ma mère allait arriver dans quelques semaines. Mon frère s'apprêtait à se marier de l'autre côté de l'Atlantique, dans ma tête, tout avait été fin prêt, nos enfants allaient avoir des cousins, et leur grand-mère allait venir nous voir. Et tout serait enfin comme une carte postale, une image. Fixe. À présent, tout était détruit - en un clin d'œil, à la vitesse d'une flamme. Elle avait laissé sa salive sur nos cuillères, nos assiettes. J'ai gratté les restes collants, j'ai lavé et rincé de nouveau à l'eau tiède. Restes collants de cerises, bouche cerise, lune d'éternité et conversations sur la guerre. Ce sur quoi elle écrivait - elle était « poète » elle aussi. Oh, cher Dieu, que la nuit lui torde les jambes et la chasse de ma maison en emportant avec elle l'animal David. Dehors ! Du balai !

Samedi matin. Par la fenêtre de la cuisine je voyais Ted et Assia assis au soleil, en pleine conversation, entre les cytises et les lilas. De petites tasses de café qu'ils oubliaient de boire, lui tenait sa tasse en l'air comme une tapette, il riait, elle réussissait à le faire rire. Ça m'a frappée tout à coup que je n'avais pas vu ses dents depuis longtemps. Je m'étais focalisée sur sa laideur, j'avais oublié tout ce que sa personne était capable d'être et d'accomplir par ailleurs, j'étais restée là, enrhumée, à me plaindre. Et maintenant que nous touchions au but et que l'été arrivait enfin dans notre royaume, voilà qu'il s'apprêtait à me tromper ! Et les enfants, naturellement, étaient collés à moi comme des sangsues. J'allais de ce pas les détacher, traverser le jardin au pas de charge et les fourguer à Ted. Assia en penserait ce qu'elle voudrait.

David. Il n'était de toute façon pas capable de comprendre le drame qui se jouait, debout devant nos rayonnages, il était occupé à lire les titres des livres ou alors à me complimenter pour le beau papier peint et la table en aulne construite par Ted et mon frère. Ah oui, répondais-je, cette table, oui, enfin, ce n'était rien du tout.

– Ted !

Je voulais lui passer les enfants, Frieda, grosse et lourde, et Nick, petit moineau. Il s'est détaché de sa conversation à contrecœur et a pris un air ennuyé pour se retourner vers moi. Occupé, il était occupé.

– Qu'est-ce qu'il y a ?

J'ai vu de quel air rusé Assia guettait ma réaction. Un air destiné à me donner l'envie d'être expédiée très loin d'ici. Je n'avais pas l'intention de m'expliquer devant Ted et la belle Assia. Leur dire que les enfants étaient sur moi tels des aimants, comme eux deux étaient aimantés l'un par l'autre. En ce tiède matin de mai, dans notre jardin. On pouvait calculer sur les doigts d'une main qu'une attirance se dessinait, il s'agissait moins d'elle que de l'absence d'amour de Ted pour moi.

– Ai-je vraiment besoin de m'expliquer ? Dès que je fais quelque chose, ne serait-ce que mettre un gâteau au four, elle est dans mes pattes, ai-je dit en heurtant du pied la chaussure d'enfant de Frieda. Et l'autre crabe, là, il se réveille dans son landau dès que je crois avoir un moment de libre. Es-tu là, toi, alors pour le prendre ? Non.

Et voilà, j'avais quand même dû me défendre.

Pfuit... J'ai soupiré.

Assia a incliné sa tête sur le côté.

– Comment est-ce d'avoir deux enfants en bas âge ? a-t-elle demandé, avant de serrer ses lèvres l'une contre l'autre pour les humecter.

– Il me semble que je viens de l'expliquer.

Ted m'a jeté un regard embarrassé.

– Bon sang, Sylvia, je peux m'occuper de Frieda.

Ted a ouvert les bras vers notre petite fille. C'était comme si elle avait soudain pour fonction d'être un pion dans un jeu.

– Viens, Frieda.

Elle s'est glissée dans les bras de son père, Ted s'est retourné vers Assia et a repris sa conversation au point où il l'avait laissée.

Je me suis arrachée à eux. Je ressentais les caprices du destin dans mes jambes qui me portaient à travers le jardin, cette pelouse que je lui avais demandé tant de fois de finir de tondre, ces roses qui m'avaient donné de l'angoisse à cause des pucerons noirs et des mauvaises herbes qui les étouffaient. Et Ted s'était tenu devant ces roses alors, il avait respiré leur parfum et dit : « Arrête, Sylvia. Ce sont des roses. Les roses sont résistantes, depuis toujours, tu comprends. Les roses ont survécu aux guerres, elles poussent malgré la sécheresse, le froid et la pluie. Nous pourrons les admirer jusque tard dans l'automne, mon amie. Les roses, tu n'as pas besoin de t'en préoccuper. Garde ton inquiétude pour d'autres sujets, ma chérie ! »

Et le voilà qui poussait de la voix à travers les cytises.

– Sylvia, Sylvia !

J'étais debout dans un nuage blanc, la maison blanche, mon tailleur blanc, les fleurs de pommier dans la couronne des arbres, d'un blanc de glace.

Quel lamentable échec, tout cela, j'aurais voulu que ce soit ma mère qui nous rende visite. Maintenant, quand les pommiers étaient en fleur. Qu'elle voie comme tout était beau. J'ai avalé le goût de sang dans ma gorge.

– Quoi ?

Ted venait vers moi, Frieda dans les bras. Assia s'est levée et l'a suivi, s'immisçant dans notre cercle.

Tellement lasse des intrus, des visites... Fallait-il que le monde entier débarque chez nous rien que parce que l'été arrivait et que le soleil devenait lumière ? Étaient-ils vraiment obligés d'accourir sous prétexte que nous avions un nouvel enfant ? J'avais besoin par-dessus tout de paix et de calme, et je me suis demandé si ces pensées se lisaient sur mon visage.

Ted m'a lancé :

– On se disait que David et moi pourrions aller marcher sur la lande, comme ça Assia et toi pourriez rester ensemble un moment et faire connaissance.

Mon regard sur elle, debout derrière lui, qui esquissait presque une petite révérence et me souriait.

– Vous emmenez Nicholas alors ?

Ted a jeté un coup d'œil vers le landau.

– Il va dormir de toute manière, non, il vaut mieux que tu le gardes, comme ça Frieda peut venir et se fatiguer un peu en courant.

J'ai de nouveau regardé Assia. De grandes lèvres enflées.

– On pourrait désherber, ai-je dit d'un ton résolu.

– Bonne idée, a dit Ted.

– Vous vous moquez de moi ? a fait Assia en riant.

Elle m'a suivie dans la remise où se trouvaient les outils. Elle était plus âgée que moi, pourtant elle était particulièrement belle. Belle d'une manière préoccupante, puisque d'habitude je pouvais rejeter les personnes encombrantes en disant qu'elles étaient peut-être douées, certes, bien sûr, mais terriblement inintéressantes d'un point de vue *esthétique*, la beauté et le génie allaient rarement main dans la main. Ce qui était brutal chez Assia Wevill, c'est qu'elle était intelligente et séduisante à la fois. Et pire, elle était merveilleusement belle d'une façon très différente de la mienne. De plus, elle n'avait jamais engendré, elle n'avait jamais offert d'enfant à la terre - détail qui rendait les hommes terriblement affamés et impatients de lui grimper dessus. De telles pouliches ne pouvaient pas se promener ainsi, infécondées, dans le monde, quelqu'un devait absolument répandre sur elles sa semence et les engrosser. Voilà à quoi ressemblait le schéma entre les hommes et les femmes, je n'y pouvais rien.

Debout derrière moi, elle respirait par petits coups hypocrites en enfilant ses gants. Je lui ai collé une bêche et un râteau dans les mains. Elle était complètement asymétrique, par rapport aux outils, incompatible. J'ai ri.

– Tu n'as pas l'habitude de désherber, n'est-ce pas ?

– Je suis peut-être une citadine, mais je n'ai pas peur de donner un coup de main, a-t-elle répondu.

Je marchais devant elle en lui montrant les rangs où les fanes d'oignon retombaient déjà vers le sol et où d'innombrables pieds de pissenlit, de mouron blanc et de chardon pointaient leur nez.

– Tout doit disparaître. On a aussi des orties, méfie-toi.

Assia a montré son tailleur, ses genoux.

– Je vais me salir, a-t-elle dit.

– Bienvenue à la campagne.

Elle s'est agenouillée sur la terre, et j'ai compris au même moment que je ne pouvais pas lui infliger ça. Il devait tout de même rester un fonds de pitié en moi, car j'ai dit gentiment :

– Est-ce que tu veux emprunter le pantalon de menuisier de Ted ? Il est pendu au clou dans la remise. Tu peux l'enfiler par-dessus ta jupe.

Elle s'est éloignée, et j'en ai profité pour la regarder, sa manière de rouler des hanches, de créer un balancement tout en marchant. Elle est revenue vêtue de l'énorme pantalon de Ted ; ses membres et ceux d'Assia fêtaient déjà leurs premiers triomphes, ai-je pensé : elle portait sur elle sa virilité imaginaire.

Saloperie de merde.

Accroupie dans les rangs, nous arrachions chardons et pissenlits par la racine. Assia était particulièrement nulle en désherbage et je me sentais à la fois vexée et en colère à cause du protocole ennuyeux voulant que les hommes s'en aillent sur la lande faire du cerf-volant avec l'enfant plus âgée pendant que nous étions censées faire connaissance en parlant de sujets de filles, vu que nous n'avions rien d'autre en commun.

– Comment as-tu rencontré David ? ai-je demandé.

– Oh, sur un bateau... (Assia a marqué une pause en regardant vers le ciel.) Ce n'était pas du tout aussi romantique que pour Ted et toi.

– Les bateaux, c'est pourtant romantique, il me semble.

– Pas vraiment. J'étais clouée sur un paquebot transatlantique qui m'emmenait au Canada, donc j'imagine que j'étais sans doute d'une certaine façon morte d'ennui, et alors j'ai rencontré cet Européen merveilleux - c'est ce que j'ai pensé sur le moment.

– Quoi, tu ne le penses plus ?

– David, a dit Assia en souriant - et au même moment une longue racine blanche a giclé hors de terre, qu'elle s'est contentée de rejeter sur le côté -, ses meilleures années sont derrière lui, pauvre diable. Crois-moi, les hommes ont eux aussi une date de péremption.

J'ai gardé le silence. Mon tablier était terreux, il faudrait penser à en mettre un propre avant le déjeuner, et ça sentait fort l'oignon, puisque nous étions assises parmi les oignons, qui étaient tombés de mes mains, de celles de Ted et de Frieda au début du printemps, quand Nick n'avait qu'un mois ; entre-temps, ils étaient devenus ces grosses boules blanches avec des tiges vertes. À l'époque ce n'étaient que de petites billes brunes et blanches enfoncées dans la terre froide. Je me souvenais de cet instant - un bref instant sur terre, quelque chose avait le droit d'exister - puis, la végétation avait pris le dessus, chardons et pissenlits par brassées, et les oignons devaient lutter âprement pour sortir de cet enfer de piquants. Combien de temps quelque chose de beau était-il autorisé à durer ? Pourquoi les mauvaises herbes existaient-elles ? Pourquoi la terre ne pouvait-elle jamais être propre ?

– Comment peut-on être hors d'haleine rien qu'en désherbant ? ai-je demandé.

– Je ne suis pas hors d'haleine, a répliqué Assia.

Ça, je le raconterais plus tard à Ted ; c'était impossible d'être amie avec elle, je présenterais mes mots dans un ordre si direct et agréable qu'il ne pourrait pas faire autrement que de me comprendre. Nous serions de part et d'autre du lit de notre chambre à coucher, en train d'enfiler pyjama et chemise de nuit, et il répondrait : « Bon sang, quelle plaie, cette fille. » Et alors j'aurais de l'eau à mon moulin et je continuerais, je continuerais à déblatérer tout mon soûl, que cette femme était donc horrible, sèche, ennuyeuse, pas spirituelle pour deux ronds. Et Ted me comprendrait, il me comprenait toujours, c'était sa principale qualité, toujours si compréhensif, et il savait si bien écouter.

Un instant, j'ai retrouvé ma bonne humeur.

Puis le hasard a voulu que Nicholas se réveille, et pendant que je courais soulever mon enfant hors du landau, Assia a lâché bêche et râteau, puis a laissé tomber les gants de jardinage pardessus. Elle s'est installée près de moi sous les lilas et les cytises, c'était gênant qu'elle entrevoie mon mamelon qui allaitait. Mais Nick tétait goulûment. Et la paix, en moi. La paix.

Imbattable !

J'ai levé les yeux vers elle, je l'ai vue comme jamais car, lorsque j'allaitais, tout prenait un éclat spécial, inouï, tout était pardonné et semblable à une première fois.

– De quoi parlions-nous ? ai-je demandé.

Alors Assia en a profité, car elle a vu que je l'écoutais. Elle a parlé des guerres qui avaient ravagé l'Europe et dont moi, petit monstre que j'étais, je n'avais rien connu, puisque j'avais été à l'abri derrière mon océan.

Nick déglutissait et tétait, tétait et déglutissait, mon sein se vidait et, plus il se vidait, plus je me réveillais et pouvais de nouveau considérer la vie d'un regard sobre.

Un pli soucieux lui était venu en parlant de sa vulnérabilité, enfant, à quel point elle s'était sentie perdue. Juive... et pourtant non.

– Assia, c'est arabe, a-t-elle dit. Savais-tu que cela signifie « celle qui protège » ?

– Que protèges-tu ?

– Mon identité, peut-être. Je n'ai aucune intégrité. Alors je me protège moi-même, je construis un mur pour que personne ne puisse me blesser et démolir mes défenses...

Blablabla, ai-je pensé. Elle est idiote.

– Apparemment, il t'a fallu beaucoup d'hommes pour parvenir à cette clairvoyance chèrement payée, ai-je dit. Qui est David dans la série ? Le deuxième ? Le quatrième ?

– David est mon troisième mari, a dit Assia.

– Gosh.

– Ce n'est pas aussi spectaculaire que tu l'imagines, tu crois évidemment que je suis une croqueuse d'hommes. Non, j'ai voulu faire ce qui est juste et bon et c'est pourquoi je me suis mariée chaque fois.

Son regard me traversait, jusqu'au cimetière.

Soudain elle a gloussé comme si elle pensait à quelque chose, et elle a attrapé une cigarette dans un étui.

– Je peux... ?

– Bien sûr.

Assia fumait, et moi je la voyais entrouvrir ses épaisses lèvres roses, y insérer l'élégant bâtonnet et en faire rougeoyer énergiquement la braise. Je me suis retrouvée avec de la fumée plein les poumons et elle, qui soufflait sa fumée vers moi, on aurait dit qu'elle venait de se faire baiser à fond.

Et puis ces messieurs sont revenus. Ils approchaient à travers la pelouse, les joues rouges, et leur apparence reflétait tout le bonheur et toute l'insouciance du monde. Frieda, sur leurs talons, devait courir pour ne pas être distancée.

– Vous êtes là, en train de fumer ? a demandé Ted. Vous ne deviez pas désherber ?

– On parlait de vous, a dit Assia en laissant tomber sa cendre sur l'herbe. D'ailleurs, j'allais justement raconter à Sylvia la fois où j'ai failli assassiner mon premier mari.

Sidérée, j'ai coulé dans la solitude de mon corps, car Ted venait de me prendre Nick.

Ted a écarquillé les yeux avec un sourire destiné à Assia - pas possible, elle était trop merveilleuse, il y avait en elle quelque chose de sauvage et de mystérieux, quelque chose de totalement différent de ce que je pouvais lui offrir pour ma part, voilà ce qu'il était en train de penser, je le savais, car je connaissais mon Ted.

David a eu un rire sec.

– Ah ça, ah ça...

– Continue, a dit Ted. Raconte !

– Que ferais-tu, Sylvia, si tu soupçonnais ton mari d'infidélité ? a demandé Assia.

Ted m'a regardée. Nos regards, deux épées qui s'entrechoquaient en un coup fourré.

– Je n'essaierais pas de l'assassiner, en tout cas, ai-je dit.

Ted s'est retourné vers Assia.

– Tu n'allais quand même pas le tuer ? a-t-il demandé.

– Je voulais le menacer. Je voulais être la personne *agissante*. Je voulais lui montrer qui de nous deux avait sa vie sous contrôle.

Je suis intervenue :

– Je ne trouve pas que ce soit un grand signe d'indépendance que de menacer quelqu'un avec un couteau. Je suis pacifiste.

– Sûrement, sûrement, Sylvia, a dit Ted. Je ne sais pas...

– Quoi ?

– Toi non plus, tu n'es pas franchement un ange du ciel.

Assia a émis un petit rire en baissant les yeux vers son verre.

Comment pouvait-il me trahir ainsi ?

Comment la trahison pouvait-elle surgir et me gifler ainsi au beau milieu d'une matinée de printemps ?

Nous avions tout ici. Le paradis était sous nos yeux. Et maintenant, ce serpent ! Je savais que je n'aurais jamais dû accepter d'offrir notre paradis au caprice d'autres âmes que les nôtres. Pourquoi nom de Dieu les avais-je invités ?

– En tout cas, je ne suis pas une meurtrière, ai-je dit.

Ted a avancé la lèvre inférieure, il se moquait de moi, insinuait que j'étais une pauvre martyre.

Alors je suis partie. Je suis partie les mains vides, sans enfants, d'un pas pressé, vers la cuisine, pour préparer le déjeuner.

Bouleversée, j'ai sorti la tarte du frigo et j'ai arraché le papier aluminium, j'ai enfoncé un thermomètre à viande dans un grand rôti froid que quelqu'un aurait dû mettre au four depuis des heures. Tout ce que je pouvais faire à présent, c'était rester debout dans notre cuisine à me laisser consumer par les parties de moi qui suffoquaient, faute d'air. J'allais rester là à les regarder par la fenêtre, j'allais rester là et digérer l'effet que ça faisait d'être trompée en direct et en temps réel.

Ne voyaient-ils donc pas que je voulais être aimée, moi aussi, pendant qu'eux, là-bas, commençaient à s'aimer l'un l'autre ?

N'y a-t-il pas de véritable amour, n'y a-t-il que la tendresse qui existe ? Le temps s'est arrêté quand mon fils - si parfait en cet instant, bouddha dans sa flaque de soleil sur le sol - et ma fille se sont regardés dans les yeux et qu'elle a dansé autour de lui pendant que je les encourageais, moi, l'unique public disponible pour eux.

L'œil de Ted était docile, j'étais irremplaçable.

Mon noyau de présence était perceptible dans la pièce - si je m'absentais intérieurement, si je tentais de m'éloigner à pas de loup, ils devenaient comme fous. Ma chair pour leur chair, ma présence pour leur santé mentale. Ainsi ai-je trahi ma propre chair, jour après jour ce printemps-là, trahi ma propre santé mentale.

Les radis du jardin gisaient déracinés sur la table de la cuisine, le bouquet d'épinards à côté se fanait en vrac. Ted était là-haut et moi j'étais assise par terre, comme arrêtée par le temps. Mes vêtements blancs, mes cheveux sales, moi, l'opus que je lui offrais, j'étais le motif, ce sur quoi il écrivait. Ted et le temps arrêté ; moi et nos enfants.

Mais je n'avais aucun goût pour l'éternité. Je voulais me lever, je voulais être debout, dans cet étrange calme d'avant la tempête je voulais me lever, plier mes draps qui avaient fini de sécher dans le vent, m'inscrire à un cours d'équitation, je voulais appeler la sage-femme et m'assurer qu'elle m'accompagnerait à la réunion sur les abeilles.

J'avais une si grosse boule à l'intérieur du visage, une boule d'argile pas cuite, quelqu'un était entré dans notre chambre à coucher pendant la nuit et m'avait remodelée.

Ça ne me plaisait pas.

Je n'avais aucun goût pour l'éternité, je n'avais aucune envie de participer au chapitre de Ted qui parlait de moi. Sa façon de cerner ce qui était moi, d'extraire de moi l'éternité. Je voulais vivre, point. Voilà : je voulais vivre et partager avec lui cette vie que j'avais reçue. J'avais lutté pour vivre, voilà. N'était-il pas capable de voir cette lutte, ne pouvait-il pas au moins m'accorder ça ? J'évitais de monter le déranger, je ne voulais pas lui demander de s'intéresser à moi, être un fardeau. Je ne voulais pas lui prendre de son temps et voir son visage mort - c'était mort pour moi, mort pour Ted-et-Sylvia, mort pour notre famille.

Ted, mon mari, ne pouvait-il pas voir lui aussi le bonheur sur le visage de notre fils ? Que ses dents perçaient ses gencives ? Que sa sœur arrachait ses propres vêtements pour danser et prendre la main de son frère, nue dans la lumière ensoleillée ?

C'étaient mes enfants et les siens. Ils étaient l'éternité, ils nous survivraient. Ils étaient notre dette et notre responsabilité. Alors vis donc avec ça, pensais-je.

Ted, tu dis qu'on doit faire en sorte d'être l'humain qu'on est censé devenir. Tu parles toujours de ça. Mais ne vois-tu pas ? C'est ici que ça se passe. Ici, le point focal ! Voilà où se déroule notre quotidien, les arbres qui sortent leurs feuilles. Je ne peux pas m'offrir le luxe de « me trouver moi-même » et de « m'accomplir », je dois être à eux. Je dois être à mes enfants, être le mur vert de chlorophylle qui les enveloppe, leur soleil.

Lui pouvait rester là-haut à l'ombre et être avant tout écrivain à plein temps.

Moi je devais être aux enfants, je n'avais pas le choix.

J'étais fatiguée. Je me suis couchée près de mon Nick par terre, dans le rayon blanc de lumière, je tenais son index. On était en juin, mon premier livre était sorti aux États-Unis.

Et nulle part je ne trouvais de paix, sauf dans le cercle du doigt minuscule de Nick.

Il était mon éternité.

Et pour cela je devais aimer Ted.

Je le devais, je n'avais pas le choix.

J'ai pleuré, une larme chaude et glaciale, à cause de cet état de fait. Frieda empilait ses poupées sur le sol, voulait les faire asseoir sur les genoux les unes des autres. J'ai bâillé, je m'endormais... Rien que son doigt dans le mien.

North Tawton se nimbait d'une lumière de juin si douce dans l'air humide et cette puanteur douçâtre des fleurs. Ted attendait, debout à la portière de la voiture, que je parvienne à me rassembler, ainsi que nos enfants, et à sortir un jour de cette maison. Mon mari. Ma robe courte. Un enfant dans chaque bras, Frieda, *boum*, sur la banquette arrière et le plaisir de voir comment Ted me regardait cambrer mon cul.

Peut-être le remarquait-il, peut-être pas. Ce n'était pas à moi d'en décider mais depuis quelques jours, j'avais laissé tomber mon impétuosité, mes orages, j'étais devenue calme et prenable, il aurait dû s'en apercevoir.

J'avais cessé de tempêter, maintenant, l'enjeu, c'était la ponctualité, être parfaitement réveillée et pure. Se déshabiller jusqu'au plus intime, s'abandonner à ce qui restait.

C'était le sauve-qui-peut et là, maintenant, c'était sérieux, il n'y avait plus rien à dégonfler, ce qui avait été gonflé ne l'était plus, fini notre château d'air, l'air était libre.

Les épaules nues, je m'asseyais à présent avec la boule Nicholas, notre fils, à l'avant, à côté de Ted, et il hochait la tête, le long nez de mon mari, son menton ferme puis il a passé la marche arrière, ses bras comme des anguilles sur le volant et en avant dans la petite rue derrière chez nous, dans notre voiture noire, c'était parti.

J'étais silencieuse et heureuse. Je m'étais souvenue de débarbouiller nos enfants et j'étais embrassée par la force du petit sur moi, son poids qui éclipsait mes soucis, là, sur mes genoux. Je respirais l'odeur de ses cheveux, une odeur de lait et de front lisse.

Ted ne savait pas mentir, il avait inscrit sur le calendrier plusieurs voyages à Londres cet été, plus que d'habitude, et il ne savait pas mentir, alors il ne me restait plus qu'à mentir pour lui, pensais-je.

Être assise là et être calme et forte.

Ted a ralenti, j'ai porté les enfants jusqu'au terrain minuscule d'Elizabeth Compton ; sa maison de plain-pied en occupait toute la largeur, entre une haie d'aubépine en fleur et une autre de lilas blanc. Le parfum était monstrueux et un mini-étang levait comme une pâte au centre du jardin.

– Frieda ne doit pas s'approcher de l'eau, et le petit encore moins ! ai-je admonesté Elizabeth, qui a ouvert les bras pour montrer combien elle était heureuse de s'occuper de nos enfants.

– Bien sûr, Sylvia, a-t-elle dit de sa voix claire et bienveillante. Tu peux être tranquille, ma chère amie.

Sa douceur, son amitié, elle était la personne que j'aimais entre toutes.

Après que j'ai embrassé Frieda et le petit, elle m'a tapoté la joue de façon inattendue.

– Quoi ? ai-je demandé.

– Tout va bien ?

J'ai souri, un sourire rouillé.

– Bien sûr. Ou disons... un peu stressée par l'arrivée prochaine de Maman, mais sinon ça va.

– Vous êtes en bonne santé, les uns et les autres ?

– On croise les doigts, plus d'infections urinaires, et le plus important, c'est que le petit soit en forme ! Là, d'ailleurs, je vais voir Winifred la sage-femme !

Elle a souri. Nous avons souri. Moi dans ma jolie robe blanche. Si contente d'avoir des amies ici, si contente d'être une femme qui avait des amies, des amies blondes et propres sur elles, un jour j'inviterais Elizabeth pour un gâteau aux cerises avec glaçage, pour vraiment montrer à Maman qui étaient mes amies. J'ai retraversé l'allée de gravillons à pas menus et j'ai ouvert la portière pour retrouver Ted qui m'observait, je le savais.

J'ai essayé de mettre de la musique mais la radio ne captait rien.

Nous avons roulé en silence jusqu'au lieu de la réunion des apiculteurs. Il n'y avait rien à dire, juste une mélodie à fredonner, et je la fredonnais. Impossible de savoir si cela exaspérait Ted ou non, de temps en temps il se raclait la gorge et pour le reste il gardait le silence. Je voulais savoir ce qu'il avait à faire à Londres, mais je ne lui posais pas la question car je connaissais la réponse : Je dois sortir de ce trou, dirait-il, assister à des lectures, j'ai besoin de soirées au théâtre, Sylvia, d'enrichir mes impressions, j'ai besoin de fréquenter les bonnes personnes.

Et moi, j'étais là et, au fond, la bonne personne, c'était moi.

– Oh ! J'ai du lait sur ma robe !

Je le voyais en direct couler de mon sein : une grande tache ronde qui s'élargissait pendant que nous la regardions. Le voilà, le lait, le lait de Nicholas, il aurait voulu téter maintenant, ou bien était-ce un sentiment *à moi* qui faisait monter le lait, un sentiment inconnu d'avoir peur en compagnie de Ted, mon mari soudain si silencieux ?

J'ai sorti une serviette, je l'ai posée sur mon sein, je l'ai essorée.

– Pourquoi ne dis-tu rien ?

– Je conduis, chère amie. Je conduis, et je sens que je suis en train de m'enrhumer.

Je n'ai rien répondu à cela, au-delà d'un « oh, pauvre de toi ».

Puis nous sommes descendus de voiture ensemble et nous avons gravi la colline pour rejoindre le cercle des apiculteurs qui se réunissait ce soir, le 7 juin, juste avant la Pentecôte.

Je cherchais du regard la sage-femme - ma chevalière secourable, celle qui m'avait aidée à donner naissance à mon prince Nicholas comme une altesse royale. Elle n'était pas encore arrivée.

Une senteur sucrée et lourde s'échappait d'une vrille de pois de senteur cachée quelque part, une haie d'aubépine mêlée de cerfeuil sauvage fleurissait en répandant un parfum insensé. Le ciel était d'un bleu beaucoup trop intense.

Je grimpais de mon côté à l'assaut de la colline, car Ted refusait de me toucher. Voilà donc les apiculteurs, voilà donc mon initiative. Le vent s'est emparé de mes épaules et m'a fait prendre conscience de toute la surface de peau que j'exhibais. Ici, en Angleterre. Ils se sont tous retournés en même temps pour me dévisager. Tous les apiculteurs du village en tenue de protection. Ted s'était arrêté un peu plus loin, mains dans les poches, absorbé en lui-même. Quelqu'un s'est penché sur une ruche et j'ai vu tourbillonner dans l'air quelques bestioles qui avaient le pouvoir de m'attaquer.

Quand le soleil a disparu derrière les nuages, ne faisait-il pas soudain très froid ? N'était-il pas étrange que je me sente soudain si nue ? Je n'avais eu aucune idée du fait que les apiculteurs utilisaient un tel équipement de protection. Ou avais-je été, comme d'habitude, naïve et banale, romantique dans mon idée que l'apiculture allait se révéler semblable à n'importe quel plaisir d'été ?

Oh, se porter soi-même dans le monde, sans enfants, c'était une sensation de vide, un vide qui se répandait telle une infection dans le corps. Être vide ! Sans contenu ! Renvoyer l'écho du vide, avec ses épaules nues. En temps normal, la peau de mes enfants recouvrait la mienne comme une sorte d'habit religieux et soudain me voilà, épaules nues dans le vent, tandis que les autres portaient un équipement de protection.

Un équipement de protection !

J'ai essayé de rire en direction de Ted, à l'endroit où il se tenait, stylé, sexy, James Dean, mais ce n'était pas possible non plus bien sûr, ah misère, ai-je pensé, on aurait dû aller à la mer.

L'apiculture était mon idée et j'avais insisté, insisté auprès de Ted, qui était entre-temps devenu un adolescent enamouré qui avait la tête ailleurs. Mais si, s'il te plaît, fais-le pour moi. Je voulais qu'il s'enthousiasme pour moi et mes idées comme il s'enthousiasmait pour les siennes, les fraises et tous les animaux, mais voilà que soudain une certitude mortelle déferlait sur moi : plus je le copie, moins il m'aime.

Plus j'essayais de m'intéresser aux animaux et à la nature, plus son regard m'esquivait !

Plus je faisais d'efforts pour écrire des poèmes lyriques grouillant d'animaux comme les siens, moins je l'intéressais ! Pourquoi ne voyait-il pas tous mes efforts ? Qui voulait-il donc que je devienne !

Soudain, je n'avais plus qu'un désir : rentrer - en une minute -, écouter Beethoven, écrire de la poésie et allaiter Nicholas.

Seulement voilà, j'étais ici. Je devais supporter cette réunion jusqu'au bout.

J'ai rejoint Ted avec l'idée de lui demander si je pouvais lui emprunter sa veste.

– Je pourrais emprunter ta veste ? ai-je demandé. J'ai froid.

Il n'avait jamais été aussi beau. Il a haussé les épaules, l'air de vouloir écouter la personne qui parlait.

– Bah, va la chercher alors, elle est sur la banquette arrière.

Il m'a tendu la clé de la voiture sans même me regarder. Alors j'ai choisi de ne pas y aller.

Fascinée, je contemplais le grouillement affairé des abeilles. Il devait y avoir une reine, une reine solitaire pour laquelle les centaines d'ouvrières sacrifiaient leur vie, mais ce soir la reine avait disparu et tous les apiculteurs du coin riaient.

– Madame, toi qui n'es pas très habillée, tu devrais peut-être faire attention qu'elles ne te piquent pas, m'a dit un vieux monsieur racorni dont le regard bleu m'épinglait à travers le voile noir de son chapeau d'apiculteur.

Il paraissait sincèrement soucieux.

Oh, Papa, ai-je pensé. Oh, Papa - soudain cette pensée m'enveloppait comme une flamme -, Papa, aide-moi.

Papa, aide-moi à tenir le coup dans cet océan de respectabilité, aide-moi, âme de Papa, à supporter le monde. Je suis ici avec mes épaules nues car je croyais que l'apiculture serait quelque chose de festif et de beau, qui pourrait en plus nous rapprocher, Ted et moi. Et non, c'est comme d'habitude, l'ennui total, la mort cérébrale, pas du tout raffiné et exquis comme quand tu t'y consacrais. Rien qui parle au cœur et l'emporte dans un tourbillon. Et puis merde, Papa. L'air qui souffle ici vient de la mer. Laisse-le m'emporter. Laisse-le me soulever. Dis-moi que je suis quand même beaucoup trop bien pour eux, non ? Et si je suis vraiment chargée de ta puissance jusqu'à en exploser, alors pourquoi la vie ne décolle-t-elle jamais ? Pourquoi suis-je malgré tout enchaînée ici ? À m'ennuyer, à bâiller, à vouloir rentrer chez moi.

Les seuls qui me donnent la moindre envie de quoi que ce soit en ce moment, ce sont Nick et Frieda. Ils me font quelque chose... ils me *créent*. Ils me rendent moi aussi créatrice. Ils ne m'amputent pas, contrairement au reste de mes proches. Si tu savais, Papa, si tu savais qui est Ted. Son ombre noire, la pourriture dont il est fait. Maintenant elle remonte à la surface, et je dois me confronter à elle. Maintenant il est clair que tout ce sur quoi j'ai construit notre amour était du vent. Ça n'a jamais été ni solide ni durable. Moi qui croyais l'avoir construit sur de la pulpe de fruit et de fraises sucrées, des fleurs de cerisier et de fortifiantes promenades charnelles au soleil. Depuis le début ce n'était que du vent, Papa, *du vent*. Et je dois supporter de respirer cet air vicié, cet air qu'on crache vers moi et qui se répand dans ma direction quand notre château de cartes s'effondre. J'étouffe.

Je suis si triste, Papa. Aide-moi !

J'ai vu la petite voiture bleue, celle de notre sage-femme, grimper la colline. Mes épaules se sont relâchées et j'ai pu souffler, enfin. Voilà comment je voulais être : tenue, maintenue, ne serait-ce que par un sourire, une amie pleine de gentillesse qui avait été proche de moi, qui avait tâté mon intérieur de ses doigts. Elle m'avait vue lutter ! Elle savait que j'étais une guerrière.

– Salut, Sylvia, a-t-elle dit, viens, on va voir des abeilles dignes de ce nom.

Dès l'instant où elle s'est matérialisée sur la colline dans toute sa sollicitude maternelle, j'ai pu me détendre. La reine des abeilles, il y avait quelque chose, là, qui me fascinait absolument, le fait que la reine des abeilles ait disparu. Elle, l'abeille la plus importante de toute la société des abeilles. J'ai dit en riant à Winifred :

– Elle a dû en avoir assez de pondre !

Mais la sage-femme était concentrée sur la ruche.

– Vous n'avez pas l'habitude de ce genre de situation ? ai-je demandé, sans m'adresser à quelqu'un en particulier. Je croyais pourtant que vous autres apiculteurs étiez des gens sérieux.

Je voulais les entraîner à rire avec moi, mais personne n'a ri.

Un vieil homme est arrivé avec un chapeau blanc et un voile pour moi, il m'a emballée dedans, soudain j'étais voilée, soudain j'étais l'une d'entre eux. Par le fin quadrillage noir de mon voile d'apicultrice, je regardais Ted qui n'aurait évidemment jamais eu l'idée de se fondre dans quoi que ce soit et qui gardait ses distances à l'arrière-plan.

– Viens ! lui ai-je fait en agitant la main. Viens voir une reine !

Et les deux seuls à se faire piquer en ce soir de juin ont été le pasteur et Ted, et cela m'a fait rire. Mais la reine, elle, n'était visible nulle part, elle avait disparu en fumée. Quelle diva, ai-je pensé, quelle putain de diva !

Je voulais dire quelque chose pendant que nous rentrions en voiture en silence et que Ted se grattait là où l'abeille l'avait piqué.

J'ai promis que je lui passerais de la pommade à la maison.

Son profil, avec le paysage anglais qui se précipitait à l'arrière-plan. Je voulais lui dire que je l'aimais. J'avais la sensation qu'il ne me voyait plus, que je pourrais dire ce que je voulais, mes mots traverseraient le pare-brise et disparaîtraient. Au fond, je n'avais rien à faire des abeilles. Les réunions et les projets respectables des adultes m'ennuyaient autant que lui. Moi aussi, je voulais baiser dans un lit d'hôtel à Londres ou quoi qu'il imaginât quand il visualisait son été à venir. Moi non plus, je ne m'intéressais pas aux enfants ni à d'éventuelles serres pour cultiver ceci ou cela, je voulais moi aussi téter des bâtons de tabac à la braise rougeoyante et être avant tout une âme indomptée, rêveuse, sauvage, aimée et convoitée, entre ses bras, des suçons plein le cou.

– Ça t'a donné envie d'avoir des abeilles ?

Voilà tout ce que j'ai dit.

Il a brièvement quitté la route du regard.

– Un peu beaucoup de travail, peut-être ? Il faut quand même que nous ayons le temps de faire autre chose cet été.

Bien sûr. C'était mon projet. Absolument.

– Pourquoi ne peux-tu pas t'intéresser à mes projets comme je l'ai fait tout le printemps pour les tiens ?

Ted s'est éclairci la voix.

– Que dis-tu ?

– Bah, rien.

Il a posé une main sur ma cuisse, l'a fait remonter sous ma robe ; le moindre contact ces jours-ci me faisait frémir comme si c'était la première fois qu'il me touchait. J'étais amoureuse, follement, désespérément amoureuse de lui, alors qu'il était trop tard.

Pardon pour les enfants, avais-je envie de dire. Pardon pour ceci et pardon pour cela, et pardon d'être qui je suis.

Il a interrompu mes pensées. Il me caressait jusqu'au sexe, c'était presque comme s'il allait trop loin.

– Ma petite rêveuse, a-t-il dit. La fille de son papa, Sylvia Plath. L'apicultrice !

Nous nous sommes arrêtés devant chez Elizabeth Compton qui nous attendait déjà dehors avec les enfants.

– Je suis fier de toi, a dit Ted.

Et je suis descendue de la voiture pour aller récupérer les petits.

Je me promenais avec une boule dans le cœur. Toujours il avait été mon premier et mon dernier lecteur. Il m'avait donné des travaux d'écriture à faire, il m'avait encouragée, mais à compter de maintenant je ne lui montrerais plus jamais mes textes.

Ted le savait, il me suivait du regard, le soir, pendant que je dessinais des cœurs sur tout, même sur le papier brouillon oublié sur la table basse. Un exorcisme.

Ce silence nouveau dans la maison - silence, préparation pour la tempête qui allait venir et qui était ma mère. Silence grinçant soudain, le vent traversait les pièces, emportant les rideaux car les deux portes étaient ouvertes. Allons, dehors toute la vieillerie, le printemps froid, la saleté, le fait que j'avais donné naissance ici.

Dehors, le roman, dehors, le satané roman accepté par l'éditeur anglais à qui je l'avais envoyé, et dont j'avais décidé - ça devenait très clair, plus la date de l'arrivée de ma mère approchait - qu'il serait signé par un pseudonyme. D'une manière ou d'une autre il allait falloir masquer son contenu. J'étais allée trop loin, j'avais eu trop d'audace.

Dehors, le roman, au grand air, qu'il disparaisse !

Bienvenue à la nouveauté, bienvenue à l'amour, de nouveau.

Dans le crépuscule, Ted est arrivé avec un bouquet de roses qu'il avait coupées au couteau, le parfum avait de quoi rendre dingue. Il est entré dans la chambre, s'est assis sur la courtepointe, en a soulevé brutalement un coin pour laisser entrevoir le lit dessous.

– Là, couche-toi là, a-t-il dit.

Nous ne nous étions pas touchés depuis un moment. J'enlevais un collier devant le miroir, je me suis immobilisée, j'ai récupéré la chaîne dans mon poing et je l'ai lâchée sur la table de chevet avec un bruit métallique.

– Viens, Sylvia, a-t-il dit.

– J'ai vu comment tu m'épiais tout à l'heure.

Ted, dans son sourire. Son sourire à un million de dollars. Je voulais l'embrasser mais seulement s'il avait les intentions qu'il fallait. Ted avait-il les bonnes intentions ? J'avais si peur de ce avec quoi j'avais rempli notre relation jusqu'à il y a un instant - tourments, tourments et doutes. Pendant des jours je l'avais accusé d'être un homme à femmes, un type sans moralité. Dans ma tête, j'avais déjà déroulé les scènes... Il avait déjà couché avec cette femme dans ma tête. Oh, pourquoi étais-je une telle déclencheuse d'événements ?

– Que rumines-tu, ma chère ? a-t-il demandé.

– Je ne rumine pas... Je pense à Frieda.

– Et que penses-tu ? Au sujet de Frieda ?

– Si elle se souviendra de sa grand-mère quand elle la verra. Si Momou sera Momou pour elle. J'essaie d'imaginer comment ce sera.

Il a tendu la main vers moi.

– Arrête de tant réfléchir. Viens.

Il m'a montré un endroit sur ses genoux.

Les roses, leur parfum complètement enivrant.

Je l'aimais. Je l'aimais, il était mon Ted. Je t'aime, ai-je pensé. Je ne veux que t'aimer et savoir que j'ai le droit de t'aimer.

Dans un moment de faiblesse je me suis assise sur ses genoux. Ses genoux forts et sincères. Et à cet instant j'ai eu la sensation que tous les animaux dehors s'arrêtaient sous notre fenêtre pour écouter un conte de fées. Tous les écureuils, le renard qui rôdait par là en quête de poules, tous les rossignols et les merles et les hirondelles que nous avions en surabondance, et les biches et les chevreuils. Les lapins, bien entendu les lapins. Ils se recroquevillaient contre notre mur en cet instant où je fondais sur les genoux de Ted. Fondais, et me laissais capturer par lui. Une petite fille, pour un moment, sur les genoux de son père. J'inspirais son odeur. Laine et sueur. J'aurais tant voulu avoir une deuxième chance. J'ai pleuré un peu sur les genoux de Ted, alors il m'a serrée plus fort.

– Ne pleure pas... Sylvia. Cesse de croire que tu peux tout contrôler. Frieda et ta mère vont s'adorer, il en a été décidé ainsi. Je le sais. Tu n'as aucune raison de t'inquiéter. Aucune.

J'ai levé les yeux vers son visage, j'étais bouffie de larmes, il était fatigué. Je voulais reposer ainsi auprès de lui pour toujours. Quand il était lui aussi sensible et fatigué. Quand les roses embaumaient.

Ted s'est levé, il m'a portée comme lovée dans un arc, une enfant lourde, et il m'a déposée sur le lit.

Il a fermé la fenêtre, tiré un rideau. Il a déboutonné sa chemise. Alors je savais ce qui m'attendait. Il m'aimait toujours tellement quand je pleurais.

Une femme qui a peur est une femme attirante, avais-je lu un jour dans un magazine féminin. *Il est beaucoup plus facile pour un homme d'avoir envie d'une femme qui a peur... Le chagrin la rend désirable. Les chercheurs sont unanimes : une femme en pleurs dégage des hormones qui la rendent plus belle. Voilà pourquoi un mari aime tant à terroriser son épouse...*

On était en juin, le 12 ; à part nous, la maisonnée dormait, le voisinage dormait, les vaches dormaient, les moustiques et les oiseaux étaient éveillés.

J'avais terriblement peur au moment où il est monté sur moi, quand il m'a escaladée jusqu'au sommet et m'a arraché mes vêtements. Alors maintenant tout à coup ça lui convient, ai-je pensé, ça lui convient de m'embrasser. Maintenant j'ai soif d'elle, ai-je pensé, j'étais de nouveau dans la tête de Ted, maintenant je la veux, maintenant je suis prêt.

Et quand il s'est enfoncé, quand il a éteint ses yeux et s'est faufilé telle une anguille jusqu'au fond de moi et qu'il a dit : « Tu es chaude, Sylvia, tu es putain de brûlante », je me suis demandé s'il s'agissait vraiment de moi, quelque chose avait sarclé son regard et tout était lointain. Notre acte d'amour, cette chose fragile, il s'en était emparé sans plus de cérémonie pour l'utiliser à ses propres fins. Au moment où j'ai senti qu'il allait jouir, j'ai détourné la tête.

– Je viens, ma chérie, je veux jouir avec toi, a-t-il dit.

Moi aussi, je souhaitais oublier le monde et exulter. Moi aussi, je voulais faire tomber l'autre femme de son trône. Mais il y avait quelque chose de ridiculement faux dans sa manière de s'y prendre. Il m'a embrassée dans le cou et a laissé ses lèvres s'attarder.

– Ça va me faire un suçon, ai-je dit, arrête, sois mignon.

– C'est ça, je suis putain de mignon, a dit Ted soudain en m'écrasant sous sa masse, il a accéléré en moi à une vitesse folle ; je ne m'attendais pas à ça, alors que nous n'avions pas fait l'amour depuis si longtemps, j'aurais aimé que ça se passe un peu plus doucement, avec Nicholas couché muet dans son berceau, en plus.

– Arrête, Ted, arrête.

Il s'est arrêté, il s'est retiré, mais il ne m'écoutait plus. Il voulait me retourner sur le côté, me faire mettre à quatre pattes comme un chien, comme avant.

Il y a longtemps.

Ses dix doigts m'écartelaient.

Mais ceci était un autre corps, j'avais ce corps-ci maintenant, j'avais ce grand corps protecteur de madone maintenant, j'avais de la victoire dans mon corps, j'avais un fils dont m'occuper avec mon corps, j'étais une lady, je n'étais plus n'importe quelle fille.

Ne le savait-il donc pas ?

– Ted, Ted, s'il te plaît, prends-moi avec sincérité, ai-je murmuré avec la peur qu'il me comprenne de travers.

Arrêt. Il s'est assis, le dos droit, le regard fixé sur un tableau au mur. Soupir.

– C'est quoi ce commentaire ? a-t-il dit avec aigreur. Pourquoi ne veux-tu jamais... jamais... jamais lâcher le contrôle ?

Il me regardait avec, dans le regard, son accusation habituelle.

– Lâche ton putain de contrôle, s'il te plaît.

Je voulais revenir en arrière, si j'avais pu, je serais revenue sur tout ce que j'étais, mes paroles, mes actes, la façon dont j'apparaissais aux yeux du monde.

– Pardon.

Le jour où ma mère est arrivée, il faisait humide et toutes les fleurs étaient épanouies. La ville d'Exeter baignait dans le soleil et les rues étaient brûlantes. Elle arrivait de Londres. Elle est descendue du train surchauffé telle une petite poupée en carton ; j'ai senti qu'il y avait quelque chose d'étranger dans notre amour, et une raideur dans notre accolade, mon corps était trop en arrière, j'avais calibré la distance de façon imprudente, je l'ai regretté après coup.

– Maman, ai-je chanté en pleurant des larmes de crocodile émues dans son cou pendant que Ted restait trois mètres en arrière. Maman.

Ensuite, quand ç'a été au tour de Ted d'embrasser Aurelia, l'air s'est desséché et est devenu soudain difficile à respirer. J'ai repensé à cet été-là, notre premier été ensemble, notre premier été à Ted et à moi, en 1956, que nous avions imprudemment partagé avec Aurelia. Un ridicule voyage de noces en Espagne, complètement raté. Je me faisais l'effet d'une meurtrière ; c'était un tel luxe d'assassiner sa mère sans être obligée de passer à l'acte – j'avais simplement retiré sa participation à notre mariage, joué le rôle de la fille bien baisée qui se foutait de tout. Ted et

Aurelia étaient incompatibles, et voilà ma vengeance, ma vengeance pour ce qu'elle m'avait fait, sa trahison - une fois veuve cocufiée par la mort, après s'être sacrifiée pour un homme qui n'avait pas trouvé mieux que de mourir, elle m'avait exploitée à ses propres fins, faisant de moi *l'exception*, l'être *extraordinaire* qui allait la sauver de son néant.

Aurelia est entrée tout droit dans ce que j'avais écrit dans ma lettre du 7 juin : *Ceci est la meilleure des vies que j'ai vécues. Les enfants sont de petits aimants d'amour...*

Elle s'est penchée pour prendre Frieda dans ses bras, et ensemble elles ont regardé Nick qui pendait sur mon torse dans son porte-bébé. Un singe humain transpercé par le regard d'Aurelia. Elle le contemplait avec tant d'hésitation qu'on aurait pu croire qu'elle était persuadée de l'engendrer par son regard.

Mon fils.

– Et voilà le petit Nick, ai-je dit trop vite et d'une voix sentimentale en remettant pour la première fois mon fils à ma mère.

Elle a fait semblant d'avoir une larme au coin des yeux et tout le monde a souri. Ted, qui avait porté ses valises jusqu'à la voiture, nous regardait de loin, une main dans la poche sale de son pantalon, James Dean. Était-il vraiment craquant à ce point ? Était-il vraiment un si beau gars bien bâti ?

Je suis devenue méfiante. J'ai pensé : mon péché. Car j'avais péché. Le voilà, le bébé garçon en or, qui avait tout mis sens dessus dessous. Dès que j'ai vu mon fils entre les mains de ma mère, j'ai compris que c'était lui qui avait fait basculer notre monde.

Et j'ai regardé Ted, qui était beau à mourir mais n'avait plus le pouvoir de faire trépider mon cœur. Qui était planté sur le trottoir, qui était poteau téléphonique. Pas même le parfum de l'été et du nectar des fleurs qui nous arrivait du parc ne me faisait spécialement d'effet.

Nous avions été un couple avec un enfant à Londres ; Frieda, en pleine forme, blonde et inflexible, mais qui me laissait encore mon indépendance. Quand ma mère a posé un baiser sur la joue de mon fils, j'ai vu que c'était moi qui étais née des mains de Winifred Davies le 17 janvier à Court Green.

J'étais née, j'étais redevenue vache et j'avais perdu ma direction à moi.

Cette direction qui m'avait tant coûté.

Cette brillante indépendance, durement acquise au cours de longues années de liberté et d'études.

J'étais née le 17 janvier. J'étais devenue la nouvelle Aurelia Plath.

Pourvu qu'elle aime la maison, ai-je pensé pendant le trajet en voiture. Pourvu que notre amour conjugal soit clair et scintillant comme la rosée. Pourvu qu'elle aime le jardin. Les enfants. Moi. Pourvu que je réussisse à la recevoir. Pourvu que ma vieille peur ne se rappelle pas à moi. Pourvu que cela la rende heureuse de passer un moment dans notre monde. Pourvu que ce soit pour de vrai. Pourvu que les mots de mes lettres soient vrais. *Ceci est la meilleure des vies que j'ai vécues. Les enfants sont de petits aimants d'amour...* Pourvu qu'elle ait envie de s'installer près de chez nous. Pourvu que tout se passe bien et qu'elle apprécie l'Angleterre. Pourvu que je sois neuve, que je sois lumière.

Moi, Ted et le bébé gardions le silence à l'avant pendant que ma mère écoutait l'adorable babillage de Frieda sur la banquette arrière. Nous sommes arrivés. Nous sommes descendus de voiture devant la maison, qui m'a paru complètement différente, notre énorme maison blanche de Court Green, maintenant que ma mère était là et que je la voyais par ses yeux à elle.

Elle a inspecté le toit de chaume, les pavés ronds... et moi je regardais ma mère. Elle avait vieilli. Je savais qu'elle se mettait des bigoudis le soir pour que ses cheveux bouclent joliment le matin. Je savais quel parfum elle portait, l'endroit précis où était placé le tube de crème pour les mains sur la table de chevet et la façon dont ses mains s'enveloppaient l'une l'autre lorsqu'elle les crémait. Je savais de quelle manière elle avait choisi d'être mère. Mais je ne savais rien de ses émotions profondes, et encore moins ce qu'elle pensait vraiment de moi. J'avais passé ma vie à le deviner, je voulais lui soutirer une réaction, j'avais tout fait pour la choquer en menant ma vie à un train d'enfer, car à défaut d'amour il me fallait au moins obtenir une réaction.

Ma mère a déposé ses valises dans l'entrée et corrigé la position d'un tableau sur le mur. Moi, j'étais déjà devant la porte de la terrasse, à l'ouvrir pour que les rideaux puissent frémir dans la brise et le parfum des fleurs s'insinuer dans la maison. Il ne devait y avoir d'odeur de renfermé nulle part.

Je voulais que l'effet soit prodigieux.

– Voilà, Maman, je t'en prie, voici ta chambre, nous l'avons aménagée pour toi !

Ma voix crépitait. Frieda derrière moi comme si j'avais eu une queue, comme si nous volions en dansant par-dessus le plancher. Tant que la bouche de ma mère gardait sa forme de O. Tant qu'elle était étonnée, tant qu'elle restait polie dans son étonnement, tant que cela restait un instant théâtral et que nous demeurions dans la transe de l'arrivée. Où tout était encore devant nous, telle une lettre non écrite. Ma mère était pure quand elle formait son O. Elle était surprise que ce soit aussi beau, aussi bien ! Elle a passé sa main dans mon dos, par-dessus la robe bleu ciel, dans le creux du dos. J'avais un cœur rouge à la place de la bouche. J'étais le motif, j'étais le type, j'étais la brave incarnation. J'étais la fille, la mère et l'épouse. J'étais les rôles.

J'avais toujours su comment on composait les rôles.

Comment un sourire, par exemple, a l'air de dévorer les joues, de faire disparaître par enchantement tous les chagrins et les souvenirs gênants. Comment il monte, ce sourire, comme deux boutons fleuris jaillissant d'une tige. Ouvert, plein de désir, obséquieux, prêt à se plier en quatre. Tout ce que je possédais et un peu plus tenait dans ce sourire. Souris en grand ! Authentiquement ! Merveilleusement !

J'ai donné une tape à la petite guirlande que nous avions suspendue à l'entrée de la chambre d'amis pour qu'elle se balance bien au moment où Maman franchirait le seuil. *Bienvenue, Maman, à Court Green.*

– Formidable ! a dit Aurelia. J'adore !

J'entendais la manière dont Ted pouvait percevoir un tel enthousiasme excessif, combien il sonnait américain. J'avais acquis ses oreilles, après tout. J'avais acquis le regard anglais. Mais pour moi, c'était Noël. Pour Frieda aussi. Et le père Noël était ma mère, sa grand-mère à elle, qui s'asseyait sur la courtepointe blanche en passant la main dessus pour la défroisser.

– Êtes-vous de bons enfants, alors ? Êtes-vous gentils avec votre maman, ton petit frère et toi ?

– Ouiiii, Momou ! a crié Frieda avant de la conduire dehors jusqu'aux plants de rhubarbe.

Je les suivais de près car je savais qu'il restait quelque part de gros tas d'orties que nous avions arrachées. Les orties fanées dégagent une odeur forte de foin et de crapaud, et je ne voulais pas que ma mère puisse faire un commentaire à ce sujet.

La maison, que j'avais vue à travers ses yeux, et le jardin, maintenant qu'elle s'y déplaçait, m'apparaissaient terriblement décatis et en besoin désespéré de rénovation. La douleur sourde dans ma colonne vertébrale et le goût de sang dans ma bouche me faisaient comprendre que ma mère était une intruse. Évidemment. Ted s'est approché, et il y avait clairement de la collision dans l'air, cette façon qu'elle avait de laisser traîner son regard sur tout ce qu'elle voyait me rendait folle ! Ramassant un gant abandonné dans l'herbe et le fourrant dans sa poche avant de passer les doigts dans un cytise et de découvrir dessous des grappes de petite angélique qu'elle a arrachées sans demander la permission.

Voilà ma mère, les mauvaises herbes à la main, les mauvaises herbes gonflées de chlorophylle qui envahissaient mon jardin, comme elle. Comment décrire cet effet ? Tachycardie, gorge sèche, sang privé d'oxygène dans les muscles gelés ; j'avais besoin d'une bouteille de vin pour me défroisser, j'avais besoin d'un équipement de protection comme ces cinglés d'apiculteurs.

– Il faut que tu t'en occupes, Sylvia, a dit Aurelia de sa voix brusque, sa voix qui devenait brusque dès elle avait affaire à moi.

Elle brandissait la pauvre plante.

– C'est le genre de mauvaise herbe qui s'installe et qui devient *permanente*. Tu ne t'en débarrasseras pas si tu n'y mets pas du tien.

Ma mère... Elle ne se renierait donc jamais ! Je haletais presque, c'était inimaginable, j'ai tourné la tête et, *pan*, le regard de Ted, notre regard de complicité, mais ça n'a duré qu'un instant avant qu'il ne s'éloigne. IL LE SAVAIT, QUE MA MÈRE SE COMPORTAIT TOUJOURS COMME ÇA.

– Il faut exterminer le cotylédon, les plus petites feuilles, le cœur de la plante, a déclaré Aurelia, qui s'était entre-temps agenouillée au pied du cytise.

Et moi, qu'ai-je dit ?

– D'accord !

À quatre pattes dans l'herbe, le derrière en l'air, j'ai fait exactement ce qu'elle m'ordonnait.

Puis j'ai regardé tout le reste, qui se développait bien, ma foi. La rhubarbe, ne la voyait-elle donc pas ?! Et les petits plants de fraises et de fraises des bois avec leurs fleurs blanches dans les bacs... J'avais tant fanfaronné, dans ma dernière lettre, au sujet des pommiers en fleur. À présent les petits pétales roses gisaient à terre. Mais les lilas ! Les digitales qui allaient bientôt fleurir ! Il y avait tant d'érotisme, tant de beauté dans notre jardin, et tout ce que voyait ma mère, c'était une mauvaise herbe !

J'ai étouffé mon chagrin, me suis ranimée à la vue de Ted s'avançant dans notre royaume, sur la terrasse, lui la plus haute, la plus somptueuse de toutes les fleurs, à bien y réfléchir, il était encore à moi, oui, il était à moi, encore, pour un moment.

– Ah, je crois que c'est l'heure des rafraîchissements ! ai-je dit à ma mère, qui a levé la tête.

Nous nous sommes installés autour de la table du jardin et j'ai donné le sein à mon garçon pendant que ma mère continuait à parler éradication d'espèces nuisibles - en Amérique, il existait un produit particulièrement efficace pour ça - et que Ted acquiesçait en bourdonnant et me jetait un regard de temps à autre.

Je ne peux me fier à personne, ai-je pensé face au visage de Ted et à celui d'Aurelia. Ils m'étaient étrangers. Complètement étrangers.

Personne ne peut me donner mon amour.

J'ai baissé les yeux vers mon garçon, mon garçon doux et tendre aux lèvres épaisses. Repu, il me regardait avec son sourire qui ne savait rien, ce sourire qui faisait ralentir mon cœur ou perdre le compte de ses battements. Il était si doux, si bon. Tous les autres humains étaient confits dans leurs propres intérêts et motivations. Seuls mon fils et moi reposions dans une poigne solide. Nous étions dans l'euphorie, dans la poigne de Dieu. Les larges mains de l'univers.

– Il n'y a que nous qui savons, toi et moi, Nicholas, ai-je murmuré tendrement en l'embrassant sur sa joue duveteuse.

Mais alors il s'est mis à crier. Il gigotait en remuant les jambes. Aurelia a regardé dans ma direction comme si j'avais fait une bêtise. Mon cœur cognait à se rompre. Ted parlait, parlait d'une corneille qu'il avait présentée l'autre jour à Frieda ; une histoire qu'il venait de créer à l'instant, à l'intention de ma mère, et la folie dans ses yeux était au diapason.

– Le bébé corneille s'est assis et a commencé à picorer les doigts de Frieda, il l'a carrément *mordue*, vous vous rendez compte ?

– Non, quelle horreur ! Aucune corneille n'a le droit de faire ça à Frieda ! s'est écriée ma mère en tirant sur les doigts de Frieda jusqu'à réussir à lui embrasser le dos de la main.

Frieda s'est dégagée avec une faible plainte. Ted s'est levé et quelque chose est tombé de son pantalon, dans l'herbe. Une enveloppe. Probablement de sa poche.

J'ai crié à travers le cri de Nick pendant que mon cœur cognait dans ma poitrine :

– Tu as perdu quelque chose, Ted ! Tu as perdu une lettre !

Il l'a ramassée ; il s'est redressé, il est resté un instant debout, le temps de nous présenter une réaction quelconque. Il a haussé les épaules.

– Bah, c'est juste une enveloppe vide, a-t-il dit en s'éloignant le long des cytises vers la maison.

À moi de faire taire Nick toute seule.

Maman m'a tendu une serviette.

Quand ma mère ne voyait rien, quand elle partait se promener avec les enfants et le landau, alors il m'arrivait de prendre Ted par le bras et de l'interroger. Son coude était réticent.

– Ça ne va pas, m'écriais-je. Nos cœurs battent dans la même maison mais nous ne nous voyons pas.

– Calme-toi, Sylvia. Ne t'énerve pas d'emblée. Essayons de rester dignes...

Nos deux cœurs dans la maison, nos cris d'enfants, nos conversations littéraires, nos conversations sur tout, tout le reste dans le monde, le cliquetis et les rires des repas que nous avions partagés, et les voisins qui frappaient et entraient sans demander la permission, mes intuitions, les impulsions de Ted, les fugues de Beethoven, les concertos pour piano sur le gramophone et Ted qui restait assis à la table de la cuisine le soir à réciter du théâtre écrit pour la BBC, mes cris qui traversaient les murs au moment de jouir... Et maintenant, depuis l'arrivée d'Aurelia : un silence paniqué.

Ted ne voulait même plus aller pêcher.

Ted ne voulait même plus chatouiller Frieda jusqu'à ce qu'elle hurle de rire.

Ted avait même abandonné ses livres de jardinage, ouverts de-ci de-là, jusqu'au moment où Aurelia, les apercevant, les refermait et les coinçait dans nos étagères (construites par Ted).

Ted ne voulait même plus faire l'amour avec moi. Quand nous l'avions fait et que je lui avais jeté une rose, cette fois-là avait été la dernière.

Dieu... Qui, en fin de compte, était responsable de la faute qui avait été commise ?

Il y avait un bouquet de coquelicots sur la table de la cuisine, les pétales comme des flammes, des langues rouges, vulgaires, qui se fanaient et tombaient tout en nous regardant.

– Qu'y a-t-il, Ted ? Je ne te reconnais pas. Pourquoi ce silence ? Pourquoi t'es-tu recroquevillé comme à l'intérieur d'une coquille ?

– Je ne suis pas intéressé le moins du monde par ta mère et par ses jeux, les façons qu'elle a avec toi.

– Les façons qu'elle a avec moi ?

– Ce qu'elle fait de toi, c'est intolérable, Sylvia. Tu le sais toi-même. À quel point elle me hait, avec son œil gigantesque qui contrôle tout, et tu ne le veux pas, Sylvia, tu ne le veux pas, tu le sais bien !

– Vouloir quoi ?

Le facteur approchait à l'arrière-plan ; un claquement du côté de la boîte aux lettres, j'ai sursauté. Que voulait-il dire, où voulait-il en venir cette fois ? La conversation ne prenait pas la tournure que j'avais choisie.

– Tu ne veux pas être la marionnette de ses fantasmes ! Écoute-toi renier ton propre roman, ta propre écriture. Même là-dessus tu n'es pas franche, Sylvia !

Ses yeux durs qui me jugeaient, deux croix.

J'allais brûler sur cette croix. Et tout ce que je voulais, c'était sa tendresse, sa compréhension, son ventre chaud sécurisant poilu où poser ma tête une fois calmée.

– Tu n'as aucun droit de venir nous juger, ma mère et moi. Et toi alors, tu crois que tu es parfait ?

– Être parfait, Sylvia, c'est un truc qui ne m'a jamais attiré, a-t-il répondu avec une rapidité de reptile.

Il s'est servi un verre de jus de mûre et il a ouvert brutalement la porte du frigo pour prendre un pot de *clotted cream* à étaler sur un scone sec.

Puis il s'est installé à la table et a commencé à lire distraitement le journal du matin.

Ses yeux étaient luisants quand il les a relevés vers moi.

– La seule chose que je veux, c'est ne pas être faux devant le monde. Toi, tu es fausse quand tu étouffes ton talent. Fausse, Sylvia, fausse, quand tu as honte et que tu déprécies ta propre écriture. Tu devrais lui faire lire *La Cloche de verre*. Là, j'aurais un putain de respect pour toi !

J'ai dégluti en silence.

Il avait donc entendu notre conversation sur le divan hier ? Une fois les enfants endormis, quand je m'étais confiée à ma mère, que je m'étais installée dans le canapé avec mes longues jambes bronzées en bermuda, un plaid sur les pieds en remuant mon thé. Je lui avais expliqué que j'avais écrit un roman qui plairait aux jeunes femmes, et que le thème en était une expérience semblable à celle que j'avais eue avec *Mademoiselle*.

– Mais cette fille-ci, Esther Greenwood, est beaucoup plus tranchante et futée que moi, alors elle se retrouve dans de beaux draps. En plus, elle a une vie amoureuse riche et une confiance en elle qui surpasse carrément la mienne, ai-je ri.

– Est-il autobiographique, ce roman, d'une manière ou d'une autre ? a demandé Maman.

Elle se méfiait évidemment du nom : Greenwood, c'était la transcription en anglais du nom autrichien de sa propre mère, Grünwald.

– En aucune façon, ai-je répondu.

– Bon Dieu, me disait Ted à présent. Tu n'as pas honte de mentir comme ça ?

– De quel droit... ai-je sifflé.

Mais Ted n'avait aucune bienveillance, compréhension, tendresse. Ce à quoi je me livrais, il appelait cela de l'auto-apitoiement.

J'étais piégée, Aurelia et les enfants n'allaient pas tarder à rentrer. Et alors j'allais devoir tendre à nouveau mon grand sourire.

– Au fait, tu sais quoi ? (Ted s'est redressé.) J'ai recommencé à écrire. Pendant tout ce printemps, je n'ai rien fait, j'étais comme un mort-vivant, il y avait tellement de boulot, entre Nick et la maison, mais maintenant... Peut-être regardes-tu un futur prix Nobel.

Petit sourire.

– Ah bon.

En un instant, l'auto-apitoiement avait disparu, le désespoir était volatilisé. J'ai vu le petit homme qu'il était. Et j'ai ajouté avec sarcasme :

– Quelle blague. La meilleure que j'ai entendue cette année.

La porte d'entrée a claqué, Aurelia a crié : « Nous sommes de retour ! Il y a quelqu'un ? », et je me suis frotté les yeux, je me suis redressée, voilà mon public, mes fans, notre amour commun, celui dont Ted venait de démissionner.

Tout était donc accompli, lorsque le téléphone a sonné.

Lumineux jour de juillet, corrosif comme du sucre brûlant.

Ted avait fait un *sponge cake.*

Ted avait fendu du bois sur le billot.

Ted avait rampé partout dans son bleu de travail pour arracher les orties. Récolté les courgettes, et tous les soirs nous avions mangé des épinards au beurre, même si leur goût de paille me donnait des frissons. Ted avait fait la conversation à ma mère. Ted avait enfoncé en moi son sexe dur, mais je m'étais dégagée parce que j'avais compris le calibre de ses efforts besogneux : ce n'était pas avec moi qu'il faisait l'amour. Les yeux fermés, un signe trop tangible. Ted avait joué la *Grande Fugue* à l'enterrement du voisin Percy, Ted avait égrené tous les points de l'art de l'apiculture avec ma mère...

Ted, enfermé dans son studio, avait rédigé des lettres.

Maintenant ces lettres allaient monter vers la lumière, à l'instant même où je soulevais le combiné froid du téléphone dans ma main chaude. Nick, un bébé marmotte sur mon épaule, comme d'habitude.

– Ici Sylvia Plath, à qui ai-je l'honneur ?

Voilà ce que j'ai dit, debout dans ce qui était encore mon royaume. Voilà ce que j'ai dit.

Nick sur l'épaule, ma mère dans la cuisine et Ted, lui, était cet homme qui disparaissait quelque part, je ne savais jamais où il était. Dans le jardin, en balade dans les collines du Devon, avec Frieda à la ruche, dans le nid mortuaire de Percy.

Or là, je savais qu'il était dans son studio.

– Puis-je lui laisser un message ?

Rien qu'à la voix, j'avais entendu qu'il y avait un loup.

Une personne normale ne se comportait pas ainsi au téléphone.

C'était quelqu'un qui en faisait des tonnes.

C'était quelqu'un qui mentait !

Et au même instant, le ciel m'est tombé sur la tête. Le destin. C'était cette femme... Je la reconnaissais. C'était cette femme qui avait fait son entrée dans notre vie juste avant l'arrivée d'Aurelia. Elle était entrée dans la lumière de la pleine lune et au même instant, j'avais cessé d'être protégée. Le conte de fées avait été repris et serait désormais écrit par quelqu'un d'autre.

Cette autre, je l'avais en ligne.

Ô, feu dévastateur !

Sans sourciller elle s'est présentée, au masculin ; un certain MR. POTTER souhaitait parler à Ted.

– Mister Potter ? ai-je sifflé.

Elle était nulle dans son rôle d'homme. C'était Assia Wevill. Elle mentait. Elle voulait Ted. J'ai crié :

– TED ! IL Y A UNE PERSONNE BIZARRE POUR TOI AU TÉLÉPHONE !

Je la visualisais, elle, regard rigide, langue rigide, feu rigide qui m'incendierait.

Mort, qui en voulait à ma maison.

Mort, qui réclamait mon destin.

Mort, qui pénétrait mon corps de force.

– C'était quoi déjà, votre nom ? ai-je demandé à la voix.

– C'est de la part de Mr Potter.

Ted était déjà en bas. Rapide regard sur moi. Il s'est accroupi sur le tabouret. Je n'ai pas bougé. Il n'avait plus le choix. Il devait me montrer comment il s'y prenait pour mentir ! Croyaient-ils vraiment m'avoir avec leurs mensonges ?

Pauvres idiots !

J'avais envie de rire.

Ted parlait à voix basse, répondait en peu de mots, prenait rendez-vous.

– Oui, Mr Potter, je tiens moi aussi à vous rencontrer, autant convenir tout de suite d'un rendez-vous, envoyez-moi un télégramme s'il s'avère que vous ne pourrez pas y être.

Si guindé, guindé, plus guindé qu'un dindon ! ai-je pensé, hilare, car maintenant je tenais ses mensonges à ma merci, dans le creux de ma main.

Le silence, énorme, quand il a reposé le combiné sur son socle. On n'entendait même plus la voix ni les mouvements de Nick. Un silence comme à l'église. Les yeux coupables de Ted. Et moi, enragée, une furie, je me suis dressée telle une vague devant lui et j'ai pris mon élan.

– Menteur ! ai-je hurlé. (L'un des affrontements les plus décisifs de notre vie commune.) Menteur, ignoble menteur, comment peux-tu être aussi *petit* ? ai-je déclamé comme si je me tenais infiniment haut au-dessus de lui et qu'il était un auditeur sur une place de marché.

Les voix ne résonnaient pas dans cette maison et d'ailleurs Maman était au jardin avec Frieda. Ted a avalé sa salive.

– Que t'arrive-t-il, Sylvia ? De quoi parles-tu ? Je ne comprends pas.

J'ai agrippé son poignet, même si je savais que c'était déjà aller trop loin.

– Dis-moi qui a appelé en déguisant sa voix ! Dis-le-moi, si tu ne me prends pas pour une simple d'esprit !

– Tu es folle, Sylvia. Tu es devenue folle.

Il s'est secoué, s'est débarrassé de moi, prêt à sortir dans la lumière du jardin.

– Ne me parle plus jamais comme ça ! Ne t'avise pas de me traiter de folle ! Ne t'avise pas de projeter tes mensonges sur moi ! Je te préviens !

Et Ted m'a regardée, ce nouveau Ted qui venait de se matérialiser devant moi. Il avait pris le parti d'une autre femme et me dévisageait à présent avec son regard à elle.

UNE SEULE CHOSE ME MARTELAIT LA TÊTE PENDANT QUE J'ARRACHAIS LA PRISE DU TÉLÉPHONE EN FAISANT UN TROU DANS LE MUR DE LA MAISON DE COURT GREEN, UN TROU DANS LE MUR À JAMAIS, QUE QUELQU'UN ALLAIT DEVOIR RÉPARER ET ENDUIRE UNE FOIS QUE J'AURAIS QUITTÉ LES LIEUX ; UNE SEULE CHOSE, OU NON, PLÛTOT DEUX :

1. JE LE HAIS COMME JE L'AIMAIS AUTREFOIS.
2. JE VAIS ÉCRIRE LÀ-DESSUS.

Je contemplais fixement le trou dans le mur blanc de l'entrée. J'étais hors d'haleine. Et c'est parti, en avant toute, dans les crevasses les plus profondes et les plus immondes de nos vies. Ted n'avait pas le droit de se révéler aussi immonde, ai-je pensé, ce n'aurait pas dû être possible ! Tout ce que j'avais caché et enfoui au plus noir de mes cavités les plus secrètes, voilà qu'il arrachait la protection, la voie était libre, mes horreurs, mes secrets, mes maladies, mon épuisement radical n'avaient plus qu'à sortir en rampant.

Pas maintenant ! ai-je pensé en fixant le trou dans le mur. J'entendais la voix de ma mère qui parlait à Ted dans la cuisine, ils étaient revenus entre-temps. Soudain, j'ai entendu Ted lui dire :

– Non, Sylvia a besoin de repos, elle doit être dans sa chambre, j'imagine.

Mais quel baratineur de merde, alors que j'étais ici même en train de contempler mon propre trou dans le mur. Une seule pensée à présent : Pas maintenant ! Pas maintenant, Ted ! Pas maintenant, alors que je n'ai aucune résistance ! Pas maintenant alors que je suis fatiguée jusqu'à la moelle des os, je suis trop épuisée !

Les nuits.

Si les jours étaient à lui, les nuits étaient miennes.

Je restais éveillée la nuit, je ne dormais pas.

Quand Nick se manifestait, je lui donnais le sein en essayant de retrouver le calme nécessaire pour que le signal se déclenche, il fallait être calme pour que le lait puisse arriver jusqu'à lui. De moi à lui, dans notre isolement. On y était à présent - dans le monde du dehors. Je n'étais même plus autorisée à sentir la chaleur du pied de Ted, nous étions devenus des étrangers l'un pour l'autre. On y était : je vivais, j'allais devoir vivre, dans le monde du dehors.

Seuls ma mère et nos enfants n'en savaient rien.

Pendant la journée, je les traitais comme des demeurés ; j'étais silencieuse, silencieuse et docile. La nuit, je souffrais dans mon lit.

Je regardais le dos de Ted, je l'aimais... Si seul, lui aussi, si putain de seul. Coincé dans son destin, le petit homme, alors qu'il se croyait pourtant si libre soudain. Coincé dans son destin désespérant, rempli de tous les vers qui ramperaient sur son corps quand il serait mort. Et les oiseaux qui sautilleraient délicatement en aspirant ces vers... Ne vois-tu pas, Ted, que nous sommes intimement liés ? Ne vois-tu pas que ce qui t'arrive n'est qu'une passade ? Ne vois-tu pas que si tu me quittes, tu quittes aussi ce que tu recherchais dans la vie, la pleine conscience, une plus haute vérité, la libération et la liberté de pensée qui n'appartient qu'à une poignée d'êtres supérieurs ?

Suis-je trop puissante pour toi ?

Trop poète enflammée pour toi ?

Mon bonheur est-il trop extraordinaire, quand il est heureux ? Suis-je trop chaude, trop intense, trop *anéantissante* pour le sérieux tâtonnant de ta propre vie, que tu voudrais pouvoir entretenir et contrôler, bien tranquille ? Ma force est-elle trop absolue, quand je me couche ici, avec mes poèmes, la nuit ? Ne supportes-tu pas que je sois un être vivant qui ressent, qui aime ? Ne supportes-tu pas que je sois réelle ?

Moi aussi, j'aime, Ted. Moi aussi je suis fragile et tendre. Tu le sais ! Alors pourquoi fais-tu ça ? N'y a-t-il aucun chemin pour retrouver ce qu'on avait, n'y a-t-il aucune grâce quand la vérité doit sortir, quand tu crois déterrer la vérité des tréfonds tourmentés de ton cœur ? *Mais elle n'est pas chez Assia Wevill.*

Ne te laisse pas avoir, Ted, tu traverses une crise ou quoi, mais ceci n'a rien de *vrai* !

Pourquoi marches-tu droit dans le piège ?

La nuit, je pouvais rester là, allongée, à respirer, à être en relation avec le monde sans interagir avec lui, sans que les menaces soient présentes. Je pouvais rester ainsi, à respirer et à ressasser. Aucun enfant ne criait Maman, aucun voisin ne me demandait de sourire, aucun mari ne me mentait en me regardant droit dans les yeux. Personne ne réagissait à mes paroles en criant : « Mais ferme ta gueule à la fin ! » La folie et le chagrin n'étaient qu'à moi, éclairés par une lune minable. La vie est si à vif, ai-je pensé, si crue, si écorchée. Si... rétrécie. Personne n'écoute mon bonheur, personne ne veut de mes intentions grandioses par rapport à la vie. Personne ne veut me suivre dans mes projets.

J'appelais en criant, mais personne pour m'entendre, dans toute cette folie.

Papa, ai-je pensé.

Papa, pourquoi m'as-tu abandonnée ?

Pour la première fois de cette nuit, mes yeux étaient pleins à ras bord de liquide salé... J'étais secouée de sanglots. Nick bougeait dans son sommeil. J'ai tout sorti, à la fin il y avait un lac de larmes sur le drap, tout le chagrin de ma vie avec Ted était répandu là devant nous. S'il avait été un homme vrai, un homme fort, il se serait réveillé et il m'aurait prise dans ses bras, peu importe s'il était raide dingue d'une bitch quelconque. Mais ce n'était *pas* un homme fort, il ne s'est pas réveillé. Je ne voulais pas rester là, dans cette chambre dérisoire, être feu et terre, larmes, tous les éléments à la fois, je ne voulais pas être si seule, pour tout. Mais je l'étais. Je l'étais. Seule pour affronter la vie entière, désormais, et cette nuit de la fin juillet, j'ai compris que j'allais devoir tout assumer, les enfants, les jours, les nuits, les chagrins, l'amour perdu, tout, toute seule.

J'avais été appelée.

À cinq heures du matin, Nick a de nouveau voulu téter, mais soudain : plus de lait.

Il a gémi et crié un moment en se roulant dans la mouillure de mes larmes, Ted a fini par se réveiller, avec un grognement il a posé sa paume contre le ventre de Nick. Calmer le fils.

– Pourquoi ne le nourris-tu pas ? a-t-il demandé.

Je l'ai regardé, incrédule.

– Je n'ai pas de lait. Rien ne sort.

J'aurais pu m'attendre à une forme de sympathie quelconque dans cette situation, mais Ted s'est énervé parce que Nick criait.

J'ai pleuré de nouveau, à bas bruit, doucement.

– Pour l'amour de Dieu, Sylvia, nourris-le, a dit Ted en s'écartant d'un mouvement brusque.

– Mais je n'ai pas lait ! Tu comprends ça ? Pas de lait !

Nick, avec son petit corps convulsé, criait comme à sa naissance - hurlant, le visage bleu, pas du tout content. Et il aspirait mon bout de sein de toutes ses forces, avec sa bouche dure, mais rien n'en sortait. Le réflexe ne se déclenchait pas, je n'arrivais pas à m'imposer le calme nécessaire pour que mon corps puisse produire du lait.

C'EST TA FAUTE, TED ! Voilà ce que je pensais.

Ted a touché par hasard la partie trempée du drap.

– Mais qu'est-ce que t'as fait, bordel ? C'est quoi, cette maison de dingues ?

Et il s'est tourné de l'autre côté en s'enfonçant les doigts dans les oreilles.

Je tremblais, je grelottais. Si seulement je n'étais pas restée éveillée. Il fallait vraiment que je dorme la nuit ! Ce n'était pas possible autrement ! Mais c'était mon seul répit ! Le seul moment où je pouvais redevenir humaine et réfléchir ! Salaud de Ted, pleurais-je (en silence, tout bas, sans un mot).

Puis je me suis tournée vers notre fils.

– Allons, mon garçon.

Je pensais que ces paroles feraient monter le lait. Si seulement je pouvais apaiser mon corps d'une façon ou d'une autre. Je savais que c'était la mission de Ted, c'était à lui de nous calmer, mais il nous tournait le dos et se bouchait les oreilles.

J'arrivais à peine à croire que c'était vrai, que j'étais en train de vivre cela.

– Allons, mon garçon. Tète maintenant, aie patience, le lait de Maman va peut-être revenir...

Mais il n'est pas revenu.

Nicholas pompait, pompait.

J'avais trop de fatigue et de désespoir.

Je repensais à Assia, au téléphone, je visualisais ses efforts pour maquiller sa voix : les mains de part et d'autre du nez, le menton en avant, laide comme une gargouille...

Elle avait détruit notre vie et ma maternité. Avec la complicité de Ted ici présent, lui dont le sang coulait dans les veines de mon fils.

C'était ignoble, tout ça, comme fait de boue, et ça ne redeviendrait jamais pur !

Le matin au réveil, Ted avait disparu. À la table du petit déjeuner, j'ai pris ma mère par l'épaule et j'ai dit :

– Maman, je suis fatiguée, je n'ai pas dormi de la nuit, est-ce que tu pourrais emmener les enfants en excursion ?

Ma mère n'a pas bronché, elle a rassemblé son linge et l'a étendu sur le fil que Ted avait fixé entre l'aulne et le chêne, puis elle est revenue avec un projet pour la journée ; oui, elle pouvait emmener les enfants voir les chèvres en haut de la colline.

– Et ensuite on pourra aller rendre visite à ta sage-femme, Winifred Davies, a-t-elle dit.

En bâillant, je lui ai demandé de la saluer de ma part.

Elle a déroulé ses bigoudis, les a déposés dans le panier sur le guéridon de l'entrée et son regard a été attiré par le trou dans le mur, là où j'avais arraché la prise.

– Mon Dieu, qu'est-il arrivé là ? a-t-elle demandé en désignant l'endroit.

J'ai haussé les épaules.

– Ce n'est rien. Un accident, Ted a dû tirer trop fort sur le fil en parlant au téléphone.

J'avais déjà préparé la bouillie et j'ai brandi le biberon ; Aurelia me l'a pris des mains sans se presser, une expression renfrognée sur la figure. Elle a dit, et je connaissais ses répliques par cœur :

– Il va falloir que vous vous occupiez de le faire réparer. Il faut réparer ce trou vite fait, avant qu'un enfant n'enfonce ses doigts dedans et meure !

J'ai soupiré.

– Calme-toi, Maman. Ne dramatise pas. On va appeler quelqu'un.

Dans le regard de ma mère je devinais l'avenir ; je lisais la mort et la décomposition. Si seulement elle n'avait pas été aussi autrichienne - si débordante d'énergie, si parfaite, si dure !

Dure comme l'acier, Aurelia.

Dès que la petite troupe a franchi le seuil et que j'ai pu vérifier qu'ils étaient déjà suffisamment loin sur les pavés ronds ;

dès qu'ils ont été hors d'atteinte et moi à l'intérieur en train de me « reposer » ;

j'ai gravi bruyamment les dix mètres d'escalier qui me séparaient du studio de Ted sous les combles.

D'une manière ou d'une autre, j'allais nous purifier de l'écriture, de ce qui nous poussait vers la mort.

J'ai ouvert la porte et, telle une cambrioleuse - les gestes m'étaient familiers -, j'ai fouillé ses papiers et son courrier éparpillé sur la table, dont une partie s'est retrouvée sur le sol et l'autre lacérée et chiffonnée par ma main furieuse. Je n'ai pas touché à ses poèmes. Ses poèmes, j'y avais déjà touché une fois, dans un accès de jalousie envieuse, mais c'était une autre époque, d'autres enjeux, et cette intrusion-là concernait un scénario que j'avais inventé de toutes pièces, mais ceci ! Ceci sortait d'une vérité réelle ! Sa propre faute ! Ted n'avait qu'à s'en prendre à lui-même !

J'ai dégringolé l'escalier avec une brassée d'enveloppes, d'un pas infernal, dans un état de colère tellement pourri, tant de pourriture, je le sentais bien, tant de boue qui montait en moi comme si je n'étais tout entière qu'un énorme tas de boue. Voilà, j'avais dans les bras le fruit de leur imagination, leur fœtus imaginaire, j'étais enceinte de leurs délicieux mots d'amour... des mots échangés entre lui et cette femme, cette sorcière qui le tenait par la main en ce moment même à Londres. Je suis sortie dans le jardin, j'ai jeté les lettres à côté du billot, dans le trou où nous brûlions nos mauvaises herbes, entre la laitue à couper et le chou rouge. J'ai rempli un pichet d'eau au cas où, si autre chose devait prendre feu. Je suis retournée en courant à l'intérieur (qui sentait l'égout, quelle odeur atroce, on la sentait quand on arrivait du dehors, je fonçais de-ci de-là en me bouchant le nez) et j'ai trouvé des allumettes. D'un geste agressif, j'ai frotté l'allumette jusqu'à faire surgir une courte flamme. Les lettres ont disparu en un clin d'œil. Je ne les avais pas lues mais au même instant je l'ai eue, la preuve : le nom d'Assia s'est matérialisé sur une langue de papier dévorée par les flammes. Et la criminelle, cette fois, c'était moi.

J'ai couru jusqu'au tabac du village acheter un paquet de cigarettes, à la grande surprise de la petite buraliste.

– *Ne te marie jamais*, ai-je sifflé en lui souriant.

On pouvait fumer une cigarette.

On pouvait rire au nez de sa mère.

On hurlait des choses à son mari la nuit.

La nuit dernière, il n'avait pas été loin de me frapper.

Qu'était-ce donc en moi qui *appréciait* ce fragment de réalité crue, comme si les propres démons de Ted sortaient enfin et acquéraient une consistance ?

J'aimais Ted.

Comme la bouche aime la cigarette.

La fumée m'empoisonnait, je me sentais brute et délectable, en même temps pleine de fourberie, car que fabriquais-je au fond quand je hurlais la nuit, brûlais les lettres de mon mari et fumais à présent des cigarettes fortes et blanches ?

Mais je faisais l'amour à ma cigarette, à mes poumons, voilà la force dont j'avais espéré toute ma vie qu'elle finirait par se manifester. *Oui, ça brûle. Oui, putain, qu'est-ce que ça fait du bien !*

Ted a distribué des coups de botte dans les cendres, les minuscules fragments de suie tourbillonnaient dans l'air.

Assise sur la chaise de jardin près des bégonias, j'inhalais et exhalais ; je n'avais pas encore vraiment appris à fumer.

– Maintenant tu vas déménager d'ici, ai-je dit à voix haute pour qu'il l'entende.

– Tu es folle, Sylvia, a dit Ted en approchant à grandes enjambées. Folle furieuse. Il faudrait t'interner quelque part, que tu ne sois plus un danger pour moi et pour les enfants.

Ce jardin que nous avions acquis l'été dernier. Ah !

Maintenant j'y laissais tomber avec mépris la cendre de ma clope. J'ai dit :

– Tu tiens vraiment à projeter ta folie sur moi ? Tu vois bien que tu es malade.

– Arrête de me répéter que je suis malade ! Ça se termine toujours comme ça.

– Moins fort, Maman peut nous entendre.

– Et pourquoi tu fumes ? Tu n'es pas une fumeuse !

– Tu n'as aucune idée de ce que je suis et de ce que je ne suis pas. Je prends aussi des cours d'équitation à Dartmoor, tu le savais, ça ?

Qu'était-ce donc en moi qui prenait son envol, comme si j'étais victorieuse ?

Qu'était-ce que cette lumière qui ouvrait sa porte en moi ?

Qu'était-ce que cette salle de marbre blanc ? D'où venait le désir ? Était-ce la nicotine, ou un poison qu'ils fourraient dans les cigarettes ?

Fumer devant Ted, se consumer en brûlant sous ses yeux, avoir une odeur forte et étrangère, c'était excessivement délicieux.

– Je déteste l'odeur du tabac, sois gentille, a dit Ted en s'asseyant sur une chaise.

– Ah oui ? Pas quand c'est Assia Wevill qui fume.

Mon cœur s'emballait. Un petit lièvre tétanisé à la vue des premiers phares de sa vie et croyant qu'il fallait courir droit vers la lumière. Voilà, c'était moi.

Ted a essayé de me prendre la main, mais je n'en avais aucune à lui donner.

Devant mon refus il a poussé un soupir. Il essayait de jouer le type sain d'esprit, parce qu'on était en plein jour et que ma mère était encore là.

La nuit d'avant, il avait dit :

– Regarde-toi, Sylvia. Tu n'es pas sexy pour deux ronds, tu ne m'attires plus, tu es comme une serpillère usagée pour moi, et ça fait des années que je vis dans ce nid de scorpions en croyant que tu m'offrais la sécurité dans le mariage, je le comprends maintenant, c'est pour ça que j'ai voulu avoir une belle maison avec toi, pour ça que je me suis abaissé à t'épouser.

Il l'avait dit en pleurant, son menton essayait de se faire doux, pitoyable, comme s'il tremblait, vu de profil, mais je voyais bien qu'au fond il n'était que pique aiguisée.

– Toute ma vie j'ai voulu accéder à ça, me sentir en sécurité !

Là, il sanglotait.

Avec son ventre nu et poilu qui ne m'appartenait plus. Sur le bord du lit. Son ventre vers lequel je n'avais plus le droit de tendre la main.

Il avait dit :

– Sylvia, oui, c'est vrai, j'ai rencontré quelqu'un, et pour la première fois en sept ans je me sens enfin vivre, crois-moi, j'ai dormi pendant tout le temps où j'étais avec toi. Pardon ! Tu comprends ? *Pardon* ! Pardon d'avoir dormi, même si c'est absurde de demander pardon pour une chose pareille. Peut-être devrais-je plutôt te demander de me comprendre ? Une dernière miette de compréhension ? Peut-être dormais-tu, toi aussi, peut-être n'étions-nous ni l'un ni l'autre dans notre véritable élément ?

La voilà enfin, sa franchise, et j'ai frémi à cause de la manière dont ses paroles venaient toucher loin, profond, et de la manière dont mes mensonges, tout ce sur quoi j'avais menti, moi aussi, au cours de nos années de vie commune, prenait vie en moi.

La perfection, mes nœuds de ruban, mon extase, ma façon spéciale d'être heureuse dont Ted n'avait vu d'abord que le côté lumineux, mais qui a la force ? Qui a la force d'être si délicieusement heureuse et de se montrer sous son meilleur jour en toute occasion ? Qui ne se figerait pas sous un tel fardeau, qui ne serait pas épuisée par sa propre formidable excellence et condamnée à une pauvreté d'âme, sans force ni énergie, et à la mort, mort, mort, à la fin ?

Il ne me reste plus de bonheur, ai-je pensé.

Il a pompé tout mon bonheur, il a bu mon sang comme un vampire.

J'étais couchée raide, de tout mon long, sur le lit tel un daim abattu prêt à être saigné, suspendu au plafond d'un garage quelconque, pour attendrir la viande.

Ted avait dit :

– C'est toi la putain de fasciste, Sylvia ! Maintenant je le vois. Pendant toute ma vie avec toi, tu as tenté de tout diriger de ta main de fer ! Sous couvert d'être la victime, car tu as toujours tenu à garder ce rôle, en réalité tu ne cessais de brandir ta saloperie d'autosatisfaction américaine impérialiste ! Tu as tout divisé en petits carrés mesurables, tu as voulu me découper en morceaux, moi et ma bizarrerie, Sylvia, car pour toi elle était ingérable ! Ton sale ego boursouflé content de lui ! Tu sais, j'y ai cru, à cette histoire de victime, j'ai cru que c'était vrai. J'ai cru que tu étais à plaindre, avec ton passé d'internement psychiatrique, mais tu sais quoi, Sylvia, depuis le début, c'est toi la criminelle, c'est toi la putain de fasciste.

Et il s'est levé, nu, et il a traversé la chambre avec ses belles fesses, la chambre où, pendant ce temps, Nick dormait pour être encore plus beau demain, notre merveilleux petit garçon, le nôtre, ensemble.

Et je pleurais et Ted déambulait sans se soucier non plus du fait que ma mère, dans la chambre d'amis, pouvait se réveiller et surgir à tout moment en demandant si la maison brûlait.

J'étais là, à le regarder, quand soudain son corps long et musclé qui ne m'appartenait plus a détaché ses vêtements du crochet et enfilé pantalon et chemise comme tant de fois auparavant. D'un geste rageur, il a ouvert la porte du placard, il a ramassé notre tente et sa canne à pêche, et il est parti dans l'aube qui poignait pour aller pêcher dans la rivière Taw. Pour finir de se réveiller sous le ciel, et pas à côté de moi.

Je suis restée à pleurer, délivrée, c'était comme si mes membres subissaient des électrochocs, comme si quelqu'un voulait m'exorciser et qu'un démon gagnait enfin sa liberté.

Ted est parti, pleurais-je en silence en serrant fort la couverture et le drap inondés de mes larmes. *Ted est parti* et qu'était-ce que cette chose adorable qui survenait, pourquoi le chagrin brûlait-il si agréablement, pourquoi était-ce si doux d'être humiliée ? Pourquoi pleurais-je avec tant de bonheur ? Je regardais le dos de Nick qui se soulevait et s'abaissait dans la lumière du petit matin, et c'était comme si je respirais au même rythme que lui. Pourquoi était-ce si agréable d'éprouver le véritable chagrin ? Pourquoi était-ce si bon d'être humiliée ?

À présent, dans le jardin, c'était Ted qui temporisait, qui voulait me prendre la main, qui ne fumait pas.

Je ne le regardais pas, je contemplais le cœur de la pivoine devant moi comme si mon regard y était resté accroché.

– Ne comptes-tu rien dire, Sylvia ? Ne veux-tu pas qu'on parle ?

J'ai bougé le bras ; j'ai approché la cigarette de mes lèvres. J'étais arrivée au mégot, il me brûlait les doigts.

– Écrase cette cigarette, a dit Ted. Arrête de te rendre ridicule.

– Fais gaffe que je ne te brûle pas avec.

– C'est une menace ? Dois-je m'inquiéter ? Dois-je avoir peur de toi maintenant ?

– ... Demande celui qui a failli me frapper cette nuit.

– Jamais je ne te frapperais !

– Arrête, espèce de salopard. J'espère que tu cognes sur Assia, à la mesure de ta violence avec moi.

– Ça y est, ça recommence ! Est-ce qu'il doit tout à coup être totalement impossible d'avoir une conversation avec sa femme ? Ne pouvons-nous pas nous parler comme des adultes raisonnables ?

J'ai craqué une allumette, nouvelle cigarette, j'ai inspiré à fond la première bouffée.

– Ah, alors là, tout à coup, ça te convient, ai-je dit. Adulte, toi ! Ah ! Une chance pour toi que Percy soit mort, comme ça tu n'as plus à faire le petit garçon devant lui. *Maman. Je crois que je suis amoureux d'une autre fille... Miaou !*

J'ai éclaté d'un rire cru, qu'était-ce que ce rire en moi, qu'était-ce que cette libération ?

Il devrait toujours me quitter, c'était comme de l'absinthe, c'était comme le plaisir de voir son ex-amant se dégonfler, perdre tout statut et toute considération dans la société.

– Tu sais quoi, Ted ?

– Non, quoi, ma petite fumeuse ?

– Je ne te respecte plus. Pour moi, tu es un petit homme. Tu n'es personne. Et je comprends que le piédestal où je t'avais juché était un peu haut pour toi. Mais oui. Je me suis inventé une histoire. Pour moi, tu étais une divinité, un grand homme, un homme fantastique, tu étais le Tout. Si tu savais quels noms je t'ai donnés dans mes journaux intimes...

J'ai exhalé la fumée.

– Dans toute cette histoire, je veux bien admettre *une* erreur. J'ai fait de toi quelqu'un que tu n'étais pas. Mais tu n'as pas le droit de me tromper pour autant. Tu n'as aucun droit de prétendre que je devrais être internée quelque part, comme tu l'as fait cette nuit. Tu n'as aucun droit de réécrire la réalité de cette manière ! Ça a toujours été l'une de tes spécialités.

– Tu disais à l'instant que c'était *ta* spécialité.

– C'est TOI qui utilises les mots pour enjoliver ta réalité ! Tu la réécris jusqu'à ce qu'elle te convienne. C'est un fait admis, tout le monde est au courant. Bon Dieu, j'aurais dû t'écouter le jour où tu as dit LES POÈTES SONT FOUS, surtout n'épouse jamais un poète.

Ted a éclaté de rire.

– Là encore, c'est de toi que tu parles.

– Je parle avec *toi*, mon petit.

– Arrête de me traiter d'enfant.

– Arrête d'être un enfant.

– Céline, *Voyage au bout de la nuit* : « C'est peut-être ça qu'on cherche à travers la vie, rien que cela, le plus grand chagrin possible pour devenir soi-même avant de mourir. »

– Ce qui signifie ?

– Ce qui nous arrive, là. Tu as toujours eu tellement peur que ça arrive ! C'est comme si tu...

Ted se frottait les mains. Soudain, il a aperçu Frieda qui venait de sortir et qui s'asseyait, encore ensommeillée, dans sa robe blanche et son collant blanc, sur le seuil de la terrasse.

Notre pureté là-bas. Notre amour.

Il s'est levé, a fait quelques pas vers elle.

– C'est comme si tu avais toujours voulu que ça arrive.

J'ai écrasé ma cigarette contre la chaise, je me sentais boueuse à l'intérieur, malade, à cause de la fumée, du tabac. J'ai dit :

– Mais comment peux-tu sortir une énormité pareille ?

– Pourquoi sinon aurais-tu fait tout ce qui était en ton pouvoir pour provoquer cette situation ?

J'avais les joues rouges, je sentais le sang affluer à mon visage, mon cœur qui cognait. Je me suis levée, prête à engager une nouvelle attaque ou à m'enfuir, loin, loin de notre amour commun, Frieda, là, dans ses bras. Ses saletés de bras qui enlaçaient si bien.

– Alors maintenant c'est MA faute si tu te laisses exciter par les vamps et les ados ?

Ted a tourné les yeux vers le mur tout en posant rapidement un doigt sur ses lèvres. Il m'a fait taire, durement.

– Sylvia, merde ! Ta gueule !

Ma mère est apparue avec ses dents blanches. Elle avait enfilé mon bermuda et tenait un arrosoir vert à la main. Tout en commençant à arroser les bégonias en pot sur la terrasse, elle a demandé :

– Tout va bien ?

– Oui, tout va bien, sauf que Ted est en train de me quitter.

J'ai balancé le paquet de cigarettes sur la table.

Ted a dardé sur moi son regard de fou furieux.

J'adorais quand il me regardait comme ça. Quand j'avais le dessus.

– Quoi ? ai-je ajouté, en feignant de parler à voix basse. Subtile, tu sais bien, je ne le suis pas. Et en plus, espèce de salopard (ma mère, de toute façon, faisait semblant de ne pas nous entendre et se contentait d'arroser nos pots de fleurs), l'agresseur, c'est toi. Ce n'est pas moi ! N'essaie pas d'inverser les rôles. C'est toi qui abandonnes ta femme au moment où elle est la plus vulnérable et qu'elle a le plus besoin de toi, avec deux enfants en bas âge.

Cette fois, Ted a allumé une cigarette.

– C'est notre faute à tous les deux, Sylvia. C'est nous qui, inconsciemment, nous sommes mis dans cette situation. Voilà pourquoi ça fait si mal.

– Tu vas devoir déménager ! ai-je crié en allongeant la main vers le mur du cimetière, vers la route, vers Crediton, vers Okehampton, vers ailleurs, loin, plus loin.

Il devait partir, il devait disparaître.

Ted a fait quelques pas vers le portail.

À CE DÉTAIL PRÈS QUE TED NE POUVAIT JAMAIS PERDRE. Ted ne pouvait pas être perdant. Je connaissais son chemin dans la vie, je savais que son ego était toujours le plus fort. Mon ego à moi était démesuré, à l'échelle du rôle de femme que je jouais, mais Ted était toujours gagnant, son ego à lui était monstrueux, sous ses sermons édifiants sur la spiritualité et la connaissance de soi.

Au lieu de sortir par la porte, il a bifurqué, il s'est dirigé droit vers moi, il m'a saisie par le bras. Je reconnaissais si bien son odeur, son haleine brûlante à mon oreille quand il a murmuré :

– Sylvia Plath, je voudrais que tu sois morte.

Et là, il a pu me quitter, quitter mon corps évidé, désarticulé ; d'un coup, je n'étais plus qu'une sorte de vêtement flottant dans le vent.

– Salut, Aurelia, à bientôt, je pars me balader ! a crié Ted à ma mère, qui venait de refaire son apparition sur la terrasse.

Ma mère et moi. C'était la dernière fois que nous nous voyions. La dernière. En vie. Les talons de ma mère sur le bitume. À chacun de ses pas elle m'écrasait comme un cafard. Et Ted à côté, comme un soldat. Le bitume était leur scène, bientôt le train allait devenir celle d'Aurelia - où qu'ils aillent, ces deux-là avaient une scène.

Ma mère logeait déjà chez Winifred Davies depuis une semaine, en prétextant que c'était « plus pratique ainsi ». Ma mère n'aimait pas les tasses sales et les histoires mal écrites. Il lui fallait des fins heureuses, de l'amour vrai, de la pure laine, de la soie véritable et du savon efficace. Plutôt avoir honte en silence et serrer les dents qu'aimer dans la folie et la démesure.

Elle était sur le départ.

Je marchais d'un pas vide, épuisé, pour les rattraper ; on aurait presque dit que ma mère était la femme de Ted. Voilà l'erreur que j'avais commise. Elle avait eu raison. Elle m'avait demandé de réfléchir encore un peu. Mais j'avais choisi Ted, j'avais choisi le cerveau inarrêtable, j'avais choisi l'amour et l'art.

Ma mère n'avait jamais osé ; elle avait choisi un universitaire. Un tue-la-joie mais une carte sûre. Otto. Un homme aux connaissances approfondies mais à la vie intérieure ennuyeuse.

OOOooooh, je voulais vivre ! Je voulais m'envoler loin de sa vie conformiste de banlieusarde américaine et voler partout avec des talons plus hauts que les siens. Paris, Londres, l'Espagne ! Moi, gazelle divine modelée dans du rouge à lèvres, avec un cerveau qui lançait des éclairs, aussi fabuleux que celui de Ted !

Voilà le résultat.

À l'automne j'aurais trente ans, l'été dont j'avais tant rêvé s'était réduit à rien. Mais je n'étais pas amère. J'allais réussir sans lui.

– Salut, Maman, ai-je dit alors qu'il restait pourtant plusieurs minutes avant le départ du train.

Elle m'a fixée de son regard autrichien.

Avec elle j'avais toujours souhaité être quelqu'un d'autre.

Secoue-toi, Sylvia, ai-je pensé. Je ne veux pas être indigne ! Je ne serai plus jamais indigne.

Ted me dévisageait d'un air apitoyé, cet air neuf qu'il avait depuis quelques semaines, qui signalait que j'étais une perdante.

Je me consumais de désir pour son corps nu, la nuit je voulais me coucher près de lui, ou plutôt non, je ne le voulais pas, je le haïssais, je regrettais de lui avoir tant donné, donné encore et encore sans relâche, de moi, de mon corps.

Nous étions sur le quai. J'ai ouvert les bras vers ma mère en espérant obtenir l'autorisation de l'embrasser.

Elle était chaude et stable, ses épaules dures comme un cintre, à présent elle serrait contre elle sa fille, son erreur, j'aurais voulu lui tomber dans les bras et tout lui expliquer, mais en même temps je savais qu'il n'y avait pas moyen, car ma mère n'était pas capable de consoler mais seulement d'être inquiète.

Je pensais à une chanson qu'elle avait chantée à Noël il y a deux ans, *Edelweiss, bless my homeland forever*, et il y avait tout au fond de moi un vertige, un désir de me recroqueviller dans son sac à main et de l'accompagner jusque chez nous en Amérique. La lumière, la dignité. Mais c'étaient mes pierres dans le cœur. Je devais résoudre ce conflit par moi-même.

Ma mère s'est penchée vers nos enfants, Nicholas était le seul qui souriait un peu.

– Au revoir, ma fille, a dit Aurelia en me serrant une dernière fois dans ses bras.

J'ai levé les yeux vers elle, c'était presque comme si elle pleurait. Ma mère, pleurer ? Ce n'était jamais arrivé, mais elle avait comme un air mouillé au coin des yeux. Pourtant ça ne suscitait aucune émotion chez moi. J'étais pétrifiée. D'un geste prudent, elle m'a caressé la joue.

– Fais ce qu'il faut maintenant, Sylvia. Tu en es capable.

Le soldat observait la scène en grattant l'asphalte de la pointe de sa chaussure. Une scène qu'il trouvait répugnante. Notre amour. Le nôtre, à ma mère et à moi. Voilà donc l'amour qui a servi de modèle pour notre mariage, pensait-il, je savais qu'il le pensait. Un amour immature, superficiel, américain, hagard.

À l'intérieur de moi j'ai dit, en serrant ma langue entre mes dents : Que le diable t'emporte, Ted. Ne viens pas détruire cet instant, en plus du reste.

Puis cet instant est passé, lui aussi, et ma mère a assailli ses petits-enfants de son amour moins complexe.

J'étais seule dans la maison, penchée sur un rôti froid dans la cuisine.

Ma mère, Ted, les enfants, tout le monde était parti.

Maintenant je comprenais pourquoi nous avions acheté une maison si proche d'un cimetière.

Notre maison était elle aussi une pierre tombale, quoique beaucoup plus majestueuse.

Je pensais à tout ce qui avait été traîné à travers mon corps. Depuis notre arrivée il y avait de cela exactement un an.

Un ouragan avait balayé notre vie et m'avait laissée échouée sur le rivage.

Une petite lune suspendue là-haut dans le ciel dans toute son innocence, sa petitesse, nous avait éclairés.

Lune dérisoire, que j'avais utilisée dans mes poèmes !

Mon roman maladroit, ridicule, dans lequel j'avais placé toute ma confiance et tous mes espoirs.

Tout n'était que débris d'épave !

Rien n'était vrai !

Mon corps déchiré en deux parce que la lune, mue par un caprice, y avait glissé un enfant, qui avait bien dû sortir après.

Le 17 janvier, il était sorti.

Et on serait bientôt le 17 août, anniversaire de Ted.

Et sa femme recrachée par le flot n'arrivait plus à respirer. Un jour, j'avais demandé au pasteur s'il pouvait me passer les clés de l'église, de l'autre côté de notre jardin, mais il n'avait pas voulu.

Mon idée était de me rendre à l'église de temps à autre, y puiser un peu de lumière, un peu de nourriture.

Vérifier si je ne pouvais pas, malgré tout, enfin, être éclairée par une foi.

Comme l'avait dit Ted :

Tu es comme une intégriste, mais sans religion.

Dans un autre état d'esprit, il avait traduit ces mots-là et me les avait balancés à la figure :

Sylvia, tu es une putain de fasciste !

Je pleurais, je pleurais, je pleurais, je pleurais.

Bien vite, je n'ai plus été que joues crispées, salées, dures.

J'avais toujours eu une attirance pour la mort, Ted avait raison, mais pas dans le sens où il le laissait entendre, pas pour la pourriture, le pied amputé de mon père, les cadavres, l'anatomie, le scalpel du chirurgien, l'équivalence entre lune et chair. Animal et humain.

J'avais l'impression que Ted ne m'avait pas seulement quittée pour des raisons égoïstes ; il y avait aussi un élément de dressage. Il faut te rééduquer. Du cran, Sylvia ! Deviens celle que tu as toujours voulu être ! Cela ne te va pas de te rendre plus petite que tu ne l'es !

Il avait voulu m'insuffler la vie, et en même temps c'était lui qui m'avait transformée en poupée...

Une poupée, car me voilà à présent à bout de forces, étais-je de nouveau en train d'attraper la fièvre, où était le thermomètre ?

OOOOOOOOOOH, je me suis levée du lit, solitaire, et j'ai virevolté sur le plancher en chemise de nuit. Je me frappais les joues, mes cheveux tourbillonnaient comme des algues sèches, s'il te plaît, Sylvia, il faut abattre l'image de Ted en toi, allons, tire-lui une balle (me disais-je à moi-même) ! Je testais ma voix dans la chambre, je l'ai laissée monter - plus fort, plus fort. À présent je parlais toute seule, à haute et intelligible voix, dans la chambre, fenêtre ouverte. SYLVIA ! MAINTENANT TU ARRÊTES DE TE LAISSER DICTER LA VIE PAR TED. MAINTENANT TU L'ASPIRES DANS L'ASPIRATEUR ! La comparaison m'a fait rire. Haha, il était si petit qu'il rentrait dans un sac d'aspirateur. DE TOUTE FAÇON, LA JOIE N'A JAMAIS TROUVÉ PLACE DANS LA VIE QUE J'AI EUE AVEC TOI, TED. D'UN BOUT À L'AUTRE JE N'AI ÉPROUVÉ QUE HONTE ET DÉSESPOIR. MAINTENANT JE TE LÂCHE, COMME QUAND ON PERD SES DENTS DANS UN RÊVE. MORT, MORT, SORS DE MA MAISON ! ÇA Y EST, JE SUIS LA LIBERTÉ MÊME !

Il me restait quelques mois à être seule dans la maison, seule dans ce grand caveau funéraire avec mes enfants. Ensuite tout devait partir, les locataires emménageraient et je serais loin d'ici, en Irlande ou à Londres. Si seulement je pouvais comprendre comment on faisait. Comment faisait-on ?

Eh bien, on appelait tous les numéros qu'on avait sur une liste (le téléphone était réparé, un bonhomme était venu et avait installé une nouvelle prise). Elizabeth Compton pourrait m'aider, cette âme bienveillante qui gardait mes enfants à l'instant même, mais je devais aussi avoir quelqu'un de plus permanent. Une baby-sitter. J'entortillais mes doigts au cordon du téléphone en essayant de me persuader d'oublier la manière dont j'avais tenu ce même cordon ce jour-là, quand elle, Assia, de sa voix sifflante, avait traversé le combiné comme une vapeur, un gaz mortel, et avait refermé sa mâchoire sur Ted.

Ça a marché, la fille adolescente de la sœur d'une amie allait peut-être pouvoir garder les enfants quelques soirs par semaine. Bingo ! Alors j'écrirais, alors je monterais à cheval, alors je serais libérée, alors je serais moi-même.

Il était temps de se secouer, de devenir humaine, allez, du cran !

Temps de quitter cette vieille baraque poussiéreuse. Ce caveau où il m'avait laissée.

Je me suis souvenue de la fois où j'avais demandé au pasteur les clés de l'église et qu'il n'avait pas voulu me les confier... Qu'avais-je donc cru ? Que je me coucherais de tout mon long là-dedans, dans le froid glacial, pour mourir de mort lente, voir si quelqu'un aurait l'idée de partir à ma recherche ? Drama queen. Maintenant il était temps de se relever des cendres, le temps de la récolte au jardin était venu.

J'ai appelé la femme des chevaux. J'allais prendre des cours d'équitation, nom d'un chien, qu'est-ce que j'allais être libre ! J'avais besoin de me précipiter à travers les étendues immenses, de laisser un animal plus grand que moi, plus grand que Ted et plus grand que MOI prendre les commandes de la réalité. Pour cela j'allais me servir du Devon, j'allais sortir du tombeau, grimper sur le dos d'un cheval et voir les immensités s'ouvrir devant moi, elles qui avaient voulu me jouer un mauvais tour et m'enfermer dans leur labyrinthe. J'allais voir les collines du Devon d'en haut, à dos de cheval.

La fille qui m'a accueillie aux écuries était jeune et pas commode. Parfait, moi qui avais déjà annoncé mes cours d'équitation à Ted, ils devenaient réalité.

– Vous pouvez prendre cette jument-là, a dit la fille.

J'avais peur des chevaux.

Les chevaux me rappelaient que j'étais une fille.

J'avais le cœur qui battait la chamade, j'étais fatiguée, j'étais mère de deux enfants, mais quand même, quand même : avais-je le droit d'être une fille ? Même moi ?

L'animal s'est retourné, deux yeux bruns, une mère jument, un dos pour moi.

– Comment s'appelle-t-elle ? ai-je demandé en plongeant dans son œil de velours.

– Ariel, a dit la fille.

J'ai posé ma paume sur son ventre chaud. Sa robe était lisse et muette.

La fille m'a montré comment la seller, comment grimper dessus et m'asseoir.

– Vous n'avez pas peur des chevaux, ça va ?

– Je n'ai peur de rien.

L'idée, c'est que j'allais trotter, nous allions consacrer cette première heure à l'apprentissage du trot, la fille allait nous conduire, Ariel et moi, sur une piste circulaire, et nous faire trotter en rond au bout d'une longe.

– Est-ce que je peux essayer le galop ? Je sens qu'Ariel n'a pas envie de trotter.

La fille m'a jeté un regard bizarre, elle ne savait pas quelle expression adopter quand elle me regardait.

Je la comprenais. Je la comprenais, bon Dieu, je ne devais pas être la personne la plus facile du monde face à laquelle se choisir un regard, moi, avec mes pensées divines et mes solutions supérieurement intellectuelles aux questions difficiles de l'existence !

Je me sentais exaltée, remplie de cette pensée, extatique.

Cette fille n'avait donc pas de réponse à ma question.

Alors je me suis laissée glisser vers l'encolure d'Ariel, j'ai attrapé le bridon auquel était fixée la longe, et je l'ai tirée lentement vers moi, jusqu'à ce que la fille lâche prise.

Personne ne me tenait plus. C'était Ariel et moi maintenant.
Alors je l'ai éperonnée, j'avais déjà fait ça, quelque part au fond de moi je savais comment on faisait, à peu près comme donner naissance à un enfant - le savoir était profondément inscrit à l'intérieur ! Et puis les gens croyaient qu'il n'y avait que les filles ennuyeuses spécialisées dans l'équitation qui pouvaient monter à cheval. Peuh ! Pas dans mon cas.

Moi et Ariel, nous chevauchions à travers le paysage vallonné du Devon, à travers les champs pentus, et le bétail qui paissait à perte de vue et, quelque part, là-bas au loin, un horizon. L'immobilité des collines m'étouffait comme sous d'épaisses couvertures ; à aucun endroit en Angleterre on n'était soi-disant à plus de cent dix kilomètres de la mer, mais quelle mer ? Ce n'était pas la mienne. J'ai couché mon ventre contre la colonne d'Ariel, contre sa chaleur bénie des dieux qui me suffisait tout entière et me permettait de relâcher mes muscles, le rythme des sabots d'Ariel quand elle fendait le paysage immémorial avec moi comme un roi sur son dos. Pas de casque, juste une auréole invisible. Si elle me faisait tomber, je tomberais, Frieda et Nicholas n'auraient plus de maman, mais dans ce cas ce serait la volonté du diable et l'ironie du sort et je ne pouvais rien y faire.

J'ai ri intérieurement de ce secret tout simple que me dévoilait Ariel et dont je comprenais que, grâce à lui, les filles d'écurie anglaises pouvaient continuer à être ennuyeuses jusqu'à la fin des temps sans devoir fendre la vie comme moi : c'était agréable d'être à cheval, ça réveillait le titillement familier entre les jambes qui conduit tôt ou tard à l'orgasme. Les filles d'écurie ennuyeuses pouvaient se faire du bien contre l'animal, ça suffisait, elles montaient à cheval et n'avaient besoin ni d'hommes ni de queues. Parfait ! Maintenant je savais aussi ça !

– Ariel, je t'aime, ai-je murmuré en revenant plusieurs heures plus tard.

Ses sabots grattaient le gravier. Le soleil s'était couché sur le village de North Tawton, le vent m'avait traversée en m'asséchant la bouche, j'étais assoiffée. Les enfants avaient dû s'endormir à la maison, sous la garde d'Elizabeth. Bon Dieu, quelle mère je faisais !

Les écuries étaient désertes, les lumières éteintes.

La fille était assise, adossée au mur de la grange. Il me semblait qu'elle aurait dû s'activer un peu au lieu de rester là à somnoler ! Bon sang, je payais pour mon expérience, alors je n'allais quand même pas trotter en rond sur une piste extérieure à la noix. Non, je voulais chevaucher à travers la vie en majesté comme cette déesse qu'on me refusait d'être.

J'ai cherché dans ma poche quelques billets à lui donner.

– Tiens, voilà l'argent, ai-je dit à la fille fatiguée que je distinguais vaguement dans l'ombre et j'ai jeté les billets dans sa direction. Puis j'ai vu des larmes en suspension sur sa lèvre inférieure, son visage lui interdisait apparemment de me regarder, elle ruminait un truc.

– Mais qu'est-ce qu'il y a ? Je n'ai pas le droit de galoper ? Je paie !

La fille tremblait.

– J'étais inquiète qu'il vous soit arrivé quelque chose. Ce n'était pas convenu que vous partiez avec la jument. Pas la première fois.

– Ah ok, pardon alors, ai-je dit en me penchant pour déposer un baiser sur l'encolure d'Ariel.

Je l'ai caressée, je l'ai remerciée pour la liberté qu'elle m'avait permis de ressentir.

Toujours ces boutiquiers rivés au plancher des vaches qui voulaient contester ma liberté, rétrécir mon bonheur.

– Et on aimerait bien que vous portiez une bombe la prochaine fois. Sur la tête. Un casque.

J'ai éclaté de rire devant cette palefrenière minable qui prétendait me donner des ordres, à moi, mère de deux enfants à vingt-neuf ans, avec époux légitime et professionnelle de la littérature, mon poème *Trois femmes* allait être diffusé à la radio dans quelques jours à peine. J'ai retroussé mes lèvres en un hennissement. J'ai dit :

– Dis-donc, ça pue drôlement par ici !

Et je me suis pincé le nez pendant tout le trajet jusqu'à ma voiture noire.

Réveillée par des rêves ; toute ma cage thoracique remplie de cornflakes qui croustillaient quand j'essayais de respirer. Je me suis redressée pour tousser, ployée comme un cygne, et le corps a expulsé son infection. L'amas de morve jaune dans ma main, je m'en suis débarrassée sur le drap - pas la force. C'était la faute des invités de l'été, ceux que je devais à tout prix inviter et inviter, encore une fois j'avais invité des intrus et ils avaient envahi ma maison et voilà le résultat.

La grippe. Comme en 1918.

J'ai pensé à la fois où on avait fait l'amour, Ted et moi, et où je lui avais chuchoté :

– S'il te plaît, dis « oh, Sylvia », comme si tu avais pitié de moi.

Et Ted l'avait dit.

– Oh, Sylvia. Oh, pauvre Sylvia.

Et ça m'avait excitée.

J'avais le thermomètre sous le bras, ma chemise de nuit était moite, de ma personne montait une odeur de boue.

J'ai pensé : Pourquoi est-ce que je n'écrirais pas là-dessus ? Tel quel. Je vais écrire un roman. Je vais écrire, bon sang ce n'est même pas difficile, j'ai tout dans la tête, j'ai le monde entier, il n'y a qu'à le passer au révélateur, je vais parler des caprices de Ted, de son idiotie qui me fait apparaître comme une personne inférieure, même pas digne de son mari.

Me voilà : toute l'Amérique et son élan vers l'avenir, j'étais le temps qui ne pouvait être arrêté, les guerres, c'était fini, nous étions en route vers du neuf pas encore formulé et c'était moi qui le formulerais, moi qui serais la Nouvelle Femme pour lui... Sauf que là tout de suite, la maladie m'en empêchait. Viens, Ted, au pied, et il viendrait, car il était obligé de le faire, m'aider avec les enfants, maintenant que j'étais au lit noyée de fièvre. Il ne verrait de moi que les débris d'épave.

Je me suis tournée sur le flanc, haletante, comme quand j'étais enceinte.

J'étais là, abattue par un tir mortel. Une cane.

Le mariage, c'était une question posée au monde. Ces deux jeunes êtres pourront-ils s'aimer, même en temps de crise ? Même quand ils ne seront plus jeunes et beaux, quand l'avancée irrépressible sera momentanément suspendue, quand quelqu'un aura été empêché de mener sa vie librement ; quand les projets de déménager en Europe, puis aux États-Unis, puis en Australie ou sur un autre continent fascinant sont provisoirement à l'arrêt parce que le corps exige une pause, à un moment ou à un autre, ou parce que quelqu'un n'a pas eu le boulot qu'il espérait et qu'il n'y avait pas assez d'argent... Bon, il y avait toujours une raison pour stopper l'avancée irrépressible.

Et Ted est venu, et Ted s'est révélé être un moins bon père que je le croyais, Ted ne m'a pas prise au mot quand j'ai dit qu'il fallait attacher Nick dans la poussette, Nick est tombé sur le béton de l'entrée comme une boule de bowling, un événement qui se répéterait dans ma tête tout le mois de septembre et tout le mois d'octobre. Veux-tu faire de notre fils un attardé, Ted ? Veux-tu qu'il meure ?

Ted est venu et j'ai expliqué, depuis le lit, de ma voix frêle que j'avais la grippe, j'ai mentionné que j'avais sans doute attrapé la grippe canine et alors il a ri méchamment, il me trouvait ridicule, et ensuite chaque fois que je l'entendais parler à d'autres personnes au téléphone ou à des voisins, à la porte, il répétait en pouffant de rire :

– Elle croit qu'elle a la grippe *canine.*

Il est monté me voir avec son air d'étalon bien baisé, observant ce qui s'offrait à sa vue par l'entrebâillement de la porte :

Bah oui, moi, moi, dans mes draps humides de transpiration, répandant par ma bouche l'odeur infecte des bactéries.

– Tu as besoin de quelque chose ? a-t-il demandé.

Il est revenu avec une poudre blanche diluée dans de l'eau qui avait un goût de métal et une bouillotte, mais celle-là, je l'ai repoussée à coups de pied en sifflant :

– Tu es bête ou quoi ? J'ai déjà assez chaud pour suffire comme radiateur à une expédition polaire.

– Bien sûr, pardon.

– J'ai presque 40 de fièvre.

– Tu es d'accord si j'emmène les enfants récolter le chou au jardin ?

Je hochais la tête, je reniflais, je sanglotais, je voulais qu'il soit toujours là, debout à cet endroit, dans mon piège, mon piège féminin, dans mes bras, mais je voulais qu'il soit content alors, pas qu'il se sente prisonnier.

D'ailleurs, je doutais de ma propre capacité à écrire quoi que ce soit, puisque je m'étais trompée à ce point sur son compte, lui, ce mystère humain... Ted.

Qui en avait eu ras-le-bol du mariage, ras-le-bol de la prison, ras-le-bol du monstre qui visiblement était moi. Je m'étais trompée du tout au tout, sur tout, y compris sur mon propre compte.

– Pauvre de toi, Sylvia, a dit Ted.

Son corps a disparu de l'encadrement de la porte, et ensuite j'ai entendu les bruits qu'ils faisaient ensemble en bas, les pleurs de Frieda, ses cris de joie l'instant d'après, les chaussures claquant contre le sol de l'entrée, la voix rassurante de Ted pour calmer les plaintes de Nick et une porte qui s'ouvrait en provoquant un courant d'air.

À la fin je me suis endormie, je dormais dans mes poumons en cornflakes et je rêvais que j'écrivais un roman.

Je suis tout à fait solide, ai-je écrit à ma psychiatre, en soulignant le mot avant de suçoter le bout de mon stylo. Je venais de guérir de la grippe canine, et quand bien même Ted était censé m'aider (j'avais été obligée de tirer toutes ses ficelles), il ne m'avait été d'aucune utilité. Arrête de faire du chantage avec ta santé ! comme il disait.

Je suis tout à fait solide, ai-je écrit, donc. Et c'était vrai : j'étais celle qui restait auprès des enfants. Dans la maladie et la détresse. J'étais celle qui les entourait d'un mur de calme et de dignité. Tout ce dont j'avais besoin, c'était d'un peu d'aide, et je pensais que j'allais l'obtenir maintenant, grâce à ma psychiatre et à Susan, la nouvelle baby-sitter, qui allait commencer à venir régulièrement les garder dans la matinée pour que je puisse écrire.

C'était tellement agréable d'être rétablie, en bonne santé et seule. Et raisonnable à n'en plus pouvoir : j'assumais tous les rôles, parent, propriétaire, jardinière en chef. Les arbres étaient là-bas, dehors, de l'autre côté de la fente des rideaux, et bougeaient dans le vent : il y en avait soixante-douze, ils étaient à moi. L'automne allait arriver et je récolterais le miel de la ruche, et les blettes, et les choux rouges, c'était moi aussi qui m'occuperais de nos pommes. Voilà ma vie : meurs, et relève-toi.

J'ai glissé la lettre à ma Dr Beuscher dans une enveloppe et je l'ai cachetée. Ensuite, comme mes doigts me démangeaient et que je voulais continuer d'écrire, j'ai pris d'autres feuilles de papier à lettres et j'ai commencé à rédiger une intro pour ma mère.

Rien ne me calmait tant que d'écrire des lettres à ma mère.

Là, la vie redevenait gérable, et possible à manœuvrer. Là, il était impossible que ma mère se pointe ; elle ne pouvait pas se tenir derrière moi, respirer par-dessus mon épaule, avoir des yeux, des points de vue et des relations autonomes avec mes enfants.

Ce n'était pas possible.

Mais elle flottait au loin comme le mirage d'une possibilité d'amour. Un choix possible, quelqu'un à qui je pouvais encore montrer un faux moi, et lui faire croire qu'il était vrai, il n'y avait rien de plus précieux. C'était tellement gratifiant.

Et pour surpasser cette sensation la plus merveilleuse au monde, j'ai glissé ce soir-là les épreuves de *La Cloche de verre* dans une chemise, j'ai couru au grenier prendre l'une des grandes enveloppes de Ted, je l'ai léchée soigneusement pour qu'elle ferme bien et j'ai éprouvé dans ma gorge le goût âcre de l'avenir. J'allais envoyer un défi aux rédacteurs américains, ils en avaient besoin ; un cerveau neuf de l'autre côté de la planète, quelqu'un qui s'occupait de choses dont eux-mêmes ne pouvaient que rêver. Une brute de lucidité autobiographique, alors qu'ils n'avaient de leur côté qu'enjolivements et surfaces lisses à présenter. Vérité poétique. Ma mère allait voir ce qu'elle allait voir.

L'enveloppe était lourde. Je l'ai adressée à Knopf, Broadway, Manhattan ; c'était renvoyer mes rêves à l'endroit où tout avait commencé, c'était renvoyer ma douleur à son origine, à la nuit noire de la rue de New York et aux reflets de l'asphalte.

Alors la stratégie était celle-ci : le dingue, le malade, celui qui était devenu fou furieux, c'était Ted. Lui, qui vivait comme s'il n'existait au monde que des chambres d'hôtel. Lui, qui était devenu - j'ai étiré le mot dans ma tête en lettres géantes - : MANIAQUE.

– Mais mon petit chéri, ai-je dit à Nick recroquevillé contre mon sein sur le lit, la douleur que nous retrouvons au réveil n'est pas la nôtre, Nicholas. Ce n'est pas nous qui sommes fous. Et nous allons nous en sortir. Nous allons nous en sortir, mon garçon. Tu en es capable.

Ses lèvres s'activaient autour du mamelon, j'avais récupéré le lait qui avait tari en août avant la grippe. Du calme maintenant, du calme. J'avais encore le potentiel de me réaliser. Moi, ma vie. La vie commençait à trente ans... Dans un petit mois ce serait mon anniversaire. Comment allais-je le fêter ? La pensée s'est envolée dans un soupir allaitant. Mon petit enfant adoré. Lui qui commençait à ramper, et qui n'avait pas de père.

Bientôt, quand il serait endormi, il me faudrait me lever, traverser les pièces d'un pas aérien et aller voir Frieda qui était dans la pièce de jeux, penchée sur un train et sur des cubes que je l'entendais empiler avant de les disperser bruyamment. Je devais m'occuper de la vaisselle qui formait dans la cuisine de petites montagnes surmontées de restes de nourriture desséchés. Je devais ouvrir les fenêtres, aérer, ramasser le linge sale et le mettre à tremper dans des bassines. Puis ça recommencerait : Nick se réveillerait, il faudrait partir en promenade...

Je lavais la vaisselle à l'eau chaude et au savon noir, je frottais, frottais les assiettes sales, et Frieda qui m'avait suivie voulait faire la vaisselle à côté de sa maman.

Bon, une activité en vaut bien une autre, me suis-je dit, tant qu'elle ne pleurniche pas.

Je lui ai mis un tablier.

La douleur que nous éprouvons n'est pas la nôtre, pensais-je. C'était Ted, il avait arraché sa propre douleur par la racine et il l'avait étalée sur nous. Cette douleur était la sienne, et c'était si dégueulassement injuste qu'il nous en barbouille, comme un imbécile qui va barbouiller de son sperme les petites victimes adolescentes pas mariées. Il était répugnant, de ce point de vue. Un salopard destructeur.

L'eau a jailli en éclaboussant Frieda, qui s'est mise à pleurnicher, elle voulait changer de vêtements. Debout sur la chaise, les bras levés à la verticale, vers Dieu, aurait-on dit, comme si Dieu était moi. J'ai arraché les vêtements mouillés et chauds. Cette sensation de mouillé sur le bout de mes doigts. Je l'ai regardée droit dans ses yeux bleu clair, et j'ai dit :

– Tu ne voudrais pas qu'on aille à la mer ?

Frieda a hoché la tête. Debout sur sa chaise, ventre nu, contente, elle hochait la tête en souriant.

Ma gamine adorée.

– Oui, c'est ça ! Partons à la mer ! Partons en Irlande !

Ça me brûlait, ça brillait à l'intérieur de moi comme une lumière verte phosphorescente. Oui ! La mer. L'Irlande. Pas cette mer anglaise attardée pour débiles qui ressemblait à un fjord, ou à un fleuve, ou à un grand lac, et où Ted avait essayé de m'attirer pendant que je boudais dans la voiture. Ici ce n'était jamais la vraie mer, ouverte, sauvage, celle au bord de laquelle j'avais grandi. Cette mer-ci n'était pas assez bien pour moi. Voilà ce que Ted haïssait. Rien n'était assez bien pour moi. Mais c'était parce que TOUT CE QUE NOUS FAISIONS ÉTAIT IMPRÉGNÉ DE SA DOULEUR ! SA FAÇON DE MASQUER SA DOULEUR ET DE L'EMBALLER POUR DONNER LE CHANGE !

J'ai senti les yeux me brûler en comprenant ça.

– Bon sang, mais c'est bien sûr, me suis-je persuadée en essuyant la vaisselle avec un torchon immaculé et en alignant les assiettes blanches et propres. On va partir en Irlande.

J'ai embrassé Frieda sur sa joue toute douce.

Ce serait peut-être bon aussi pour l'écriture, bon pour l'illusion que quelque chose était vivant en moi et qu'il existait un avenir qui ne tournait pas autour de sa douleur à lui ! La mer d'Irlande était bien mieux que toutes les plages à phoques anglaises avec leur sable émietté. Là-bas ça soufflait, c'était vert et beau et merveilleux, là-bas il y avait aussi Richard, un homme digne à qui j'avais remis un prix, sa poésie avait remporté un prix décerné par un jury dont *je* faisais partie ; de ce point de vue, j'étais *au-dessus de lui*, voilà pourquoi je devais lui écrire à présent.

J'ai écrit à Richard Murphy et lui ai exposé mon plan sans vraiment lui laisser le choix.

Je savais que j'avais dit à Frieda qu'elle serait autorisée à m'accompagner, mais elle ne comprenait rien de toute façon, la morveuse, la petite chérie, oui, quoi ? Je partais en Irlande. Je partais en Irlande - moi et Ted -, un dernier voyage, un voyage où c'était moi qui décidais de tout, un dernier voyage où j'aurais vraiment le contrôle et où il verrait, il verrait ce qu'il avait laissé derrière lui. Yes !

En vue de ce voyage en Irlande j'irais m'acheter un nouveau tailleur à Exeter, je trouverais l'argent, je serais extravagante et plus jamais de la vie je ne serais quelqu'un qu'on pouvait se permettre d'humilier, oui, je serais totalement immunisée contre toute forme de vulnérabilité ; je serais impétueuse et imprévisible comme l'océan.

C'était exactement aussi simple que ça en avait l'air.

J'ai posté la lettre au village le soir même.

Comme par miracle j'ai réussi, grâce à ma ruse, à entraîner Ted en Irlande !

J'étais hors de moi de bonheur. Voilà, la vie recommençait.

En tailleur bleu ciel et chaussures à talons, j'attendais son arrivée dans la cuisine. Clés de voiture, passeport, billets, les enfants confiés à la nouvelle baby-sitter en collaboration avec mon ancienne sage-femme : une constellation merveilleuse. Parfaite. Maintenant tout allait pouvoir commencer !

J'aurais évidemment dû me faire couper les cheveux.

Ce serait le voyage au cours duquel Ted ferait connaissance avec l'âge adulte et la dignité. Il reprendrait ses esprits et PIGERAIT que la nostalgie de la jeunesse perdue, combinée à la confusion qui s'instaure après qu'on s'est occupé de deux enfants tout en vivant au quotidien avec sa femme depuis plusieurs années, pouvait tout naturellement donner lieu à des idées folles où l'on s'imaginait soudain être amoureux de quelqu'un d'autre !

Mon paquet de Lucky Strike était posé sur la table, le briquet par-dessus.

Ceci se passait avant les Beatles, avant JF Kennedy, avant la gloire de Simone de Beauvoir, Bob Dylan n'avait pas encore chanté, j'étais tellement en avance sur mon temps, j'étais si belle, là, avec mes talons hauts, et des papillons dans le ventre parce que j'attendais (une dernière fois) Ted. Je ne m'étais pas encore occupée du déménagement, je le ferais plus tard, pleine de colère et d'espoir (les deux coexisteraient) afin de fuir loin de cette campagne de ploucs du sud de l'Angleterre et de me rapprocher un peu de la sensation de l'Amérique en retournant habiter à Londres, là où Frieda était née.

Comme la mer, je portais un tailleur bleu clair. On était mi-septembre et j'avais disposé quelques pommes dans un panier à l'intention de mon mari, rouges et enflées. Cadeau d'amour. C'était un accroc dans le temps, un dernier voyage, un voyage de réconciliation, d'oubli et de feu. Un vrai voyage à la mer.

J'attendais. J'avais accompli mes derniers pas sur le sol de cette maison, perchée sur mes talons, d'une démarche faite pour que la maison résonne de cette attente, de cette absence d'enfants. Mon homme allait arriver. Cela devait s'entendre que j'étais seule, que j'avais une vie à moi. Cela devait s'entendre comme le cœur, qui battait pour toujours. Mon cœur. Mon grand cœur peint, là, sur mes lèvres.

Le sac à main, les valises, les billets, les clés de la voiture, les cahiers pour écrire et le parapluie, tout était vivant, il s'agissait de repousser à l'arrière-plan mon existence d'ici grâce à ces objets, qui prenaient à présent la main sur moi, moi qui les emportais en Irlande en tant qu'armes de négociation.

Mais je ne le savais pas encore.

C'était le destin.

L'île verte et nous.

Une pie, en haut d'un arbre, finissait de se régaler d'un petit oiseau, et j'interrogerais Ted là-dessus quand il arriverait : les pies ne sont-elles pas végétariennes ?

Je croyais que oui !

Nous ririons ensemble ; nous ferions la conversation ; nos échanges porteraient sur des choses ordinaires.

Il est entré dans la pièce comme une paire de ciseaux. Il a découpé quelque chose dans mon visage, un peu de peau, un peu de barrière, un peu de mon propre état d'âme.

– Oh, bonjour, mon chéri, ai-je dit et son regard m'a traversée, il voulait uniquement mettre ce voyage sur orbite.

– Nous avons une longue route devant nous, a-t-il dit d'une voix stressée. J'ai écrasé un lièvre en venant. Viens, Sylvia.

Il était déjà dehors. Il m'a demandé si j'avais mes affaires, un mouvement de tête juvénile, c'était un autre Ted et voilà que je devenais petite sœur, je devenais fille à présent.

Moi et mes talons hauts ridicules avec lesquels je croyais... quoi ? Je m'en suis débarrassée ; j'étais là, debout, en bas nylon, au milieu de l'entrée. Talons bruns, couleur chair. Ici, où nous nous étions tenus tant de fois ensemble.

J'ai avalé ma salive. Je suis montée à l'avant. Notre voiture, qu'il m'avait laissée. Je n'étais personne. Mon sac à main sur les genoux comme une bobonne. C'était vraiment encore l'été ici en septembre, dans le sud de l'Angleterre. Je voulais paraître sexy à ses yeux. Alors que manquait-il à son regard ? Était-ce le temps, qui n'avait pas encore été créé pour notre amour ? Était-ce le sort qui jouait contre nous ? L'or qui était enfoui quelque part dans notre jardin et que nous, nous deux, n'avions jamais découvert ?

La mer, pensais-je, la mer !

Pendant ce temps, Ted parlait de choses pratiques. Puis il a enchaîné sur un long discours tout en nous conduisant, sauvage et apathique, avec des gestes brusques, tantôt lentement, tantôt à toute allure dans les collines. Une conférence sur l'importance de choisir sa propre vie, de suivre sa propre boussole intérieure, parce que « la vie nous confie une mission à chacun, Sylvia, je le sais maintenant, car j'ai exploré ma mission, et ma mission à moi, c'est la *liberté*, Sylvia, quelle est la tienne ? ».

Au moment de monter à bord du bateau, je l'ai agrippé, fort, par le bras, tout en serrant de l'autre main le garde-corps mouillé. Je trébuchais sur mes talons, le vent ébouriffait mes cheveux. Adieu, les enfants. Adieu, l'enfermement que je croyais être une loi de la nature. Bonjour, l'aventure, bonjour, les rafales fraîches arrivant droit de la mer. Bonjour, mon père. Bonjour, Poséidon, roi de la mer, mon père, toi.

Ted était occupé à s'acheter une bière.

J'avais refusé sa proposition de boire quelque chose.

– Tu n'es pas enceinte au moins ? a-t-il dit en souriant et en s'asseyant face à moi, sur le coffre rempli de gilets de sauvetage.

J'ai ri, d'une espèce de rire, je lui ai donné une tape, par hasard, sur le ventre. C'était tout à fait comme autrefois, en même temps si fragile, un fil ténu, une corde à linge, cassée, impossible à réparer, pourtant nous jouions. Au cours de cette traversée, nous jouions.

Et c'était à cause de l'expression de Ted, son visage dur et fermé ; il me juge, pensais-je, chaque regard qu'il jette sur moi est un jugement. Sévère et définitif.

Si ce n'était la trahison de Ted, j'aurais été en ce moment même vautrée dans sa chaleur, la tête sur ses genoux, à regarder le ciel où les mouettes ondulaient en criaillant au-dessus de nous.

Ted a goûté sa bière, puis bu longuement au goulot. Plus je le regardais, plus j'avais envie de bière moi aussi.

Et la mer était la mer et la mer me fatiguait, ce n'était que sel, vagues, algues en rut. Rien. Rien n'était comme dans ma tête, c'était tout le problème, dans ma tête la mer c'était magie et paradis, car c'était une image fixe, et j'adorais, moi, Sylvia, mettre en scène la vie de la sorte (n'était-ce pas merveilleux ? N'était-ce pas délicieux ?) car dans ma tête je détenais la vérité entière.

Dans la réalité, les mouettes déféquaient, la mer mugissait à en avoir mal aux oreilles, les filles bobonnes dans mon genre refusaient une bière et regrettaient l'instant d'après d'avoir refusé, en voyant leur époux approcher ses lèvres d'une bouteille. Alors j'ai chaussé mes lunettes noires et j'ai laissé ce détail réel de la bière enfler en moi comme sujet d'amertume et voilà que toute la sainte énergie de la réalité s'est dilapidée à ruminer là-dessus. Tellement elle était nulle ! Tellement l'énergie de la réalité était minable !

Ma maladie se présentait dès lors que je ne pouvais pas arranger la réalité et lui donner forme avec des mots. En contemplant la mer par-dessus le bastingage, j'avais eu brusquement envie d'être chez moi, chez moi en Amérique, chez moi à Court Green, chez moi dans notre vieille relation archiconnue - oh, si seulement on pouvait conduire le temps en marche arrière ! Je voulais rentrer chez moi et écrire.

Et si, sur le bateau, Ted avait été le buveur de bière dynamique et indépendant et moi la femme rejetée qui attendait (même si je n'étais pas une Pénélope), maintenant, au moment de franchir le seuil de la maison de vacances de Richard dans le Connemara, c'était mon tour de prendre les commandes.

J'ai ouvert les bras. Plancher propre, odeur agréable, belles fleurs, soleil. Maintenant c'était à moi, à moi ! Femme mariée qui aurait bientôt trente ans ! Mon rire recouvrait tout mon visage et Ted s'est détourné comme d'habitude. Richard, quant à lui, se retrouvait envahi par deux poètes, c'était moi la responsable, et je devais à présent compenser cet état de fait par mon apparition même. AUCUNE PERSONNE EXTÉRIEURE N'ALLAIT POUVOIR PENSER UN INSTANT QUE TOUT N'ALLAIT PAS POUR LE MIEUX.

Ted s'était mis aux abonnés absents ; il ne supportait pas mon sourire excessif. Un jour il m'avait dit : « Ça va te donner des rides plus tard, Sylvia. Ça fige ton visage. » Et là, alors que, pendue au bras de Richard, j'improvisais un discours-fleuve où je déversais mon admiration. *Quel rêve de pouvoir venir passer quelques jours dans ta jolie maison bien rangée du Connemara, comme c'est merveilleux de pouvoir gagner sa vie comme toi en conduisant les touristes sur ton bateau et avoir ensuite le temps d'écrire !!!*

Richard ne savait rien, bien sûr ; il croyait encore que nous étions réels.

Alors Ted m'a saisie par le bras car il n'allait pas tarder à vomir, il avait déjà une moitié de queue ailleurs, ses rêves surnageaient sur sa figure, son côté jeune chiot ressortait comme une érection. Il m'a attrapée pendant que Richard sortait des pots de fleurs dans le patio et il m'a murmuré :

– Sylvia, arrête !

Le soleil entrait à flots. Je me suis dégagée brutalement. Il n'avait pas le droit de m'empoigner comme ça.

Nous avions voyagé toute la journée, mes talons et moi, et à présent je me promenais, comme si je n'avais jamais rien fait d'autre de toute ma vie, dans cette pauvre petite maison qui tenait désormais notre sort entre ses mains.

– ICI ÇA VA ÉCRIRE ! ai-je lancé avec un tel élan et une telle conviction que Richard lui-même est parti d'un rire un peu forcé.

– Bon sang, Sylvia, a dit Ted ce soir-là pendant que nous fumions une cigarette dans le patio de Richard, le patio frais et noir d'où l'on pouvait voir jusqu'aux montagnes d'Irlande. On croirait que tu es sur le *Titanic* en train de te cacher ton propre naufrage !

Je l'ai regardé bien au fond de ses yeux désespérés.

Le désespoir. Je le voyais à présent.

Ted - surprise ! - avait fait les lits ; il avait de nouveau eu l'occasion de montrer quel homme formidable il était. Et j'étais autorisée à dormir dans la même chambre que lui.

Notre porte proclamait le couple légitime.

Voilà que le temps, semblait-il, s'inclinait de nouveau devant notre grand amour, le serment du lien que nous avions juré autrefois pour l'éternité. Peut-être quelque chose aurait-il lieu dans cette chambre, comme avant que l'avenir disparaisse.

J'ai pris ma serviette et je suis allée dans la salle de bains d'un pas délicat, sans mes hauts talons, c'étaient mes pieds nus contre le sol. Je me suis rincé le visage sous le robinet de Richard pendant que les deux messieurs conversaient dans la cuisine. Ted avait passé un coup de fil privé, pourquoi pas ? C'était un homme libre ! Et moi aussi, je l'étais, bien que femme et mère. Quand il reviendrait, je lui dirais combien je l'aimais.

Car je l'avais trop peu dit.

Je me souvenais d'une nuit de printemps (oh, ce maudit printemps, quand j'étais tellement enfoncée dans la lutte au corps-à-corps avec Nicholas, ce nouvel amour qui devait prendre forme), je respirais à côté de mon mari dans le noir, et après un long silence, j'avais dit :

– Ted, tu es mon cœur.

Et chaque mot était sincère.

Comme si le son sortait de l'obscurité elle-même, prenait racine et se mettait à fleurir.

La voix de Ted avait tremblé. Il avait dit :

– Sylvia, ça me fait chaud partout. Ça me fait chaud partout quand tu me dis ça.

Et j'avais été satisfaite.

À présent, je me demandais : ai-je trop peu fait ce genre de chose ? Me montrer, montrer mon amour. Est-ce ça, l'erreur que j'ai commise ? Ai-je creusé un fossé pour notre amour ? Une tranchée chacun ? Est-ce l'arrivée de Nick qui les a creusées ?

Car je l'avais bien sentie, la distance.

Et c'était tout à fait comme si quelqu'un avait branché une merveilleuse chanson parisienne dans notre chambre. Ted s'était rapproché de moi dans le lit. Et je m'étais retenue de me perdre en questions. Que tout soit vide, et moi-même une page vierge.

Je respirais avec lui dans le noir, je tenais sa main chaude et vide.

Comment allais-je montrer à Ted que je l'aimais ? Voilà la question dont je m'armais à présent. J'ai arraché la serviette du crochet, je me la suis passée sur le visage. Je me suis regardée dans les yeux. Cernée, vide cette fois encore. Et pourtant si remplie. C'était passé où ? Où ? Tout ce que j'avais eu en moi et que je couchais sur le papier à trois heures et demie du matin ?

Je suis sortie propre, lavée, de la salle de bains de Richard. L'odeur de savon sur les mains. Ted n'était pas là ; j'ai ôté le couvre-lit, je me suis allongée sur la couverture et j'ai essayé de sentir ce qui se passait. Les lits étaient séparés par une table de chevet. Bien sûr, il était possible de changer ça. J'étais en train de tirer la table, qui s'est révélée plus lourde que prévu, mes fesses face à la porte, quand il a surgi soudain et m'a demandé ce que je faisais.

– Que fabriques-tu, Sylvia ? *Nous n'allons pas dormir l'un près de l'autre.*

Il chuchotait.

– Ah bon ?

Ted paraissait complètement pris de court.

– Tu veux dire que tu en as envie ?

– Pardon. C'est idiot.

J'ai remis la table à sa place, je me suis rallongée. Ce devait être exquis, je le comprenais à présent, Ted était comme une femme de ce point de vue-là, il aimait être pris par surprise, des fleurs plein les mains, je devais le choquer avec mon amour.

– C'était idiot de ma part.

Il s'est assis sur l'autre lit et a commencé à se déshabiller. La chemise, le t-shirt, c'était la dernière fois que je le voyais se mettre nu devant moi, le maillot de corps, et le voilà, son ventre, avec tous les poils. La peau qui m'avait appartenu, qui n'était plus qu'un souvenir enfoui très profond.

– Mais comment vais-je me réconcilier avec toi si nous ne pouvons pas être proches ?

Je savais ce que j'avais écrit à ma psychiatre : je n'allais pas marcher dans ses combines de gestes d'amour et je n'allais pas coucher avec lui. Mais j'étais excitée, un petit mois encore à avoir vingt-neuf ans et totalement excitée, en chaleur, en rut comme un animal qui se fiche de tout. Il n'y avait aucune morale, seulement des gens devant lesquels jouer la comédie. Richard m'avait vue, Ted m'avait vue, j'avais été vue aujourd'hui, avec ma bouche barbouillée de rouge et ça m'avait rendue, en un mot, excitée. Excitée.

– Je veux faire l'amour avec toi une dernière fois, ai-je réussi à dire.

Ted... Ted a ri. Pas d'une manière qui me rejetait. Il riait parce que j'étais incorrigible. Cette drama queen, cette femme au foyer subitement transformée en jeune mère chic en voyage (comme si je niais ma maternité) en tailleur bleu ciel et avide, affamée. Talons hauts, chapeau. Une Nouvelle Morale.

Il n'allait quand même pas refuser de tirer un coup ?

Oui à toutes les autres mais *Non* à moi ?

– Je ne te plais plus ? ai-je demandé en baissant ma chemise de nuit sur mes épaules.

Ted m'a demandé de cesser. Cesse de t'humilier, Sylvia, ça ne te rapportera rien, et en plus ça ne te va pas, de faire le singe devant Richard et ensuite de t'abaisser comme ça...

Or mon objectif était si confus, notre relation si confuse, que quelque part en moi j'espérais de tout mon cœur maudit qu'il allait me revenir.

Mon revenant, Ted. Je n'en pouvais plus.

– Est-ce ça, ta manière de montrer que tu es vulnérable, Sylvia ? a ajouté Ted, debout, en caressant mes minces bras de coton pendant que je restais assise sur le lit.

Mes bras tremblaient, je tremblais comme une petite fille. Il ouvrait le rideau en moi que je tenais fermé si fort. Ted avait ce pouvoir. Ted l'ouvrait, il était le seul.

Ted, tu étais mon cœur.

Je voulais le lui redire.

Je voulais sortir boire des bières, me moquer de tout ; rejeter mes cheveux en arrière. Nous étions en Irlande. Terre de liberté, terrain neutre. Pas mon pays, ni le sien. Profitons-en.

– Serre-moi, touche-moi, pleurais-je.

Ted était tout près ; son sexe et sa jambe contre ma joue. Je m'y suis enfoncée.

– Vas-y, Sylvia, a-t-il dit, son bras sur ma forte épaule, sur ma colonne vertébrale. Vas-y, laisse-toi aller, Sylvia. Tu as le droit de pleurer. D'être en état de besoin. Tu as le droit. Laisse tout sortir. Allons.

Il s'est accroupi devant moi et m'a embrassée. C'étaient mes larmes salées qui donnaient un goût si âcre à notre baiser. Mes lèvres enflées, humiliées, excitées. Il les a mangées. Une dernière fois. Mon corps, chiffon souple sans résistance. Il m'a lâchée, m'a fait remonter sur le lit. S'est retrouvé sur moi. Tant et tant de choses dans ce contact entre nous. Nous ne l'avions jamais effacé. Nous avions un schéma. Voilà soudain que sa queue me pénétrait comme elle avait pénétré d'autres femmes. Elle était de retour chez elle. Il était de retour chez lui, il bougeait en moi. Doucement, tendrement, tellement plus proche parce que j'étais triste. Je sentais davantage son mouvement. Je n'avais aucune résistance. Il a joui avec sincérité, sur mon ventre pour que je ne tombe pas enceinte. Le râle de Ted. Il s'est fait lourd à côté de moi. Je respirais comme un petit lièvre. Tache mouillée sur le dessus. J'étais assommée, écrasée, c'était une sensation exquise. J'avais désiré qu'il s'enfonce en moi, à fond. Voilà, c'était fait. C'était la dernière fois. Mon corps était vivant, chaud. Je l'ai embrassé sur le front.

– Tu es mon cœur, Ted, ai-je dit.

C'est sorti tout seul. Droit dans tout ce qui était tellement silencieux.

À quatre heures et demie du matin je me suis réveillée. Je me suis levée, j'ai cherché mon cahier dans la valise. Papier, stylo. C'était un petit matin frais et j'avais baisé hier. Je me suis lavée à toute vitesse dans la salle de bains sans réveiller quiconque. Tiens, voilà un poème. Dans ma tête, pendant que l'eau coulait. C'étaient les énergies, de vérité et d'amour, qui faisaient que l'âme s'ouvrait et que le texte poétique prenait forme. Qu'une syntaxe s'inventait. Et j'étais enfouie dedans, profond. Était-ce donc cela qui m'arrivait ? Je devais trouver le moyen de sortir avant de réveiller quelqu'un, avant que la faim ne me lacère trop le ventre, avant que les émotions ne me rattrapent, avant que les tâches et les devoirs ne me rappellent, moi l'appelée. L'heure bleue de l'aube était vraiment bienfaisante. Aucun être au monde n'exigeait quelque chose de moi. Je me sentais telle la première créature humaine, ou Dieu. J'avais le rose aux joues. En moi, une graine d'évidence et d'espoir. C'était peut-être même agréable de ne pas réussir. D'oser être blessée, d'oser laisser le monde se déchirer et devenir laid. Moi qui exigeais toujours ce qui était beau et durable, et de la dignité en toute chose. Moi et mes exigences maladives. Là, tout dégringolait, mon mari était là, dans la chambre, tout s'était effondré. Peut-être deviendrait-il réellement mon ex-mari. Peut-être tout allait-il vraiment s'écrouler. Et dans cette obscurité, moi, je naissais à une réalité nouvelle. C'était une chance. Un nouvel essai. Ted avait été si gentil avec moi hier soir… Je suis sortie dans la brise fraîche, sur les dalles en pierre du patio de Richard, j'ai rougi en posant la pointe de mon stylo sur le papier. J'ai griffonné les signes à toute vitesse. Il s'agissait de quelque chose, je ne savais même pas quoi. Une note en moi, une tonalité, c'est tout. Pas besoin de tout contrôler. J'étais une déclencheuse d'événements. Fais confiance à la vie, avait dit Ted un jour. Maintenant j'essayais toute seule : Allons, fais confiance à la vie. Je voulais être quelqu'un qui faisait confiance à la vie. Et maintenant, alors que j'étais en Irlande, alors que j'étais une femme que son mari avait baisée la veille au soir, maintenant que j'avais retrouvé mes marques et mes ambitions féminines ; maintenant que j'étais réveillée et assise dans le patio, le poème à la main et que le poème existait, point barre ; et que Ted dormait dans la chambre, c'était presque comme 1956, 1957, nos années lune de miel avant la maternité. Qu'avait-elle fait de moi ? Qu'est-ce qui avait été fait, au juste ? Dans quoi m'étais-je retrouvée, quel genre de tempête ? Regarde, mes mains. Sens, ma bouche. Lentement mon corps me revenait et alors j'étais obligée de fuir. Richard était réveillé et prenait son petit déjeuner ; le soleil s'était levé avec lui.

Échange de baisers sur la joue.

– Tu t'es levée sacrément tôt, Sylvia !

Richard, joyeux, insouciant.

– Merci encore de nous accueillir.

– Bien sûr, vous êtes mes très honorés invités poètes. Tu veux du café ? Un jus de fruits ?

– Les deux, ai-je dit en me faufilant dans ma chambre où Ted dormait.

Mais Ted n'était plus là. Creusé, son lit, abandonné. Je suis allée tâter la poignée de la porte de la salle de bains. Personne.

Ma voix tremblait un peu quand j'ai crié à Richard dans la cuisine :

– Ted est levé ?

– Pas encore vu !

Un choc sourd en moi, quelque chose qui chutait.

J'ai fait le tour des pièces. D'un pas rapide. Clairement, Ted s'était libéré de moi. J'étais terriblement envieuse. Tu n'es pas le seul à vouloir te libérer de moi, Ted ! Moi aussi je le voudrais ! La différence entre nous, c'est que toi, tu le peux !

Je tournais dans la maison à toute vitesse à présent. Richard s'est demandé ce que j'avais.

– Pourquoi cours-tu ainsi, Sylvia ?

– Parce que mon mari n'est plus là.

– Que dis-tu ?

Je l'ai pris par le bras et je l'ai mis devant la vision du lit de Ted. Vide, une tombe. Mais il y avait vécu. Les draps trahissaient sa présence. Et l'engourdissement, la lourdeur de mon bas-ventre rempli de lui, marqué de la marque de son propriétaire.

Cet unique détail que je ne pouvais pas contrôler : Ted !

J'ai fondu en larmes contre l'épaule de Richard jusqu'au moment où il m'a repoussée avec un regard choqué, et j'ai compris soudain ce qu'il y avait d'inconvenant à être une femme mariée quémandant quelque chose - étreinte, caresse - auprès d'un homme marié.

C'était un pays catholique ici.

Et moi qui croyais que l'Irlande était synonyme de liberté ! Où que j'aille, il fallait se coltiner une nouvelle morale, une nouvelle trahison ! J'étais poursuivie par ma trahison, mes émotions, mon chagrin, mon père, Poséidon, mon vieux qui refusait de me foutre la paix, d'oublier la complexité et les blessures anciennes. Pouah !

Donc Richard non plus ne pouvait pas me sauver.

– Je dois appeler ma mère, ai-je dit.

Après de vaines recherches, nous avons fini par comprendre que la fuite de Ted était préméditée de longue date. Un billet de bateau oublié et une confirmation de la part du central téléphonique que le numéro composé par Ted dans la cuisine hier soir était celui d'une certaine Assia Devil... en Espagne. (Devil, le diable - j'avais commencé à l'appeler comme ça.)

Le soir, Richard m'a demandé d'envisager la possibilité de rassembler mes affaires et de rentrer chez moi le lendemain.

J'étais hors de moi de chagrin, et voilà ce qu'il exigeait de moi !?

– Laisse-moi digérer ce qui vient de se passer, Richard, laisse-moi reprendre mon souffle. J'ai une bombe à retardement dans le cœur, Richard, ne le comprends-tu donc pas ?

Mais il ne captait rien de ce moi incompréhensible, Ted était le seul à savoir comment je fonctionnais.

Ted.

Et maintenant, personne.

Ceci était ma fin, telle que je me connaissais jusqu'à présent. Là, il était temps pour moi de commencer à brûler. Je devais renégocier tout mon contrat avec moi, toute la Constitution.

Alors j'ai dit :

– Je m'en vais quand je veux. Comme Ted. Compris ? Je n'ai plus l'intention de me préoccuper de vous autres. Dorénavant je me fous de vous. Je dors ici et je rentrerai chez moi quand il me plaira ! Je ne vais pas me ratatiner et pourrir sur place comme un misérable trognon de pomme sous prétexte que tu en as décidé ainsi. Tu vas devoir me supporter, Richard, je suis désolée.

Larmes dures dans ma gorge, à ces mots.

Mais tout en pleurant j'ai quand même fait mes valises et je suis rentrée en Angleterre le lendemain. C'était en dessous de ma dignité de rester chez un homme qui méprisait ma compagnie, moi qui venais d'être quittée par un époux qui m'avait fuie. Qui étaient ces gens ? Ne se souciaient-ils donc pas du tout de ma grandeur, celle que je savais posséder ?

Sur le bateau de nuit qui me ramenait d'Irlande, il s'est passé quelque chose en moi. Je suis restée un long moment, un verre à la main, à regarder une demoiselle se laisser séduire par un homme sur la piste de danse. La musique qui passait était du jazz. Je suçais le bâtonnet de mon cocktail en observant les cheveux courts de la demoiselle et la façon dont ils bouclaient sur sa nuque. Sans doute une Finlandaise, ai-je pensé, car dès qu'elle ouvrait la bouche il en sortait une sorte de gargouillis qui se déversait en longues harangues. Je n'arrivais pas à la quitter des yeux. Moi aussi, un jour je serais comme ça, vulgaire et gonflée d'importance, douce et en même temps dure, tendue comme une corde de violoncelle tandis qu'elle se propulsait de tout son torse vers lui, l'homme plus âgé, grand, élégant - un couple grinçant enlacé dans une danse ridicule.

Et j'étais jeune.

J'étais encore jeune, j'étais encore désirable, et si je quittais ce bateau, une fois au port, si je montrais mes billets de train au contrôleur, si je quittais cette vie de routine, si je me réfugiais quelque part en reniant les deux mioches collants qui m'attendaient à la maison...

Mais au moment de me coucher dans ma cabine, mon cœur battait d'empressement. J'ai soulevé mes cheveux devant la glace pour voir si une coupe courte pourrait m'aller.

Oui, j'aurais les cheveux courts. Cet automne, je deviendrais la femme vulgaire que je n'avais jamais osé être quand j'étais jeune, puisque ma mère était toujours derrière moi à me souffler son haleine dans le cou. Ça faisait longtemps que j'étais libérée d'elle. Je ne la reverrais plus. Et maintenant aussi Ted (mon mari noir, et tout de noir vêtu, avec son regard de dictateur), oh, les années difficiles, oh, les années amères et difficiles avec mon poète !

C'était fini maintenant ; la mer m'a bercée jusqu'à ce que je ferme les yeux. J'ai dormi d'un sommeil concave et sans rêves, avec la sensation qu'il n'y avait pas de bateau, rien que moi et une mer, mon corps horizontal était posé sur les vagues.

L'air de jazz flottait encore dans ma tête quand je me suis levée avec le premier rayon de soleil qui entrait par le hublot.

Bustier, pull, un voile de parfum, la jupe convenable... J'allais rentrer à la maison et être mère (car je n'aurais jamais pu oublier les enfants et m'en aller au diable, NON. Peu importe à quel point j'avais des papillons dans le ventre rien qu'à y penser. NON.)

J'allais aller chercher un café et ensuite je m'installerais avec mon cahier ; une fois assise avec ma grande tasse à la table ronde près du comptoir, j'ai soudain eu la sensation que le vent soufflait à travers mon cœur.

Mes bras étaient minces comme du papier, je me relevais à peine de cette entreprise hystérique, donner naissance à des enfants, les allaiter, m'effondrer psychiquement, subir une grippe, un engorgement, et toutes ces disputes avec un homme qui était un malade mental, j'avais perdu neuf kilos rien qu'en août et septembre !, et maintenant j'étais ici, et j'étais vide.

Si je formais un son avec ma bouche, il ne sortirait peut-être que du silence.

Personne ne s'arrêtait pour m'interroger, personne ne venait me confirmer que j'étais vraiment là.

Seulement le cahier.

Quand je suis descendue au petit matin du bateau qui venait d'accoster le vieux pays, l'Angleterre - des vents d'automne boueux soufflaient de ce côté atlantique et déchaîné de l'île -, plusieurs pages s'étaient déjà remplies de mots, à mon insu.

Dans le train qui me ramenait à Exeter, j'ai pensé à des animaux de cirque. J'ai pensé au couple dont j'avais lu l'histoire dans le *Ladies' Home Journal*, une histoire de maltraitance où la femme s'était relevée de ses souffrances pour expliquer au public : *Quand il me frappait, j'avais la sensation qu'il me réveillait. J'avais l'impression d'en avoir besoin.* Et l'homme : *Si je ne la battais pas, elle restait couchée à ne rien faire en se prenant pour une victime. Quand je lui tapais dessus, elle retrouvait de l'énergie.*

Animaux de cirque. Avec des chaînes.

J'ai aussi pensé à Anne Sexton. Animal de cirque. Son dernier recueil de poèmes était du feu de Dieu, putain, quel feu elle avait, cette femme-là.

Concurrente ou pas, maintenant il s'agissait de rester en bons termes avec tout le monde dans le milieu littéraire, je lui écrirais une lettre dès mon retour.

En arrivant à la maison, j'ai soupiré en voyant mon reflet dans la vitre. Je savais que la liberté avait un prix, mais c'était impossible à arrêter maintenant. Il n'y avait plus qu'à se mettre à danser.

Une bande de corneilles faisait du raffut sur le toit de chaume ; elles se sont envolées quand j'ai ouvert la porte de Court Green. Voilà. J'étais seule. Il faisait sombre là-dedans. Les mille et un efforts que j'avais déployés pendant un an pour donner à cette majestueuse bâtisse un air à la fois digne et plein de sentiments modernes s'étaient évaporés dans la tourmente, un peu de poussière dans un coin.

J'ai lâché mes cheveux, mais mon côté libéré n'est pas apparu pour autant. Je me suis laissée aller à un nouvel accès de larmes compulsives, rien que parce que je venais de comprendre que je ne pouvais plus le faire venir en appelant son nom.

Son nom dans ma bouche, cela avait été une telle grâce. Et maintenant, le chagrin de ce que j'avais perdu m'atteignait de plein fouet.

Je pleurais. Qu'avais-je fait ? Qu'avais-je fait pour mériter ça ?

Ted, pourquoi tu ne m'aimes plus ?

Je suis allée chercher le courrier, des cartes postales, des enveloppes que j'ai ouvertes, rien n'avait d'importance dans l'immédiat. Papier tombant au sol sans ma bénédiction.

Et sur cette existence, j'avais l'intention d'écrire un roman. La vie à North Tawton, Devon.

Blah !

J'ai enlevé mes bas nylon et j'ai parcouru le béton froid, pieds nus.

Tant de choses à aller chercher... Des enfants qu'il fallait retrouver, de l'amour qu'il fallait essayer d'oublier.

J'ai un moi à raccommoder, ai-je pensé.

C'était une ligne à garder pour un poème.

Ô le désespoir !

Le désespoir en allant dans le séjour et en ouvrant la porte du jardin où l'herbe touchait le ciel, presque un mètre de haut, et c'était à moi de m'en occuper, je devais passer la tondeuse. Garder la pelouse sous contrôle.

Ted, tu nettoies l'évier, Ted, tu prends les enfants, Ted, tu me sers un café, Ted, nous avons du linge à étendre, Ted, je n'arrive pas à ouvrir ce bocal, Ted, nous devons regarder le planning de la semaine, Ted, est-ce que ce pourrait être mon tour d'écrire maintenant ? Ted, allons-nous accepter ce dîner à la fin de la semaine ? Ted, as-tu quelque chose de prévu ? S'il te plaît, dis que tu n'as rien de prévu, car c'est le jour où la sage-femme vient, Ted, aurais-tu vu cette foutue facture que j'ai laissée sur la table ?

Et Ted venait, Ted venait avec son visage et me reniflait, m'embrassait, un baiser léger, fugitif sur les lèvres, s'éclipsait tout aussi vite.

Voilà Ted dans l'espace vide de ma mémoire.

Le reste avait disparu ; c'était comme une crypte mortuaire, un tonneau rempli d'eau dans lequel je m'immergeais, mes cheveux ressembleraient à des serpents, cette maison isolée du Devon allait devenir le décor d'un film d'horreur, octobre arriverait et ce serait la terreur pure et dure.

Comment allais-je m'en sortir ?

La baby-sitter devait bientôt arriver avec mes petits.

Il n'y avait qu'une réponse, il n'y avait qu'une seule réponse à tout : des mots, des mots avec lesquels écrire, des mots avec lesquels reboucher le silence, des mots à sculpter dans le silence, des mots pour tout faire brûler en flammes pleines de remords. Je pouvais, j'avais la faculté, j'avais la possibilité de ressusciter la vie qui s'était déployée jadis à cet endroit.

C'est avec un hoquet et des larmes séchées que j'ai ouvert les bras pour accueillir les enfants quand la baby-sitter les a déposés dans mon entrée. Ils sont restés plantés sur le sol comme deux étrangers. Où sommes-nous ? Qui es-tu, Maman ? Frieda, merveilleuse petite boule chaude... Oh, laisser son ego se faire écraser par elle, tourner une grimace figée, un rire savoureux, rire avec elle ! Ô ma fille qui m'a tant manqué !

Et Nicholas, on n'aurait pas dû te laisser profiter de ce que Maman était partie pour devenir si grand et si raisonnable !

Je l'ai embrassé sur le museau, sur le front, sur la joue ; son regard, qui avait toujours été sombre et étonné, me fixait d'une manière qui me brûlait au profond de moi. Si clairement triste maintenant que son papa avait disparu. Une concentration totale. Huit mois, et tellement accusateur. Un moment, nous sommes restés les uns devant les autres comme des étrangers. La baby-sitter s'en est aperçue, elle est allée à la cuisine, elle nous a laissés seuls pour refaire connaissance.

J'ai un peu secoué Nicholas. J'ai senti que je n'avais aucune épaisseur – rien d'une femme maternelle pour lui.

J'ai autorisé Frieda à jouer avec la boîte à musique achetée sur le bateau du retour ; la chanson lui a redonné de l'entrain et lui a évité de réclamer Papa, Papa.

Cette nuit-là, je n'ai pas réussi à m'endormir.

– Nicholas, mon amour, murmurais-je en essayant de l'obliger à prendre le sein.

Après quelques tâtonnements, il l'a accepté et s'est laissé absorber totalement par lui.

– Tu vas remarquer une absence sournoise, un malaise. Quand tu seras plus grand, tu comprendras que ton papa nous a abandonnés.

Il n'était plus vraiment question de lait dans mon sein. Je devais m'endormir, voilà tout, et j'ai pris un, deux, trois somnifères pour m'assoupir, tout contre mes petits.

Récemment encore, j'étais à la mer, et maintenant ? De nouveau coincée dans l'étau de cette maison. En un clin d'œil, à tout moment, complètement à l'improviste, il pourrait m'arriver *n'importe quoi*. Je ne le savais que trop bien - ex-patiente psychiatrique, psychisme vulnérable, en avant -, c'était open bar pour tous les démons libres de planter leurs crocs en moi, et pour tous les orages et les éclairs libres de passer dans le bain révélateur de la sinistre chambre noire qu'était cette maison.

Tiens, c'était fou d'être couchée, là, sur le sol, démantibulée, une créature parfaite sans aucune force musculaire. Une image à regarder. Une image de moi.

Mais tiens, c'était fou de penser que je ne demanderais plus jamais la permission d'écrire. Je l'avais fait. Je m'étais mesurée à l'aune de sa grandeur à lui, et s'il était le mètre étalon, le grand, l'idéal, qui pourrais-je jamais devenir, moi ?

Qui ?

Ça, c'était une question pour Dieu.

Et Dieu n'existait pas !

Cela aussi, c'était une libération. Mon pouls était très rapide. Les enfants allaient bientôt revenir de chez la nounou... Bientôt ils débouleraient dans la maison et m'épuiseraient, deuxième round, et de nouveau, je me languirais de mon ex-mari. Mon ex-mari, Ted Hughes, leur papa, Ted Hughes. Ted Hughes, Ted Hughes, Ted Hughes.

Ô ce nom d'une beauté exquise, malédiction à présent. Arrête d'escalader mon mur, mon corps, mon cerveau, ma peau fine comme du papier !

Si Ted était le seul à pouvoir m'aider à naviguer entre les alunissages, les éclipses solaires, les vertiges terrestres et célestes...

Alors je n'avais plus personne.

Ni enfant, ni nounou, ni femme de ménage, ni jardinier. J'étais seule.

Il n'y avait qu'une chose à faire. Plus qu'une instance à qui adresser ma prière, maintenant que Ted n'était plus là :

L'écriture.

L'écriture.

Le roman.

MOI.

Avec cette pensée, je me suis mise au lit, hors d'haleine.

Mon pouls s'est calmé, je me suis endormie.

Sunday roast ! L'idée m'a réveillée, ma poitrine a fait un bond, vite hors du lit, du calme avec la respiration. J'allais lui préparer un Sunday roast ! Ce qui me picotait comme du gaz carbonique dans les jambes a pris son essor d'un coup, prêt à m'élever dans les airs. J'allais préparer un rôti du dimanche pour la nounou ! Une idée si parfaite. C'était dimanche. Ensuite nous blablaterions à propos de mes enfants, ces deux prodiges, et je lui parlerais de mes projets. Alléluia ! (Si seulement j'étais croyante... Mais quand même, quel excellent mot, parfois.) Susan O'Neill, donc. Elle qui s'entendait si bien avec mes enfants. Ô idée parfaite. Ô viande. J'allais descendre chez le boucher et rapporter ce morceau de viande de bienvenue pour moi, pour elle et pour nos enfants. J'allais avoir du plaisir à être seule, délivrée de mon mari et bientôt divorcée pour de vrai. J'allais lui raconter comment j'étais en train de devenir une vraie dure à cuire - divorcée, mère de deux enfants - et j'allais vraiment lui montrer à quel point j'avais bien saisi sa propre position : jeunette de vingt-deux ans, s'occupant des enfants d'une autre (moi aussi, j'avais connu ça). Et en ce temps-là, j'avais bien observé le maître et la maîtresse de maison, comment il se comportait avec elle devant moi, à quoi ressemblait leur intimité quand elle s'étalait sous mon regard. Leur contrat, oui. Parce que c'est un contrat qu'on conclut, voilà ce que je pensais à présent, oui, le mariage n'était rien de moins qu'un contrat. Rien à voir avec une relation. Et ce contrat, IL l'avait maintenant laissé se carboniser et devenir cendres et miettes.

Pendant que nous faisions cliqueter nos couverts contre les morceaux d'agneau, tard dans l'après-midi ce dimanche-là et que Frieda demandait à Susan de couper sa viande - elle aurait dû me le demander à moi, mais c'était sa façon de marquer le coup : ça fait un moment que tu n'as pas été à la maison, Maman, alors maintenant c'est Susan qui m'aide -, pendant que je noyais mon assiette de sauce en ajoutant des petits pois, des carottes et des pommes de terre rondes et pâles, et encore un peu de sel parce que c'était si bon, alors j'ai déclaré sans plus attendre qu'elle était nom d'un chien une super nounou.

Susan, de sa place, m'a jeté un regard un peu étrange. Une seconde de silence pendant qu'elle découpait et composait une bouchée pour Frieda.

– Alléluia, c'est tout ce que j'ai à dire ! ai-je continué. Quelle chance j'ai de t'avoir !

Susan a réagi en passant le bras autour de ma fille, qui a souri.

– Quelle chance que nous ayons Susan, ai-je souligné avec un clin d'œil à Frieda, car je voulais vraiment qu'elle se sente être le cœur de notre cercle.

Maintenant que ce cercle venait d'être redessiné.

Je voulais qu'elle sache qu'elle m'était plus chère que ce vieux serpent de Ted Hughes.

Nous mangions, et les petits pois tourbillonnaient dans ma bouche pendant que j'assénais à Susan des messages à propos de ma nouvelle vie.

– J'ai un moi à raccommoder, lui ai-je dit. Un ego à restaurer.

Susan ne comprenait pas ce genre de poésie mais elle hochait la tête malgré tout et avalait ma nourriture.

J'étais incroyablement épatante ! Je lui avais préparé un Sunday roast !

Comme il fallait le faire. Comme ça se faisait.

– J'ai gaspillé trop de temps avec Ted, ai-je dit. Telle une hache, il a fendu ma vie et je n'ai rien compris sur le moment, mais maintenant je dois ramasser les débris moi-même, tu comprends, les fragments de l'épave, Susan, tu comprends ça ?

Susan a ramené une boucle de cheveux derrière son oreille en disant qu'elle ne comprenait sans doute pas, mais que d'une certaine manière elle comprenait quand même, si tu comprends ce que je...

Nous avons ri.

– Et parfois j'aimerais vraiment être profondément croyante, ai-je continué, déroulant mon monologue. Ted me l'a dit un jour. Il a dit que j'étais comme une intégriste sans religion.

L'accord entre nous continuait d'être dissonant, c'était comme si Susan essayait vraiment de me comprendre, et que je prenais un certain plaisir à ce qu'elle n'y parvienne pas.

– En réalité, bien sûr, ce n'est pas du tout ça, ai-je poursuivi. C'était seulement sa façon d'essayer de prendre le pouvoir sur moi. Il voulait toujours m'expliquer que j'étais ceci ou cela, les analyses pleuvaient comme des grêlons.

J'ai éclaté de rire, mes cheveux pendaient vers mon assiette, ils étaient si longs maintenant, je devais vraiment les couper.

J'ai enroulé une mèche autour de mes doigts, et j'ai rejeté mes cheveux derrière mon épaule. J'ai continué à manger.

– Et d'ailleurs j'ai l'intention d'inaugurer une nouvelle coupe de cheveux, pour me préparer à être cette nouvelle femme que je suis, qu'en penses-tu ? Que penses-tu que cela signalerait ?

J'ai demandé à Frieda de quitter sa chaise, de se placer derrière moi et de me soulever les cheveux.

– Tu vois, maintenant ? Tu vois comment ce serait si c'était court ?

Susan m'a regardée intensément, a regardé mes cheveux, un petit effort poli pour paraître intéressée.

Mais qu'est-ce qu'elle a ? pensais-je. Est-ce que je lui pose trop peu de questions sur elle ? Bien sûr, oui ! Il faut aussi que je m'intéresse à elle.

– Ce sera sûrement très bien, a dit Susan. Vous serez sûrement aussi très belle avec des cheveux courts.

L'atmosphère dans la pièce était si tordue, si triste, alors que tout aurait dû être si BIEN.

Alors je lui ai demandé :

– Quels sont tes projets pour l'avenir, sœur Susan ?

L'appellation l'a fait rire.

Elle a jeté un regard anxieux à Frieda. Puis elle a entouré de ses mains la taille de Nicholas qui tentait de s'extraire de sa chaise haute.

Elle l'a soulevé et placé sur ses genoux.

– Eh bien la vérité, Sylvia, a-t-elle dit, c'est que je ne peux plus être ta nounou.

J'ai avalé ma bouchée.

Frieda a entendu que quelque chose dans l'air se modifiait, elle a tourné son regard vers moi. D'un geste dur, j'ai tendu les bras pour récupérer Nicholas et le mettre sur mes propres genoux.

– Que dis-tu ?

J'ai embrassé le sommet de son crâne, doux, duveteux, et son odeur, boule de chaleur contre moi, lui, il serait toujours là, lui, ils ne pouvaient pas me l'enlever. Il était à moi.

– Bon sang, qu'es-tu en train de me dire, Susan ?

Tous ceux qui me quittaient détruisaient ma vie et ça ne leur faisait rien, rien du tout, pas un battement de cils.

Ma nounou était assise, à sa place, immobile, impitoyable.

Comme une poupée de cire.

Susan s'est essuyé les lèvres avec sa serviette et elle a tapoté la joue de Frieda.

– Arrête ça tout de suite ! ai-je rugi, soudain choquée par ma propre réaction, mais quand même.

Je devais montrer que son geste me mettait en colère.

Susan s'est levée, a reculé sa chaise.

– S'il vous plaît, Sylvia, a-t-elle dit de sa voix d'ange. S'il vous plaît, Sylvia, soyez gentille, ne vous fâchez pas. C'est seulement que j'ai une vie à Londres qui m'attend.

Oui, qui n'avait pas eu ça ?

Qui n'avait pas eu ça...

Je suis tombée le front contre le dos fragile de Nicholas, toute mon énergie, tout mon spectacle, rôti du dimanche et ménage de la moitié de la maison auparavant dans la matinée, le fait de confier à quelqu'un des choses importantes de ma vie, combien d'énergie ne fallait-il pas pour cela.

Tous les efforts que j'avais consentis.... Si je faisais tout ça, c'était bien pour que ce soit durable ! Pour que la paix définitive arrive enfin. Or, au moment même où la tension s'estompait et que je commençais à peine à raccommoder mon moi, c'était précisément alors que tous les gens de mon entourage s'arrangeaient pour venir saboter cet espoir.

Toujours au moment où j'étais la plus vulnérable.

La moins préparée.

Quand je m'étais dévoilée.

Quand elle avait avalé ma nourriture. Ma viande. De l'agneau.

Petit agneau avec un os qui pointait vers le plafond, j'aurais aimé que ce soit moi, rôtie et exhibée sur le plat de service.

Tout ce que j'ai pu faire, c'est m'enfuir comme une petite fille, grimper dans ma chambre, et c'est ce que j'ai fait, car mon cœur vacillait dans ma poitrine.

Susan a frappé à la porte, elle voulait me consoler.

– Mais Sylvia, a-t-elle dit, je peux peut-être rester encore un peu. Jusqu'à la fin du mois. D'accord ?

J'ai rêvé que je galopais au-dessus de la mer, sur un beau cheval blanc, je négociais habilement ses lames blanches. Lame de fond, raz-de-marée, sur l'océan Atlantique.

J'ai ouvert la bouche ; c'étaient des larmes.

Comme un poing serré, à l'intérieur, dans mon ventre, qui faisait un mouvement de rotation vers le haut et voulait sortir par ma gorge.

Voilà comment ce cheval tambourinait à travers moi.

Les enfants dormaient bruyamment, leur souffle me rendait folle. Je savais que ces heures où ils m'offraient un repos, un répit, touchaient à leur fin.

Nom d'un chien, j'étais essoufflée, j'étais trempée de sueur, ce drap ne me suffisait pas, j'étais une mer qu'il fallait absorber.

On était en octobre, j'étais seule dans la maison. L'été s'était couché autour de moi comme un soleil éteint. Je ne verrais plus jamais l'été. D'une certaine façon, je le savais. Octobre avec ses petits oiseaux voraces qui tiraient de terre les plus gros vers, le faisan qui préparait son nid ailleurs pour l'hiver, les écureuils qui stockaient leurs noix. Les hirondelles qui déménageaient. Bientôt il ne resterait plus que moi, les rats et les enfants !

Moi, avec mes rêves...

Je suis allée aux toilettes et j'ai failli vomir contre l'émail froid, mon corps s'est courbé comme un arc et a rendu du vide, du vide.

– Papa, espèce de salaud, ai-je dit.

J'avais rêvé...

De lui.

C'était lui qui nous avait fait ça, à Ted et à moi. Tout est ta faute, Papa ! Je pleurais, le coude appuyé contre la cuvette blanche. Ça sentait l'urine et les larmes. Je pleurais. Que le diable t'emporte, Papa ! Tu croyais que j'aurais la force de guerroyer toute une vie. Et maintenant que j'aurais besoin de mes forces comme jamais, je n'en ai plus. C'est fini !

J'ai essuyé mon visage avec un bout de papier toilette, je l'ai jeté dans la cuvette. Je me suis relevée, j'ai ouvert la porte, je suis sortie dans le mois d'octobre, seule dans l'obscurité de l'aube. Le jour mettait un long moment à arriver par ici. J'ai posé mes fesses contre un muret trempé, glacial, en pensant : Comment ai-je pu me laisser berner au point d'emmener ma vie et mon histoire ici ? Je suis si fatiguée. Ce Devon m'aura tout pris. Ted aura les enfants, il peut venir les chercher, les enfants ne m'importent plus...

J'ai croisé les bras et je me suis ressaisie. S'il y avait deux êtres pour lesquels je devais continuer à me battre, c'étaient bien eux, mais j'avais été abandonnée en des temps difficiles. J'avais écrit à ma mère, à propos de mon désir de retourner en Irlande. *Je ne veux pas passer un autre hiver en Angleterre, je crois.*

Je savais déjà, je savais bien. Je savais.

J'avais aussi écrit :

Je suis solide.

Car si Ted forniquait avec des secrétaires, des admiratrices et des utérus marmoréens qui avaient avorté maintes fois, moi j'étais là dans mon herbe haute d'octobre que personne ne coupait plus, avec des légumes à aller récolter le soir avant l'arrivée du gel, et soixante-douze pommiers pour faire des conserves et du jus. Frieda et moi en avions ramassé un grand panier, pourtant les vers les dévoraient déjà.

Maintenant il s'agissait seulement de survivre telle que j'étais, pure, vulnérable, nue, sincère et abandonnée.

Ô, Amazones, quelle était votre arme ? La ruse ?

Je suis retournée à l'intérieur en souhaitant être une personne capable de s'occuper d'elle, de s'honorer elle-même et d'honorer la vie, qui se préparait du thé, une personne qui enfilait à ses pieds des pantoufles en peau de mouton et s'enveloppait dans un peignoir, qui s'installait sur la peau de bête du canapé et ouvrait un journal avant le petit déjeuner.

Au lieu de cela, j'étais une poète répugnante dont la tête martelait de la poésie. Il fallait que j'écrive sur mon père ; si cela devait se faire un jour, c'était maintenant, à la lumière d'une putain de chandelle, et voilà tout.

J'ai reculé la chaise de la cuisine, il était quatre heures du matin, je me suis assise nue, je grelottais de froid, mais voilà, ai-je pensé, voilà, c'était ça, travailler comme poète, on se gelait le cul en tant que corps et en tant qu'être humain, dans la réalité, mais le poème, lui, s'en foutait, l'éternité et tous les lecteurs de l'avenir s'en battaient l'œil ! Pour eux ce n'était qu'un poème réussi sur le papier !

Du papier, j'en avais. Et un stylo. J'ai griffonné les mots à toute allure.

PAPA cognait comme une catastrophe en moi, plutôt comme une catastrophe qui resterait imminente si je n'écrivais pas les mots, si je n'obéissais pas au martèlement dans ma tête.

Si je ne réussissais pas maintenant, je raterais aussi l'occasion de mettre le doigt sur tout ce que je ressentais, exactement de la façon dont je le ressentais, alors je serais foutue, je serais cuite pour toujours et je ne mériterais même pas le nom d'être humain.

Alors Ted aurait sans doute eu raison.

Si je ne criais pas haut et fort ce fond pourri le plus intime qui tonnait dans mon cœur et dans mon âme, toute ma merde perpétuelle accumulée, si je ne réussissais pas à faire ça, si je le laissais aller en métaphores plates, en mots laids et en pensées interrompues avant d'avoir été pensées jusqu'au bout, oui, alors. Oui, alors je ne méritais pas de porter le nom de Sylvia Plath.

J'ai écrit jusqu'à m'être vidée tout l'intérieur, jusqu'à n'être plus qu'un corps-arc bossu vomissant de l'âme comme n'importe quelle saloperie devant être expulsée dans une cuvette. Voici les toilettes, voici le sauvetage, voici le papier. J'étais incandescente, pliée en deux par l'essoufflement. Ne pas regarder les mots. Ne pas regarder jusqu'à ce qu'ils soient tous écrits. Rester dans le fait d'écrire. Ne pas écouter les sons. Une corneille s'égosillait dans le jardin... Ne pas l'écouter. Les corneilles voulaient toujours que j'interrompe l'événement que j'étais occupée à créer - un des plus beaux poèmes de la vie - et que je pense à quelque chose de plus terre à terre. Pas question ! Je tenais solidement mon stylo, il crépitait, les mots comme des munitions contre la réalité ! *Pan ! Pan ! Pan ! Pan !* Je ne suçais même pas le bout du stylo car il n'y avait pas de pause ! Tout ce qu'il y avait, c'était une pensée et voilà qu'elle naissait ! Voilà que je donnais naissance à tant de mots qui, nom d'un chien, allaient bien ensemble, qui créaient quelque chose de plus grand et de plus vrai que ce que la réalité serait jamais capable d'engendrer ! Voilà que je mettais la pâtée au réel ! Voilà qu'ici, ça volait plus haut ! Ça tenait de justesse, en suspension, ça construisait des ponts, ça cicatrisait les blessures et ça ouvrait de force les chambres les plus fermées des cœurs ! Je devais y pénétrer ! Dans les cœurs ! Dans les gens !

J'ai écrit jusqu'à en pleurer.

Pleurer, et obtenir un sourire.

Daddy, ce serait le titre du poème.

J'ai eu envie d'ouvrir la porte du réfrigérateur et de boire un grand bol de crème.

En vrac, j'ai gravi l'escalier et je me suis couchée près de Frieda qui était venue dans le grand lit, j'ai serré dans mes bras son petit corps chaud. Elle a tressailli sans se réveiller. Je me suis encore rapprochée d'elle, petite grenouille. Petite grenouille, et moi ! Moi, l'auteure du crime, impliquée dans des forces si puissantes, si horribles ! Qui était ce « je » ? Qui étais-je, à oser manipuler des forces pareilles ?

Et celle qui était chargée de me consoler et me réchauffer n'était qu'un petit enfant.

Alors une pensée m'est venue, qui m'a tenue éveillée tout ce matin-là : peut-être croyais-je être responsable de la mort de mon père ?

Cette pensée n'était jamais encore arrivée jusqu'à moi.

J'avais huit ans. Avais-je cru que c'était ma faute ? Avais-je voulu compenser en étant la meilleure, la plus belle, d'une beauté triomphale ? Obligée de remporter tous les prix. D'écrire le plus beau du plus beau. De peindre. De jouer du piano (mais pour ça, j'étais horriblement mauvaise et j'avais arrêté).

Une image de ma mère a surgi. Est-ce que nous essayions, tous, d'une manière ou d'une autre, de recouvrir la réalité ? Le fait que le grand homme était devenu faible, qu'il avait fini par mourir, et que son corps avait même commencé à pourrir ?

Est-ce que, d'une manière ou d'une autre, nous nous étions tous servis de moi - une jeune et belle promesse - pour masquer la pourriture et la mort ?

Je devais arrêter la mort ; plus que n'importe qui, je devais être la vie. Je devais briller, étinceler, je devais être la fille américaine, la promesse d'un avenir meilleur ; on m'avait mis ça sur le dos. Tout dépendait de moi.

Vraiment ?

Avais-je été envoyée pour tenir la mort en respect ?

Mais c'est à la portée de n'importe qui de comprendre que personne ne peut remplir une telle mission.

Personne ne devrait pouvoir être chargé d'une mission pareille !

Octobre jaune et doux, saison de mon entrée dans le monde, à présent j'allais donc naître une fois encore ! Voilà le sentiment que j'avais ! Voilà le sentiment avec lequel j'écrivais ! Et j'avais un solide projet en tête ; tantôt il s'appelait l'Irlande, tantôt il s'appelait Londres en décembre, et j'allais donc me rendre à la capitale afin de savoir ce qu'en dirait le sort !

J'ai fait le tour du jardin, ramassé tout ce qui traînait avant que Ted n'arrive. En taxi. Ce fils noir, et vêtu de noir, qui portait le deuil dans ses yeux et qui allait débarquer cet après-midi pour ramasser des pommes qu'il rapporterait à Londres.

Pour voir un peu les enfants.

Pour me demander comment j'allais.

Feu infernal insupportable, gangrène qui me bouffait l'âme !

Oui, il était en route, dans quelques heures il serait là. Et moi, j'étais au beau milieu d'une naissance, en train d'advenir, et je ne voulais pas de lui ici. (Mais en même temps je ne pouvais pas lui refuser.)

Et cette saloperie d'état périssable qui régnait à Court Green. Si seulement je pouvais naître tranquille... Comme quand j'écrivais mes poèmes à quatre heures du matin. Si seulement je pouvais ne pas être dérangée par le monde, le temps de naître et de concocter des projets grandioses en paix. Si seulement IL n'existait pas, si seulement IL ne venait pas me harceler. Si seulement IL n'était pas leur père. Si seulement IL ne venait pas me planter un miroir devant la gueule, pour que je voie à quel point j'étais RÉELLEMENT malade et DÉNUTRIE. Oh ce *réellement* ! Ils se gargarisaient de leur *réellement* ! Il n'existait pas de *réellement*. J'avais ma propre vérité, compris ? Personne n'était autorisé à la tripatouiller !

J'avais des douleurs dans le dos, je me suis traînée jusqu'à l'autre bout de la pièce pour aller ramasser un crayon et écrire un message à la nounou, Susan, sur un bout de papier :

Chère Susan, nous sommes en promenade, les enfants et moi, Ted arrivera à seize heures, sois gentille, sers-lui du thé, fais-lui la conversation et surtout jette ce papier qu'il ne doit jamais voir. Je reviendrai pour dix-huit heures, alors il pourra voir les enfants pendant que je lui donnerai un panier de pommes et après, terminé, au revoir, il s'en va. Je te suis éternellement reconnaissante de t'occuper de lui. Merci !!! Sylvia.

J'ai enveloppé les enfants dans des vêtements chauds, vu que le mois d'octobre en Angleterre pouvait être tout spécialement froid et humide, j'ai emporté des jumelles, un livre sur les champignons et un parapluie, et je leur ai dit : « Maintenant Maman va vous emmener en excursion ». C'est bien, non ? Nous avons pris la direction opposée au village, nous avons gravi la colline d'où l'on avait vue sur Dartmoor et où j'avais monté à cru avec Ariel. Frieda a nourri les chèvres avec de l'herbe morte dont elles n'ont pas voulu et Nick s'est endormi dans la poussette. Il tombait une pluie fine mais j'étais en sécurité, ici, sous le ciel gris, j'étais en sécurité loin de lui qui voulait s'engraisser sur le dos de ma naissance, qui risquait de me voler toute ma vérité. Lui qui dirait : « Nom d'un chien, Sylvia, ce que tu as maigri, fais attention à ne pas attraper encore une cystite ou une grippe, je suis inquiet pour toi, tu ressembles à une vieille pie, s'il te plaît, chère Sylvia, n'écris pas tant, veille à te reposer quand la nounou est là, n'en fais pas trop avec les textes, ça va s'arranger petit à petit, cette histoire de carrière... Fais confiance à la vie, Sylvia, fais confiance à la vie ! »

Et au sommet de la colline nous avons trouvé un merle mort échoué avec son bec orange sous le chêne. Frieda, épouvantée, a couru vers moi en haletant :

– Mort, l'oiseau, mort, Maman ?

Si j'avais été d'humeur, j'imagine que je l'aurais enterré pour elle, mais je me suis contentée de m'asseoir sur une pierre.

Complètement froide, je me suis assise sur la pierre mouillée jusqu'au moment où Nick s'est réveillé et Frieda a commencé à me tirer par la manche ; elle voulait me ramener à la réalité, elle était comme tous les autres, qui me tiraient par la manche et m'arrachaient les membres et voulaient à tout prix me faire quitter l'euphorie, quitter la béatitude de mon propre cœur, je n'avais pas le droit d'être heureuse, je n'avais pas le droit d'avoir foi en ma propre vie.

J'étais fatiguée et nauséeuse quand j'ai ouvert à la volée la porte de la maison, et le voilà, assis, en pleine conversation avec Susan. L'espace d'un instant, nos regards se sont croisés et tout était presque comme avant. Un rayon faible et clair circulait entre nous. Et la même fatigue, maintenant comme alors, dans mes muscles.

– Où étiez-vous ? a-t-il demandé.

– Dehors, on cueillait des champignons.

Son regard était méfiant, mais Frieda lui a montré un panier contenant quelques morilles attaquées par les vers.

– C'est tout ce que vous avez trouvé ?

Silence épais. J'ai dit :

– Es-tu en train de m'expliquer que tout aurait été mieux si tu nous avais accompagnés parce que l'expert des champignons, c'est toi ?

J'ai jeté les clés sur la table.

– Eh bien, vas-y, je t'en prie.

Frieda et son papa étaient sur un pied d'intimité, comme on l'est après une longue habitude. Il y avait quelque chose de merveilleux et de triste à la fois dans leurs mouvements, leurs gestes. Les baisers qu'il lui donnait trahissaient à l'évidence le fait que ces joues-là n'avaient pas reçu de baisers paternels depuis un bon moment.

Elle a voulu le chatouiller ; il s'est retrouvé par terre. Il avait un cadeau pour elle. Une poupée.

Mes larmes se pressaient derrière mes paupières mais personne ne l'entendait ni ne le voyait.

Une *poupée*. Cela me déchirait en mille morceaux de penser au lit de poupée que j'avais décoré d'étoiles et de cœurs à Noël, quand Frieda avait eu un an. Mon mari avait donc l'intention de nous priver de la joie d'une vie familiale où nous verrions ensemble notre petite fille grandir et commencer à jouer. *À la poupée*.

Mon mari n'allait donc pas donner à nos enfants l'amour que j'avais reçu pour ma part, malgré tout, jusqu'à mes huit ans.

Mais Ted ne pensait pas à cela, Ted pensait seulement au présent, à cette seconde étincelante où il mettait une poupée entre les mains de Frieda en se demandant ce qui allait se produire. De ce point de vue, c'était quelqu'un d'insouciant, il ne ruminait pas. Il laissait aux autres le soin de s'occuper de ce détail, la rumination. J'aurais pu jurer qu'Assia Devil était, elle aussi, ce type de personne ruminante.

Et l'instant d'après, il m'a lacéré le cœur encore un peu plus.
Quand il s'est tourné vers Nicholas.

Nicholas piaillait ; il était à l'âge précis où on s'attachait pour de vrai, en l'occurrence à Susan O'Neill et à sa maman. Alors ce père qui avait rendu son fils orphelin ne pouvait venir ainsi exiger de l'amour à l'improviste.

L'amour ne se présentait pas sur commande.

Nicholas se débattait en tendant vers moi ses petits bras potelés.

– Voyons, mon lapin, il n'y a pas de danger, ai-je dit en le prenant dans mes bras pendant que Ted nous regardait, mécontent. Il avait perdu son maintien, se tenait voûté à côté du fauteuil.

J'ai embrassé Nicholas, il était encore glacé après être resté si longtemps dehors dans le froid, immobile dans sa poussette.

J'ai réchauffé ses joues de mes baisers.

J'ai essayé de penser : la douleur que je ressens n'est pas la mienne. La douleur qu'il essaie de nous refiler n'est pas la nôtre. C'était sa merde à lui, tout était sa merde à lui, ses maléfices (du coin de l'œil j'ai vu Ted, toujours aussi insouciant, s'intéresser de nouveau à la nounou, il avait déjà oublié la blessure qu'il reportait sur son Nicholas), mais avec nous ça ne prenait pas, nous étions protégés car nous, nous étions ensemble, n'est-ce pas, Nicholas ?

Mon fils de neuf mois était gros, lourd, délicieux entre mes bras. Un chérubin.

Je l'ai exhibé devant Ted. Nick, tout sourire à présent, sur ma hanche.

– Regarde ! ai-je dit. On dirait bien qu'on a un petit gros, tout compte fait, dans la famille. Maman a perdu des kilos à toute vitesse, mais c'est sur toi qu'ils se sont mis !

Ted avait déjà détourné le regard, il feuilletait le courrier à la recherche de lettres.

Le vent froid soufflait, soufflait à travers mon cœur. C'était le vent d'octobre. Dans ce vent-là, dans quelques jours, j'aurais trente ans. Au printemps Assia Devil avait demandé ce que je pensais organiser comme fête. Maintenant je savais que je serais seule le jour de mes trente ans. Seule - moi, mes enfants et la maison, dont le jardin donnait sur le cimetière. Peut-être, dans le meilleur des cas, aurais-je la force de leur faire griller des saucisses.

– Bon, nous sommes fatigués maintenant, ai-je dit en berçant Nick sur ma hanche, même si cela me déchirait de dire ça. Il faut que tu partes.

– Au fait, je te souhaite un bon anniversaire, a dit Ted d'un air coupable en envoyant un baiser à travers la pièce.

Je lui ai donné ses pommes et il a disparu.

Maintenant plus rien ne comptait que Londres ! L'écriture ! Ma vie à moi, que j'avais reniée avec une détermination si farouche ! J'étais à la cuisine avec Susan, devant les victuailles qui allaient dans un instant devenir Dîner Radieux avant que je ne me tire, et je lui ai assuré que, pendant tant de temps, je n'avais pas vécu. Mais maintenant, je vivais ! Je vivais !

Susan, vingt-deux ans, riait.

Blonde et belle.

Le soleil d'octobre s'insinuait par ma fenêtre et j'adorais mon nouveau sol à carreaux ; je voulais entraîner Susan, allez, un tour de danse !

Nous avons valsé jusqu'à ce que Frieda s'étrangle de rire, avec son adorable rire de deux ans. Elle suçait un bout de carotte en riant aux éclats et maintenant j'étais une mère DANS LE RIRE DE MA FILLE et je pouvais l'être parce que j'étais sur le point de partir. J'allais à Londres. Londres, Londres, Londres ! J'allais être comme Ted ; j'allais être délivrée de Ted et DEVENIR COMME LUI, ou alors simplement : j'allais prendre les libertés que Ted prenait chaque jour rien qu'en se réveillant, en étant homme et exempté de devoir être toujours en premier lieu PAPA.

– J'ai tellement été leur mère, ai-je confié à Susan. J'ai été le monstre-mère, j'ai été mère là où Ted a failli dans sa paternité, j'ai porté les enfants en moi et ensuite je les ai traînés jusqu'à ce que mes bras n'en puissent plus, j'ai renié mon écriture ! Tout ! J'ai tout fait pour eux.

Nous avons cessé de danser et j'ai attrapé une tige de céleri que j'ai coincée entre mes dents.

Avec l'argent reçu de ma tante Dotty, je m'étais acheté des fringues à Exeter. J'ai laissé Susan hacher les légumes dans la cuisine pendant que je courais me changer fiévreusement.

J'ai fait un défilé pour elle et pour Frieda pendant que Nicholas, assis par terre, tapait sur des couvercles de casserole.

– Et voilà ! ai-je presque crié en tournoyant.

Un pull noir et une jupe en tweed bleue qui me moulait parfaitement le derrière, qui me rendait sexy, bonne, excitante, *fuckable* !

– Et tu devrais voir ma jupe rouge, quand je la porte, on dirait presque un monument.

Je parlais à nouveau d'une manière qui faisait rire Susan, elle ne me comprenait pas mais elle me laissait faire.

– Vous êtes très belle, Sylvia !

J'ai pris le couteau de cuisine pour hacher l'oignon et couper quelques tiges de céleri, pour que Susan ne soit pas obligée de tout faire toute seule, mais un mouvement trop rapide, le couteau a traversé mon pouce et le sang rouge a jailli sur la planche à découper.

– Susan ! ai-je crié.

En une seconde elle a été près de moi.

C'était bientôt novembre, le jour de la mort de mon père ; j'avais tressé mes cheveux, mon pouce était enflammé sous le bandage et, d'une certaine manière, cela correspondait parfaitement à celle que je voulais être en cet instant :

affranchie,

enflammée,

véritable.

Je m'attardais du côté du buffet lors d'une soirée d'écrivains à Londres, sous la garde du serveur qui versait des bulles aux invités et qui pouvait aussi sans problème divertir la dame égarée au look convenable qui était moi et qui n'avait personne à qui parler. Je lui ai montré mon bandage en me lamentant :

– Pourquoi est-ce que je n'habite pas ici, dans ce monde d'immeubles ? Oh, pourquoi me suis-je retrouvée coincée dans un village du Devon ?

Ça l'a fait rire, il a dit que je ressemblais à un écrivain.

– Vous, entre toutes, vous devriez habiter à Londres. Vous avez l'air d'être faite pour le monde.

Dans une grande ville, on doit toujours en rajouter, on doit se mettre en avant. Alors j'ai commencé à dire du mal de Ted.

– La vie à la campagne va nous faire du bien, voilà ce qu'a dit mon mari quand nous avons déménagé. Il prétendait que Londres m'avait déroulé du fil barbelé dans la tête. Oh, je pourrais recracher les idioties de mon ex-mari aussi facilement que des glaires dans un lavabo !

Soudain, je n'avais plus personne pour me tenir compagnie.

Quant au super critique Al Alvarez de l'*Observer*, en me voyant m'avancer vers lui sur ma grande scène – Londres, l'épicentre des soirées d'écrivains –, il allait penser que ma liberté était une liberté par réaction.

Toutes ses déclarations de liberté, elle les fait en réaction à Ted, voilà ce qu'il penserait. Je me suis avancée vers lui en tenant mon verre d'une main tremblante et je lui ai montré mon pouce à lui aussi, en précisant qu'il me faisait beaucoup souffrir.

Al Alvarez a déposé un baiser sur ma joue comme d'habitude, et en inspirant le parfum beaucoup trop fort derrière mon oreille, il a pensé :

Elle s'est trop apprêtée.

C'est une sorte de veuve, en fait.

Elle se comporte comme si son mari était mort.

Elle est ici pour se hausser du col, je ne suis pas dupe, maintenant elle va m'expliquer à quel point ses poèmes sont bons, et pourquoi y a-t-il alors quelque chose en moi qui geint et se débat ? Comme si elle me faisait *pitié*.

Je me tiendrais près d'Al Alvarez, son puissant bras costumé frôlant le mien, et nous ferions la conversation en nous murmurant des choses à l'oreille, j'élèverais un peu trop la voix, de façon involontaire, imprudente.

Cela faisait si longtemps que je n'étais pas venue à Londres. J'étais submergée d'impressions et je devais me réhabituer aux pas, au tempo. J'avais besoin d'un petit temps d'ajustement, vraiment. À croire que j'avais oublié. Comment on faisait. Il y avait beaucoup de gens ici que je ne reconnaissais pas, le monde de la littérature tournait et se renouvelait et voilà que déjà ça pullulait de nouvelles recrues qui voulaient quelque chose et croyaient toutes posséder une voix, voilà, c'était ainsi.

J'ai dit à Al Alvarez que j'allais enregistrer des poèmes le lendemain pour la BBC.

Et une fois de plus il a pensé : Mais elle le *copie*, ma parole. Elle fait tout comme lui. Je comprends que Ted veuille se débarrasser d'elle. Hop ! S'il écrit du théâtre pour la radio, alors elle écrit soudain du théâtre pour la radio. Quel terrible manque de personnalité.

Il s'est éclairci la voix.

– Alors, Sylvia, c'est quoi, ces poèmes que tu as écrits pour la BBC ? Tu peux m'en parler ?

J'ai émis un petit rire et je suis restée près de lui car il était un homme grand et protecteur auprès duquel rester ; dans cette situation mondaine, je ne voulais pas que son attention s'égare et qu'il puisse s'échapper pour aller parler à un autre futur espoir. Non, je devais vivre devant lui maintenant, il devait me sentir vibrer.

Alors j'ai ri, et j'ai ri encore.

– Ce sont des poèmes de l'aube. Vraiment bien, si je peux me permettre de le dire moi-même. Pour la première fois, je...

Al était intéressé ; il voulait entendre la suite.

– Pour la première fois, je suis devenue auto-fictive, oui, bon sang de bonsoir ! C'est vrai.

Al a ri, je l'amusais.

Alors j'ai continué.

– Je crois que Ted avait raison de dire que je passais mon temps à *imiter*, que je m'obligeais à écrire sur des sujets que je ne *possédais* pas mentalement, pas vraiment, tu comprends ?

Al Alvarez a hoché la tête. Toujours Ted, pensait-il, elle est possédée par Ted, ma parole. Pourquoi est-elle ainsi ? Je devais changer de piste.

– Alors maintenant, j'essaie juste de me les arracher, les poèmes, comme une autre façon de battre la mesure, comme en état d'ivresse.

– Tiens donc.

– J'ai cessé de lutter.

– Ça, c'est intéressant.

– Pour de vrai, j'ai cessé de lutter.

Et là, Al Alvarez, qui était lui aussi un homme que j'idéalisais, a vu que j'étais sérieuse. Il a vu qu'il m'était arrivé quelque chose et cela l'a réchauffé, cela a construit une sorte de mur autour de la perception qu'il avait de moi. Il avait l'air content pour moi.

Et pourtant, mon apparence, mes rides, ma perte de poids, mon corps maigre, osseux, mes cheveux tressés en coiffure de bobonne respectable, le sourire aux dents jaunes, les yeux hystériques sans la moindre protection.

Pourtant, s'inquiétait Al.

Elle est veuve. C'est comme si Ted était mort pour elle.

Qui a envie de baiser une veuve ?

– L'enregistrement doit avoir lieu au British Council, ai-je dit pour ne pas perdre la face.

Je venais de lui lire *Daddy*.

C'était un événement décisif.

Il a repris son souffle.

Il a dit :

– C'est intense, Sylvia, c'est violent. Tu es devenue vraiment, vraiment bonne.

D'un coup, je frétillais.

J'avais gagné, en bref. Je le savais. Je suis tombée amoureuse d'Alvarez quand il m'a dit ça. Quand il a dit de mon poème ce que je ne pouvais pas dire moi-même.

J'ai si bien dormi cette nuit-là, sans somnifères, car j'avais montré mon âme à quelqu'un, à Al ; et il l'avait jugée bien, suffisamment bonne. Valable.

Remplie du silence qui ne peut se produire qu'après qu'on a parlé, un silence comme rassasié, je me suis allongée après les enregistrements au British Council et j'ai regardé le plafond.

C'était l'amour que je ressentais. Je le savais.

Je l'avais perdu en chevauchant trop fort la vie / les vagues, loin de l'Amérique, à fond dans cette vie de Cambridge où j'étais l'Autre, la Fille à bicyclette, l'Américaine, Celle dont Ted avait vu qu'elle écrivait aussi.

Mais maintenant. Après coup. Je voyais l'amour plus clairement.

Lumière de novembre ; parfois, on aurait dit une lumière de printemps, comme filtrée par du verre. C'étaient les éclairs des gratte-ciel qui se reflétaient ici dans ma chambre d'hôtel au cinquième étage.

Sa grâce, sa douceur.

J'étais douce moi aussi maintenant.

J'ai ôté tous mes vêtements, je me suis laissée apparaître nue, en me souvenant d'autres chambres où j'avais voulu me déshabiller sans le pouvoir ; la chambre idiote de Richard dans le Connemara, l'hôpital à Londres l'avant-dernier printemps, quand j'étais hospitalisée. Et la maison de Court Green, où je devais sans cesse être une personne digne qui s'occupait des autres, prête à affronter la visite-éclair de la prochaine voisine.

J'avais perdu du poids, on me voyait à peine, je me souvenais tout juste de moi, où étais-je ? Voilà donc l'effet que ça faisait d'être frappée par l'anorexie, de se refuser à soi-même sa nourriture, sa joie, sa stabilité. Son propre corps, oui.

Maintenant j'étais heureuse à Londres, en cet instant précis, oui, mais je ne connaissais que trop bien le mécanisme du contrecoup, qui faisait dégringoler la personne heureuse de ses hauteurs.

Même moi, j'en avais peur.

Même moi - alors que je détestais quand ma mère formulait cet argument dans ses lettres, quand elle affirmait que, soi-disant, je filais un mauvais coton, que ce qui m'arrivait était grave pour ma santé, que je devais faire tout spécialement attention à moi en ce moment.

Même moi, je le comprenais.

Je ne veux pas passer un autre hiver en Angleterre, je crois. Voilà ce que j'avais écrit au mois d'août à ma mère dans une lettre pleine de confiance.

Si désespérante, cette mère : si seulement il était possible d'être sincère, de façon égalitaire ! Si je n'étais pas encore et toujours sa fille, de cette manière affreuse. Si mon bonheur ou mon malheur n'avait pas la malchance de mettre en route tous les paradis et les enfers *en elle*. Si seulement elle pouvait m'écouter, de façon calme et confiante.

Une seule fois.

Mais elle ne le pouvait pas.

Alors le reste du monde devait m'écouter.

J'ai ramassé le livre que j'avais emporté ; c'était ainsi, il fallait que je rattrape mes lectures en retard. *L'Art d'aimer* d'Erich Fromm, ce court texte que ma Dr Beuscher m'avait demandé de lire. « Lis-le et essaie de te mettre d'accord avec ton propre désir et tes sentiments, surtout quand tu éprouves ces oscillations brutales entre espoir et désespoir, quand ta sécurité semble en danger, essaie de voir au travers des images idéales que tu t'es construites à partir de ta mère et de Ted. Trouve-toi toi-même dans tout cela, Sylvia, et deviens libre. »

Je savais que j'avais une leçon à apprendre, j'avais si longtemps repoussé ce travail intérieur, et voilà ce que ça avait donné, voilà le résultat du déni : mère isolée (exactement comme ma mère !), abandonnée par le père des enfants, sans ressources, dépendante de mes seules œuvres littéraires. Être seule c'est être faible, et ooooouuuuuaaaaaaiiiiiis que je le savais et que ça me brûlait, et que ça faisait mal. J'avais si peur de la maladie, si peur de la mort, si peur des blessures, si peur de la vulnérabilité, si peur de la faiblesse, exactement comme mon père qui n'avait jamais révélé à son entourage ni à lui-même qu'il était malade alors qu'en réalité il était mourant. Mon grand homme fort dans la vie, PAPA, qui allait se révéler faible et m'être arraché, dire qu'il serait même POSSIBLE de l'amputer, que son pied se gangrène. Qu'il meure.

Essaie de ne pas ressentir que tout doit être parfait, m'écrivait ma Dr Beuscher dans sa lettre. *Entraîne-toi à accepter. Maintenant c'est comme ça, les choses n'ont pas toujours une explication simple, parfois la vie devient comme ceci ou comme cela, simplement, sans que cela implique l'existence d'un schéma ou une expression du destin, ce n'est pas toujours une question de responsabilité. Les choses adviennent, les choses se produisent, c'est au-delà de ton contrôle, essaie de te convaincre de cela.*

Et si elle avait été en face de moi dans le cadre d'une séance, je lui aurais répondu :

– Mais j'ai peur de ce qui est moins que parfait, car alors je n'ose pas vivre, ça fait trop peur.

Et elle m'aurait demandé :

– Qu'est-ce qui te fait si peur ?

Et je serais restée un moment silencieuse. Puis j'aurais frotté mes longs doigts minces les uns contre les autres en une danse des mains, comme on le fait devant sa psychiatre pour avoir l'air de réfléchir et gagner du temps ; pour avoir l'air petite et vulnérable, mais sans l'être.

Et puis j'aurais dit :

– J'ai l'impression que si je ne tiens pas les rênes, alors je ne peux pas vivre, c'est pire que la mort pour moi, car alors je perds le contrôle...

– Et qu'y a-t-il de si dangereux à ça ?

Et j'aurais répondu :

– C'est ce que j'essaie de comprendre ! Je n'ai pas de bonne réponse... Je devine que l'écriture, ce que j'écris, est une sorte de réponse... Il y a quelque chose chez moi que je ne comprends pas.

Silence.

– Je suppose...

– Oui ?

– Je suppose que la mort m'a frappée enfant à un moment où j'étais sans protection, livrée sans défense aux mains de quelqu'un d'autre. Et puis il est mort. J'aurais dû y être préparée. J'aurais dû mieux comprendre.

Et elle aurait légèrement hoché la tête en disant :

– Comprends-tu que c'est précisément ce qui est en train de se produire ? Tu t'es imaginé avoir le contrôle sur tout, d'une manière qui t'a rendue aveugle alors que tout te glissait des mains une nouvelle fois ?

Je serais restée pétrifiée à ma place, pas même mes mains n'auraient bougé cette fois.

J'aurais ressenti, vraiment, la douleur de ce qu'elle me disait. Et avec de grands yeux chargés de culpabilité, je lui aurais demandé :

– Alors c'est ma faute ? Vous voulez m'en faire porter la responsabilité ?

Et Beuscher aurait vigoureusement secoué la tête, avec un air de maintenant-ça-suffit.

– Arrête, Sylvia. C'est ton ego qui parle, ne nourris pas ton ego ! Tu n'as aucune responsabilité là-dedans. L'ego adore la culpabilité, la faute, il s'en nourrit. Ce que je dis, c'est que tu t'exposes au mécanisme précis que tu crois pouvoir détourner de toi grâce à ta vigilance. Mais non, l'incontrôlable revient, infailliblement.

J'étais de glace à présent. Si je pouvais ne pas penser, seulement me vautrer dans l'amour de soi qu'on éprouve pendant trois minutes après que quelqu'un a aimé vos poèmes.

Ce type aux yeux sombres au British Council, oh que je m'étais pavanée devant lui ! À flâner dans son bureau, avec ma voix, à réciter pour moi-même avant d'être placée devant le micro. Le microphone. L'éther, ma place adéquate, mon véritable terrier en ce monde. Là, je prospérerais pour toute l'éternité, amen. Et ce délice ensuite, d'en avoir fini, de refermer mon cahier, de descendre dans le métro de Londres et de rentrer chez moi, à l'hôtel, où m'attendait un lit avec deux couvertures et une sorte de douche dans la baignoire ainsi qu'un livre qui allait m'éclairer sur mon amour de moi-même, qui s'intitulait *L'Art d'aimer*.

Je ne l'ai pas ouvert. À vrai dire, je ne l'ai pas fait. Si peur de la vérité, si peur d'être confrontée à moi, oui. Mais laissez-moi me reposer, pensais-je, laissez-moi être pleine de l'amour qui advient après qu'on a lu deux de ses meilleurs poèmes au British Council. Lu, en étant aimée pour ça, en recevant des compliments pour sa voix. Sa voix grave et forte. C'est bon pour cette fois, Sylvia. Apprendre à te connaître, tu as toute la vie pour le faire !

J'ai contemplé le plafond, immobile sur le lit, en respirant jusqu'à ce que le froid ait pris possession de mon corps entier. J'étais fraîche comme un cadavre. La peau réfléchissante comme de la nacre. Et c'était moi et personne d'autre.

En cet instant, alors que la vie m'avait provisoirement quittée et que je sentais dans chaque pore de ma peau à quel point j'étais seule, j'ai levé la main vers le plafond, puis je l'ai placée sur mon secret.

Mon secret, mon bas-ventre.

Le langage pour tout ce que nous avions porté ensemble, mais que nous n'avions plus.

Il m'avait eue, moi, j'avais fait advenir ses enfants, notre amour avait coulé entre mes jambes.

Et je portais encore ce secret, cette sombre grotte de vie, ce bas-ventre féminin, le trou, le dommage...

Se promener sans cesse avec la vulnérabilité.

Porter le dommage vivant au centre de son corps.

Toujours.

J'ai posé la main sur le secret qu'était mon bas-ventre et j'ai bougé mon doigt jusqu'à ce que ce soit comme du velours, les tissus et les sécrétions, ensemble. J'ai craché sur mon doigt. Je l'ai envoyé dans la grotte qui était moi, qui était tout mon espace, ma question. Le fruit étonnant de l'univers. La question à laquelle on n'obtenait pas de réponse : mais c'était QUOI, un ventre féminin ? Qu'est-ce que cela *signifiait* de se promener avec une chose pareille ?

Et pourquoi baisait-il Assia Wevill maintenant ?

Je n'avais pas cru qu'elle durerait ; je croyais que c'était « elle et d'autres femmes », une parmi tant d'autres ; mais NON. C'était bien elle. Il était fidèle.

Mains croisées sur les genoux, dans le métro de Londres. On aurait dit une prière ridicule. Alors j'ai relâché ma posture, j'ai laissé mes doigts sans abri glisser sur le tissu froid de ma jupe et j'ai regardé défiler les tunnels. Bientôt, un soleil qui se levait ; une femme qui émergeait du souterrain ; les rames là-bas tout au fond qui continuaient à rouler, pour elle, si elle choisissait qu'il en soit ainsi ; et la lumière sur les façades aux couleurs vives de ce quartier de Primrose Hill, où j'étais née autrefois en tant que mère de Frieda.

Personne ne me regardait dans la rame mais tant pis, pensais-je, c'était novembre, ils me regarderaient plus tard, ceci était un travail préliminaire, quelque chose que j'exécutais pour devenir immortelle, pour permettre à ma puissante raison d'occuper une place centrale, pour qu'on se souvienne de moi, par la suite, comme de la poète la plus rigoureuse et en même temps, par quel miracle, la plus cool de l'histoire. Ted faisait pâle figure en comparaison, comme une chemise mal repassée pleine de taches.

J'ai émergé du souterrain et, là-haut, à l'air libre, c'était comme si un vent s'emparait de mon manteau et me poussait de l'avant.

Ici un salon de coiffure, là un petit magasin pour les fois où il me faudrait rassasier mes enfants, à un jet de pierre la bibliothèque, et puis le parc et les galeries d'art...

Ceci serait le week-end où je me couperais les cheveux.

Primrose Hill, c'était ici que j'avais été la plus vivante autrefois, pourquoi n'aurait-on pas le droit de se reposer sur ses lauriers, ou de reprendre simplement quelque chose qu'on avait dû laisser se perdre jadis ?

Qui pourrait me le reprocher ? Merde alors !

Abondance, ai-je pensé en écrasant ma cigarette sous ma semelle. J'avais noté ça dans le livre que je lisais à présent, celui sur le cerveau que m'avait recommandé le Dr Beuscher, je ne me souvenais plus du titre : certains croient vivre dans un dénuement total, alors tout ce sur quoi ils se concentrent, c'est la négativité, comment détourner les catastrophes. D'autres (et je n'avais aucune envie de nous répartir Ted et moi dans ces catégories, mais je n'étais quand même pas idiote, moi aussi j'étais capable de comprendre les choses), d'autres, donc, c'est-à-dire le reste du monde, c'est-à-dire tous ceux qui n'étaient pas moi, voyaient surtout l'abondance, ils vivaient dans le sentiment qu'il y en avait assez pour chacun, de l'amour, de la constance, la vie était comme un gâteau dont ils étaient sûrs d'obtenir eux aussi leur part.

La promenade à travers Primrose Hill m'a pris moins de cinq minutes ; dans cette rue les maisons étaient ternes, les couleurs des façades moins belles, les voitures banales, mais je ne voyais rien de tout ça. J'inspirais un air londonien glacial et noir. J'ai avalé ma salive. J'étais arrivée au 23, Fitzroy Road.

Abondance, ai-je pensé en montant les marches du perron jusqu'à la porte marron sous l'écriteau bleu proclamant que le poète W.B. Yeats avait vécu ici enfant. Mon Yeats, mon poète de l'amour, mon modèle irlandais ; je voulais me mirer dans l'éclat de son nom, la mer verte et froide, son abondance, la mer qui étanchait la soif, qui suffisait à tous et qui voulait tout embrasser.

Mon élément, la mer, l'universelle, la dangereuse, l'éteigneuse de feu, l'écumante, les grandes vagues que j'avais voulu rejoindre à la nage un jour il y a bien longtemps, avec Mel, mon ami, j'avais dix-neuf ans alors, et il criait, inquiet à l'idée que je veuille mourir là-bas, dans les vagues vertes, nager vers le large et ne plus revenir. Peut-être avait-il raison à l'époque ; mais quelle difficile entreprise tout de même, mourir, quelle saloperie de tâche ardue.

J'avais fait demi-tour, recraché l'eau que j'avais dans la bouche, j'avais ri de son anxiété.

La vie vous submergeait de sa vivabilité, c'était tout.

Vous obligeait à rester là.

J'ai laissé retomber le heurtoir, une, deux, trois fois. Voici une jeune femme en pleine possession de ses moyens, attendant qu'on lui ouvre.

Londres. La maison de Yeats. Je l'avais trouvée. Je ne vivrais plus jamais amère, seule et abandonnée dans une atroce maison à la campagne qui me rappelait tout ce que j'avais perdu et toutes les qualités qui étaient miennes, auxquelles personne ne comprenait rien.

Je n'avais pas l'intention de me laisser oublier.

Je n'avais pas l'intention de devenir un débris, un épisode de vie sur lequel on avait tiré un trait.

Je n'avais pas l'intention de devenir frigide et qu'on se serve de moi comme d'une paire de chaussettes.

J'avais l'intention de rester là. Avec mon voile sur la figure.

Maintenant je suis sous mon voile, pensais-je. J'ai mes poèmes, j'ai mes enregistrements pour la BBC, j'ai mon nom d'écrivain, Sylvia Plath, j'ai donné naissance à mes enfants et maintenant je suis là et j'attends qu'on me laisse entrer dans l'appartement qui va me restituer ma vie.

Ted était oublié maintenant, emporté comme une algue à marée haute. Soulevé et emporté par la mer. La mer, c'était moi. Moi, les vagues. Il l'avait seulement oublié. J'étais l'avenir. L'avenir, je le portais dans ma poitrine. J'étais le temps, j'étais la vie même, j'étais la mère archaïque, c'était moi qui m'occupais des enfants.

Oh, je grelottais, j'avais froid à présent. Ne m'ouvrirait-on bientôt ? Les choses ne se passeraient-elles donc pas comme je le voulais ? La lune brillait-elle ce soir précisément pour me guider jusqu'à l'hôtel où j'avais dormi la nuit dernière ? Ces personnes-ci m'avaient-elles, elles aussi, oubliée ?

Après ce qui m'a semblé dix minutes quelqu'un a entrebâillé la porte. Un monsieur d'un certain âge m'a priée d'entrer. Il y avait deux logements. Le premier appartenait à un homme âgé, « ne vous occupez pas de lui, mais il est gentil, vous pouvez avoir besoin d'un homme solide dans la maison », et j'ai pouffé, c'était ce qu'on faisait sous son voile ; on pouffait de rire, on se laissait distraire facilement, on était d'un commerce facile.

L'homme m'a montré le chemin de mon appartement de rêve. C'était défraîchi, bien sûr, c'était un peu sombre, mais sur le moment je n'ai pas vu l'obscurité, ni à quel point tout était délabré, je ne voyais que le potentiel. Ou plutôt je voyais bien le délabrement, et il m'enchantait ; cela résonnait en moi, toute cette usure, tout ce qui avait besoin d'être réparé et recousu, le papier peint qui se fanait de misère et d'humidité, les toilettes qui paraissaient sales et dont on ne pouvait pas tirer la chasse d'eau pour l'instant.

– Il va falloir qu'on s'en occupe, mais tout va bien, dès qu'on aura remis l'eau, j'appellerai le plombier lundi, ne vous embêtez pas avec ça.

Mon regard brillait. Appuyée au montant de la porte, je sentais une vague odeur de renfermé et de moisissure mais je voyais aussi - mes yeux remplissaient à présent leur fonction - je voyais une sorte de lumière, un air avec lequel il m'était possible de vivre ; comment les fenêtres laissaient entrer cette lumière dans laquelle je vivais autrefois, la lumière de Primrose Hill.

La toute première lumière de printemps des années 1960, pleine de peau de bébé.

Je la voulais.

– Je le prends, ai-je dit en lui tendant la main.

Il n'en avait même pas encore fini avec la visite, nous étions dans la cuisine et là c'est monté d'un coup : une sensation d'être totalement ancrée, en soi, chez soi, dans son propre temps et, même, dans l'avenir.

Ceci était à moi.

À moi, et à mes enfants.

Ted viendrait ici avant de les emmener au musée, au zoo, en promenade. Je voulais revenir à cet endroit, au point de la naissance, l'arrivée de Frieda dans le monde, nous étions joyeux alors, je me tenais tout là-haut, et je me tiendrais de nouveau tout là-haut, dès le printemps, une fois le roman publié, la fantastique *Cloche de verre*, et quand les nouveaux poèmes auraient trouvé un éditeur.

L'inconnu a accepté ma main, il voyait bien que je venais de prendre ma décision, aucune place pour le moindre doute.

Fin novembre à Court Green, l'une des dernières fois.

C'était moi, seule, dans ma chambre, celle qui avait été notre chambre, à Ted et à moi.

Debout, en train de vider la penderie. Tout devait partir. Et je devais opérer des choix, négocier une telle quantité de choses, c'était fou. Et je devais trouver le temps de faire tout cela pendant les heures où les enfants étaient chez la nounou. Tant de décisions, tant de tri et de nettoyage, tant d'avenir à modeler, tant d'amour dont il fallait décider seule.

Ceci était donc moi. Ceci était donc ma vieille garde-robe. Mes vêtements. Laids, dégoûtants ! Et moi qui avais cru de bonne foi qu'ils se *sentaient bien* dans ma penderie, quand j'y déposais un sachet de lavande pour qu'ils soient à l'aise et sentent bon ; mais en réalité, les petits monstres étaient déjà dans la place, grignotant notre soie, notre laine.

Saloperie de mensonge répugnant au milieu duquel j'avais vécu !

J'ai tout arraché, y compris les cintres.

Je n'étais plus un accessoire, une entreprise d'arrière-plan, la condition pour que quelqu'un d'autre puisse vivre sa vie. Je n'étais plus le commencement pour quelqu'un d'autre. J'étais mon propre commencement.

Alors comment démarrait-il, ce commencement ? Comment prenait-il forme ? De quoi avait-il l'air ?

Une montagne de vieilles fringues sur ma courtepointe ; ça pouvait aussi débuter ainsi. Ce commencement en valait bien un autre. Les fringues étaient là, poussiéreuses, grouillant de petits scarabées marron qui s'en étaient repus. De grands trous là où s'était niché mon amour. La question la plus profonde était celle-ci : comment allais-je m'en sortir avec l'amour que j'avais ?

Qui allait à présent m'en offrir des rations supplémentaires ?

D'amour.

Qui allait construire la grande protection dont j'avais besoin si je devais vivre dans le monde du dehors ?

LONDRES, baby. Londres toute seule. J'avais vu l'annonce - la maison de Yeats, avec l'écriteau bleu -, j'avais vu le destin inscrit dans les vieilles pierres des murs de la maison. Mon destin. La fin. Ma maison.

Depuis tout ce temps, elle m'attendait. La maison qui allait m'extirper de l'étau, des pattes, des pinces qui m'avaient serrée à m'étouffer - Ted, ses griffes de corvidé, ses façons de corbeau au fin fond de la campagne anglaise.

Comme un ballon d'hélium j'allais m'élever vers le ciel, si je ne prenais pas l'initiative de m'ancrer, si je ne nous trouvais pas une porte derrière laquelle nous enfermer à clé et des lits dans lesquels fourrer les enfants.

La vieille maison de Yeats.

M'attendait depuis tout ce temps.

Chaque jour de cet automne me faisait l'effet d'être mon anniversaire.

J'ai dépoussiéré les vêtements, je les ai soigneusement pliés un à un et je les ai rangés dans un sac. Un grand sac profond pour les vieux vêtements qui m'avaient réchauffée naguère. Les souvenirs de ces vêtements-là, quand nous étions ensemble, Ted et moi, dans notre York venteux, quand ses parents voyaient notre avenir en moi, comme je voyais à présent mon avenir dans la maison de Yeats. Ils avaient vu que mes yeux remplissaient leur fonction et que j'hésitais. Ils n'étaient pas certains que je tiendrais pour Ted.

Tout serait propre et vide lorsque je quitterais Court Green et que je louerais nos pièces à des étrangers, il ne serait pas possible de nous pister jusqu'ici. Nous allions être triés et jetés. La maison serait nettoyée de notre présence.

La question la plus profonde était celle-ci (et je l'ai emportée à la capitale) : comment allais-je être aimée en profondeur ?

Qui m'aimerait profondément ?

Qui, sinon Ted ?

Sinon Ted, qui pourrait m'aimer pour de vrai ?

La trahison de Ted enfonçait une pointe de tournevis dans la chair rouge qui était mon cœur : il ne m'avait jamais aimée, jamais en profondeur, jamais d'une façon authentique, au cours de nos sept années ensemble.

C'était exactement comme s'il m'avait dit : factice. Facticité et fabulation, aucune réalité. Il adorait le motif moi. Il adorait l'image de moi. Il adorait le genre. L'Américaine, l'émotive, la poète. Il adorait mes exigences (et il les haïssait). Il adorait avoir une épouse pensante. Il adorait avoir une épouse. Il adorait que je pense et que je détruise mes pensées à force de les ruminer, et alors il n'en restait rien dans mes textes. Il adorait le fait que j'essaie mais que je ne réussisse pas. Que je me relève et que je me batte, à coups de cornes, comme une chèvre. Que je ne sois pas celle que j'aurais tant voulu être. Il aimait mon incomplétude, et voilà où j'étais, et où je luttais pour devenir complète.

Dans cet écart, aucun de nous ne pouvait aimer.

Maintenant je le savais.

Alors comment faire, maintenant que je partais à Londres ?

Qui allait m'aimer maintenant ?

J'avais les enfants ; mais je me lançais aussi dans une nouvelle ère, une nouvelle manière de compter le temps, une nouvelle rentrée. C'était totalement inconnu. Je le savais. Et pourtant, c'était juste. Pour cette raison précise, c'était juste. Parce que je n'allais pas rester recroquevillée en position fœtale et être une victime. J'allais devenir réelle, j'allais devenir texte, j'allais être célébrée pour mon œuvre, j'allais faire des gaufres à mes enfants pendant la journée et me rendre à des fêtes londoniennes le soir. J'appartiendrais à ma propre élite. Pas à la sienne. J'allais devenir MIENNE.

L'amour de moi que je m'étais refusé jusque-là, j'allais en prendre soin. J'allais me le donner. J'allais donner, j'allais donner, j'allais donner !

Alors qui allait m'aimer maintenant ?

Moi.

Je suis allée chercher la lettre dans le tiroir de la commode, la lettre qui m'avait causé une telle honte quand je l'avais reçue la semaine dernière. Le Dr Beuscher m'écrivait que je ne devais pas laisser ma vie entre les mains de Ted et de l'amour qu'il n'avait de toute façon pas l'intention de me donner. Je ne devais pas faire de Ted un modèle de l'amour. Il ne devait pas être mon père de substitution, ni mon mentor. Pas mon correcteur, pas mon premier et mon dernier lecteur, comme nous le disions jadis, pas le grand frère qui m'avait toujours manqué, pas non plus... mon substitut de mère.

Il ne doit être rien pour toi en ce moment, m'écrivait Beuscher. *Ne lui accorde aucun rôle. Aucune importance. Il est en papier.*

Réduis-le en miettes. Fais un petit rituel ! Expérimente. Joue, pour une fois. Essaie de le réduire en poudre dans ta main.

Cela m'avait terriblement gênée parce que je comprenais que c'était ce que j'avais fait... avec *moi*. Même si elle se trouvait de l'autre côté de l'Atlantique, Beuscher me connaissait, elle savait comment je fonctionnais. Comment pouvait-elle me déchiffrer à ce point ? Voilà l'homme qu'il m'aurait fallu ; un homme qui me laissait prendre mon temps et mon espace, un homme qui comprenait qu'une femme ne pouvait en aucun cas grandir en même temps qu'elle devenait mère ; car alors, elle s'offrait elle-même au grand tout de l'univers et ne s'appartenait plus à elle-même.

J'aurais dû avoir un homme qui me comprenait de cette façon-là.

Et qui m'aimait, dans le même souffle.

Alors. Le réduire en miettes au cours d'un rituel. J'ai regardé autour de moi et mes yeux se sont posés sur le pull le plus laid de Ted, un pull plein de trous, de grands trous moches, je le trouvais si repoussant quand il le mettait, c'était celui qu'il enfilait par-dessus sa chemise, quand sa chemise était suffisamment tachée. Ce pull-là, précisément, j'allais le réduire en miettes.

J'ai tiré la laine à partir d'un des trous et j'ai commencé à le détricoter. Ted tout entier allait être réduit à rien, tout comme il m'avait anéantie en me rendant invisible. Transformée en un mycélium de filaments inutilisables, rien de consistant, rien qui ait de la valeur.

À présent lui-même n'était plus que filaments, en vrac sur le sol.

Je me sentais vide et inouïe.

Je me suis glissée au milieu des vêtements sur le lit, ceux qui n'étaient pas encore pliés au fond du sac ; je me suis faufilée parmi eux, je regrettais ce que je venais de faire, j'ai posé sur mes yeux le pull en laine de 1959 et je me suis laissée entraîner par son odeur, jusqu'à Yaddo, l'été dans la petite maison de Saratoga Springs. Nous écrivions, nous avions encore devant nous le monde entier, tout frais, humide, j'avais une vie dans mon ventre. Enceinte de Frieda, notre première.

Maintenant je pleurais sous le pull.

Il faisait sombre là-dessous, à pleurer. Nom d'un chien, je n'avais rien à faire là, je devais être résolue et digne et savoir ce que je fabriquais, parce que Susan allait bientôt me ramener les enfants, c'était son dernier tour de garde avant qu'elle ne cesse de venir, et j'avais loué l'appartement à Londres, j'avais fixé la date du départ et j'avais rempli quelques valises, et dehors, c'était novembre dans son épaisseur, il faisait gris et froid. Je voulais les accueillir à leur retour avec le sourire de la vie, cet amour rôti délicieux auquel les enfants avaient droit en ce bas monde, et que j'étais seule à pouvoir leur offrir.

Je ne voulais pas qu'ils trouvent un monstre larmoyant caché sous un tas de vieilles nippes avec ses souvenirs, et que ce monstre larmoyant soit moi.

Je voulais me donner à moi-même l'amour que je leur donnerais ensuite.

Mais bon sang de bonsoir, comment se donne-t-on de l'amour à soi-même ? Comment s'aime-t-on soi-même ?

Le Dr Beuscher me demandait instamment de lire Erich Fromm pour cette raison - l'amour de soi. D'après elle, j'y découvrirais un chemin vers l'amour de soi, et ce serait le coup d'envoi de mon début. Ma nouvelle vie.

Ô pleurs, pleurs énormes et effrayants, que valaient même les pleurs, quand il n'y avait personne devant qui pleurer ?

D'un côté, je serais contente si Susan entrait dans la chambre et que j'étais autorisée à m'effondrer devant elle, si elle pouvait être mon infirmière de la même manière qu'elle était en ce moment la protectrice des enfants ; je voulais moi aussi m'abandonner, me délivrer de mes propres griffes, être prise en charge.

J'aurais voulu être aimée de cette manière...

Pour cela, je devais me montrer.

Telle était l'essence de l'amour.

Je me suis levée, je me suis placée devant le miroir, j'ai projeté la paume de ma main contre ma joue, jusqu'à avoir mal. Puis l'autre joue, et retour à la première. Je me suis giflée ainsi jusqu'à avoir des joues roses qui sentaient le brûlé. Il n'y avait aucun calme à trouver. Aucune sérénité à atteindre. Je n'avais pas ça en moi. Aucun port d'attache. Aucune sécurité. Aucune paix. Aucune délivrance. Aucun plaisir.

Je le comprenais à présent, en me regardant.

J'étais un cas désespéré.

Je devais être maintenue sous respiration artificielle. Il me fallait une machine à vent qui me souffle dessus pour que je puisse garder une stabilité et une direction. Par moi-même je n'en étais pas capable. Pas même quand je me décidais, pas même quand j'étais prête, pas même quand j'avais trouvé une adresse où m'enfuir : Londres, 23, Fitzroy Road. Pas même alors.

J'ai arraché les vêtements de Ted du sac.

Voilà ce que j'allais faire, j'allais remplir une valise pour Ted, avec ses vieilles affaires. Ainsi il n'aurait qu'à décider tout seul, si jamais il venait ici, s'il valait la peine de garder quelque chose.

Je n'allais pas décider de son sort.

Ted, je ne le contrôlais plus !

C'était un soulagement.

Je suis allée chercher la valise marron dans le débarras, j'ai ouvert les fermoirs et plié soigneusement toutes les affaires de Ted (sauf le pull-over). C'était un soulagement que nos vêtements ne soient pas obligés de voisiner dans le sac.

Aimée en profondeur.

C'était ainsi qu'on s'y prenait pour être aimée en profondeur : on laissait aux autres le soin de s'occuper de leur merde, on ne prenait aucune responsabilité excessive pour autrui. Les vêtements de Ted pour Ted. Mes vêtements à moi pour l'oubli. J'allais de toute façon m'acheter de nouvelles fringues, avec tout l'argent que j'allais recevoir en janvier à la parution du roman.

C'était si libérateur de refermer le couvercle de la valise sur les chemises de Ted et ses vieux pulls à demi dévorés, que j'avais aimés autrefois.

Voilà comment on était aimée en profondeur : on pensait abondance, on ne se vautrait pas dans les vieilles injustices, on mangeait des vitamines et on s'arrangeait pour être en bonne santé, on dormait quand les enfants dormaient. Voilà comment on était aimée en profondeur : on attendait son heure, on écrivait ses poèmes, on s'en tenait à un emploi du temps régulier, on trouvait des façons d'essayer de s'aimer soi-même.

J'ai soufflé. L'étau se desserrait. L'angoisse s'est mise au pas et a quitté la chambre. Ne restait que moi ; je respirais, j'étais ici. J'ai réussi à me mettre debout. Je les entendais. Ils arrivaient, ils étaient à la porte. Ils étaient encore mes enfants ! J'étais encore leur mère !

J'ai dévalé l'escalier, mes pas faisaient un bruit monstrueux, j'étais là pour eux - maman, maman ! - et j'ai serré dans mes bras leurs fins petits corps exquis, ma chair pour leur chair, mon sang pour leur sang.

Nous nous réchauffions les uns aux autres, je ne voulais pas quitter cette étreinte, même si Frieda a tout de suite commencé à blablater. Elle parlait tellement à présent ! Et Nicholas, comme il gazouillait avec les mots, il aurait bientôt un an, bon sang, comment cette année avait-elle pu passer si vite, comment une telle quantité de dégueulasserie et d'amour pouvait-elle trouver place en un an ?

– Viens, ai-je dit à Nicholas. Viens, mon garçon. Viens, et ne bouge plus.

À présent, il ne me restait plus qu'à fournir à ces petits voyous un repas. Car j'étais leur mère. Et le petit garçon avait sa place auprès de moi, sur ma hanche.

Et maintenant, Londres, pour un week-end. La dernière semaine de novembre était passée à son tour, et n'était-ce pas cela qui était si fantastique à Londres ? Une grande ville adoucissait les saisons épouvantables, l'hiver se remarquait moins ici. J'allais remplir la maison d'enfance de Yeats de ballons légers et de papiers peints bleu ciel.

Et de l'autre côté de l'Atlantique, ma mère savait, ou du moins elle pressentait dans les tréfonds de son ventre, que lorsque j'écrivais : *Si seulement j'obtiens cet appartement je serai la plus heureuse du* monde, et ensuite, après avoir atterri dans l'appartement : *Je certifie sans la moindre hésitation que je n'ai jamais été aussi heureuse de toute ma vie*, elle savait qu'alors, sa fille était vraiment mal barrée.

La ville était enveloppée de brouillard, je ne voyais pas la main devant moi en me dirigeant vers la cabine téléphonique et c'était agréable d'être ainsi emmitouflée dans la foule et de se transformer en fumée de cette façon.

Les enfants et moi étions installés provisoirement dans le quartier de Camden chez le petit ami de Susan. Tout jouait contre moi et je travaillais dur comme un soldat du corps des

Marines. Maintenant il leur fallait des garanties. Au fond d'une cabine téléphonique rouge dans le brouillard, j'écoutais une lady dure comme un silex (c'était toujours des ladies) m'expliquer de sa voix de girafe que je n'étais pas une candidate très sûre pour eux, en définitive, vu que je n'avais pas de revenus fixes, j'étais jeune, j'étais américaine - oui, elle m'a épinglée avec toutes ces épithètes. Alors j'ai craché sur le sol en métal de la cabine, moi qui me tenais là, plate comme une crêpe avec mes cheveux courts et mes lèvres rouges enflées.

La vie n'en finissait pas.

J'étais là pour toujours, éternellement jeune, éternellement en train de me battre pour mon avenir. Invisible de tous, dans ma petite cage, cachée par le brouillard, je me battais. Sans l'intervention de quiconque. La guerre se déroulait uniquement dans ma petite vie, c'était moi qui gérais les catastrophes, moi qui trouvais mon chemin dans le brouillard, qui mettais en location des maisons à la campagne, qui engageais et congédiais des baby-sitters, qui essuyais la morve et le vomi enfantins.

J'ai dit à la dame girafe que j'avais une mère en Amérique et qu'elle pouvait garantir le paiement du loyer.

– Quel métier exerce votre mère ?

– Elle est professeure d'université.

Professeure, d'où cela m'était-il sorti ? C'est là que mon cœur a cogné, que mon pouls a commencé à battre la chamade, le plus élevé de tous les pouls des vivants de Londres ; mais cela ne s'entendait pas dans la voix que je présentais à la dame girafe dans la cabine. Elle n'avait aucune idée que ma mère était tombée malade durant l'été, contrecoup de sa visite chez nous. Et qu'une fois malade, elle avait été virée de son travail et se retrouvait du coup indigente, avec une maigre pension. Et des problèmes gastriques. Voilà à quoi ressemblait réellement la « professeure ».

Oh, cet affreux *réellement* que je fuyais comme la peste !

Il n'existait pas de *réellement*.

Réellement, je n'étais moi aussi en dernier ressort qu'une mère abandonnée et épuisée avec deux enfants en bas âge, qui n'aurait bientôt plus d'argent, décharnée, portant toutes les marques des grossesses, des accouchements et des grippes toujours à l'affût dans ma gorge.

Je l'ai suppliée dans un gargouillement, vous devez me prendre, c'est tout, j'en ai besoin, c'est mon appartement de rêve, mon assurance pour l'avenir et IL ME LE FAUT, vous m'entendez ?

C'est là que je dois habiter, au 23, Fitzroy Road.

Je suis ressortie dans le brouillard, on me voyait à peine, mon manteau brun se fondait dans la rue, si je m'étais décidée à descendre, un peu en biais, du trottoir qui était vraiment étroit - ça grouillait de gens en chapeaux et en manteaux par ici -, en une fraction de seconde c'aurait été terminé.

Une voiture écrasant mon corps fonctionnel et ce serait tout. En ce qui me concernait : fini.

Hou, pensée affreuse.

Je suis remontée chez Susan, qui s'était installée avec les enfants dans l'appartement de son copain. Elle buvait du thé en écoutant du jazz dans les bras de son amoureux. Je ne voulais pas interrompre leur *réellement*, je ne voulais pas les déranger, mais je devais déverser un peu ma merde sur elle en profitant de ce que les enfants dormaient pour la nuit. J'ai dit :

– Je crois que j'ai évité la catastrophe en prétendant que ma mère était professeure.

Le petit ami de Susan a levé la tête, je voyais à ses yeux qu'il contemplait un visage monstrueusement amoché, et j'ai eu le réflexe de me protéger, car ce corps-là était le mien, c'était moi qui vivais ainsi, exactement aussi fatiguée et décharnée que j'en avais l'air, dans la réalité.

Me voilà.

Et le seul détail qui me retenait de les laisser me voir exactement aussi dépouillée et nue que je l'étais, c'étaient les mots, c'était le rêve de l'avenir, c'était mon succès, c'était que je tenais les rênes de ce cheval emballé, c'était mon avenir que j'avais saisi entre mes mains et béni d'un baiser.

Bientôt il n'y aurait plus qu'à en récolter les fruits.

Les fruits : roman 1 (bientôt il ferait son entrée en Angleterre, et quelle entrée, les clubs de lecture voudraient tous en parler, partout, la maladie psychique deviendrait LE sujet du jour : je donnais le ton !!). Roman 2 (comme une conséquence évidente du succès du premier, il serait publié l'année suivante, et ensuite les droits pour le cinéma et le théâtre se vendraient tout seuls, puisque moi, *réellement*, j'étais romancière, putain quel talent, j'avais déjà un pied, voire deux, dans tant d'endroits ; je n'étais qu'un énorme *réellement* !).

Réellement j'étais ceci, réellement j'étais cela ! Réellement je ne vivais pas ! Réellement je n'étais pas du tout morte ! Réellement j'étais une force primitive à emporter dans l'éternité ! Réellement j'étais comme la mer !

Vous voyez, toute ma poésie grouillait de *réellement* ; ils étaient partout. Ce mot-ci voulait réellement dire cela ; ce mot-là voulait réellement dire ceci. Tant de significations possibles dans le choix de mes mots, tant de doubles sens, tant de RÉELLEMENT !

Totalement saturée de symbolique.

Réellement je n'étais qu'une reine de la littérature merveilleusement belle assise là, sur le canapé de Susan et de son petit ami, qui ignoraient quelle femme magnifique ils avaient devant eux, faite pour les miracles et les œuvres grandioses, qui avait donné naissance à deux enfants merveilleux, un cadeau offert au monde. Ces enfants-là n'auraient pas pu sortir d'une autre femme.

Et réellement tout était bien.

Qu'était-ce qu'un peu de fatigue, comparé au fait de tout posséder ? Oui, toute une vie et un destin sublime qui prenaient forme ici et maintenant. Qui prenaient leur place. J'avais réussi à faire en sorte que la mégère à voix de girafe de la cabine téléphonique londonienne comprenne ses limites en ce monde (qui était-elle ? Une pauvre agente immobilière) et accepte de me louer l'appartement que je convoitais si ardemment depuis quelques semaines. Les marchands du temple n'avaient plus qu'à rentrer dans le rang. J'allais enfin leur montrer à qui ils avaient affaire.

Le monde était prêt.

Les sujets d'inquiétude de ma mère de l'autre côté de l'Atlantique n'auraient pu m'être plus indifférents. Je la détestais quand elle montait sur ses grands chevaux et qu'elle avait le culot de s'inquiéter pour moi. Quelles raisons avait-elle de s'inquiéter ? C'était quoi, cette saloperie de façon qu'elle avait de s'identifier à moi ? Il fallait qu'elle arrête ce truc-là ! J'allais lui prouver qu'elle avait tort. C'était mon but suprême en cet instant ; j'allais lui montrer qui avait le mieux réussi dans le monde. Lui montrer à quel point délirant je m'en sortais formidablement bien toute seule. Point barre.

– Il va faire beau demain, a dit Susan. On pourrait peut-être emmener les enfants au zoo ?

JE L'ADORAIS !

Je me suis levée du canapé, heureuse avec mes cheveux courts et bruns qui prenaient un reflet rouge à la lueur des flammes de la cheminée, et j'ai plongé dans l'intimité qu'elle partageait avec son petit ami sur le canapé pour déposer un baiser sur son front.

– Je te vénère, Susan, ai-je dit. Tellement contente que tu sois là. Tu m'aides à devenir la reine que j'ai toujours été.

Susan a ri en me demandant de me taire et de ne pas employer de grands mots !

– C'était juste une idée, a-t-elle dit en pouffant de rire.

– Ce sera rien de moins que parfait ! ai-je embrayé en écartant les bras. Oh, c'est si merveilleux ici, c'est mon endroit sur la terre, et j'ai été si bien accueillie par l'épicière en bas, et même par le boucher ! Ils m'ont reconnue, et la femme se souvenait de mon nom ! Bon Dieu, j'en avais tellement marre de tous ces paysans du Devon avec leur allure bovine que j'en avais presque oublié l'effet produit par des êtres éduqués et cultivés. J'avais presque fini par croire que tous les êtres qui respiraient en ce monde étaient des animaux - lents, lourds, incapables de finesse et de... *langage.*

Le petit ami a fini son thé. J'avais mon public. Ils attendaient la phrase suivante, les prochaines paroles qui tomberaient de ma bouche coloriée en carmin. J'avais l'air fatigué, j'avais des rides, mon sourire était pâle et figé, mais ça, je ne le savais pas, je croyais encore ce que je disais, que j'étais garante de ma propre réalité.

Que ce que je montrais était ce qu'ils voyaient. Mais ce n'était pas le cas.

J'étais déjà morte.

J'avais poursuivi mon chemin, je ne savais pas que je venais de remporter les enchères pour mon cercueil.

Que ce bail que je signais était réellement celui de mon tombeau.

Auquel je donnais mes derniers sous.

Pour lequel j'avais demandé à ma mère de se porter garante.

Elle s'inquiétait à cause de cela ; elle le sentait dans ses tripes, là-bas à Boston, et pour cela je la haïssais.

Personne n'avait le droit de m'arrêter. Oh, que j'étais fatiguée. Personne n'était-il capable de voir les signes ? Non, j'étais inarrêtable. Susan et son petit ami étaient trop jeunes pour déchiffrer les signes de quoi que ce soit ; ils me trouvaient drôle. Super marrante. Je les divertissais. Qu'est-ce. Qu'elle. Fout. Cette. Vieille. Folle.

Sylvia Plath : c'était encore presque moi.

Dans une semaine, j'emménagerais avec mes affaires dans la maison de Yeats, une page vierge, et nous y vivrions sans meubles, pour commencer. Le mobilier arriverait plus tard ! Seulement un lit de bébé pour l'instant, et un lit une place pour Frieda et moi. (Oui, elle dormirait avec moi maintenant. Son corps chaud, plein d'espoir. Comme un hommage au fait que nous étions nées ici, elle et moi ; non loin d'ici se trouvait l'appartement où je lui avais donné naissance, où elle avait fait de moi une mère, la plus heureuse de toutes les mères.)

Bon Dieu, elle ressemble à une vieille, pensait Susan sur le canapé. Et son copain qui bâillait : Qu'est-ce qu'elle va encore inventer pour nous emmerder ?

En percevant le brusque changement d'atmosphère, j'ai tendu quelques billets à Susan.

Que son petit ami voie comme je la payais bien.

– Oh, merci beaucoup, a-t-elle dit.

– C'est moi qui te remercie, ai-je répondu laconiquement, et puis je suis partie me déshabiller et me coucher auprès des enfants.

Un dernier regard à la glace avant de retirer le soutien-gorge. Je m'aimais. C'était vrai. La vie était inarrêtable. Ma mère ne pouvait plus rien me reprocher.

Si quelqu'un se faufilait dans la pièce et prenait une photo de moi maintenant, je me montrerais exactement comme j'étais.

Indépendamment des poèmes. Indépendamment de la voix.

C'était le but : me montrer exactement telle que j'étais. Posséder le motif. Il fallait simplement d'abord me rendre *digne* d'un tel traitement. Bientôt, bientôt. Bientôt ils allaient tous me découvrir, moi et ma peau blanche. Ils allaient faire la queue pour prendre leurs photos. Quel effet cela pouvait-il faire d'embrasser ma bouche ? Et mon histoire ? Ils la liraient tous. Page après page après page. Le texte était prêt chez l'éditeur, et j'avais fait les enregistrements. Tiens, j'allais m'amuser à écrire une liste des raisons pour lesquelles je ne voulais vraiment pas mourir maintenant. Je m'en occuperais de retour dans le Devon. Cela me ferait du bien de pouvoir la regarder, cette liste, quand j'en aurais le plus besoin. Il y aurait des jours comme ça. Je le savais. Mais qu'est-ce qui aurait pu me donner envie de mourir ? Maintenant ? Dans cette marche à la victoire ?

J'ai enlevé le soutien-gorge, je l'ai posé devant moi, il ne restait plus que moi, le collier de perles et ma nouvelle coupe courte. La peau de marbre blanc épuisée sucée jusqu'à la moelle. Un petit lapin blanc tout mignon, et deux lapereaux qui dormaient.

J'ai retiré les épingles à cheveux. J'ai réfléchi longtemps, jusqu'à ce qu'une chaleur se mette à couler en moi, une chaleur profonde et douce, comme si une vague chaude venue de Winthrop tout là-bas au loin se répandait en moi.

Mais si Ted mettait Assia enceinte… J'ai enterré cette pensée en enfilant ma chemise de nuit. Pensée affreuse, insensée. Si jamais il s'avisait d'injecter sa semence dans ce ventre stérile et d'y enfouir un frère ou une sœur pour mes enfants…

Ça déciderait de l'issue.

Quelle chance incroyable alors, ai-je songé en me glissant dans le lit chaud prêté par Susan et son lover boy, qu'une telle perspective ne soit pas envisageable. Que l'utérus d'Assia Devil soit scellé comme une tombe.

Chaque fois qu'ils couchaient ensemble, Ted allait cogner contre un utérus mort.

Ah !

Cette pensée m'a rendue douce et souple. J'étais fatiguée, si terriblement fatiguée. Pendant ce déménagement, il ne s'écrivait aucun foutu poème, et pas besoin non plus de somnifères ; mais à vrai dire, j'avais déjà écrit mes poèmes les plus frappants, et le roman existait, et les critiques, les enregistrements, ma voix pour l'éternité par la BBC.

Et les enfants existaient. Les enfants. Pour peu que je les aie à côté de moi, je m'endormais comme un petit lapin à bout de forces. J'avais couru tout le jour, et maintenant le calme m'était accordé.

Elin Cullhed, 28 février 2020

Composition et mise en pages
Nord Compo à Villeneuve-d'Ascq

Achevé d'imprimer en France
par CPI Firmin-Didot
en mai 2022
N° d'impression : 169835